김현영 新무협 판타지 소설

각성
乞人覺醒
거지의 깨달음

6

걸인각성 6
김현영 新무협 판타지 소설

초판 1쇄 찍은 날 § 2002년 6월 30일
초판 1쇄 펴낸 날 § 2002년 7월 10일

지은이 § 김현영
펴낸이 § 서경석

편집장 § 문혜영
편집책임 § 권민정
편집 § 장상수 · 박영주 · 김희정 · 이종민
마케팅 § 정필 · 강양원 · 김규진 · 안진원

펴낸곳 § 도서출판 청어람
등록번호 § 제1081-1-89호
등록일자 § 1999. 5. 31
어람번호 § 제2-0097호

주소 § 경기도 부천시 원미구 심곡1동 350-1 남성B/D 3F (우) 420-011
전화 § 032-656-4452 팩스 § 032-656-4453
E-mail § eoram99@chollian.net

ⓒ 김현영, 2001

값 7,500원

ISBN 89-5505-164-6 (SET)
ISBN 89-5505-379-7 04810

※ 파본은 본사나 구입하신 서점에서 교환하여 드립니다.
※ 저자와 협의하여 인지를 붙이지 않습니다.

김현영 新무협 판타지 소설

각성 걸인

乞人覺醒
거지의 깨달음

6 뜻을 이루다

도서출판
청어람

목차

1장 전설의 기인, 전설의 무공 / 7
2장 우사신공 / 15
3장 혈곡의 방문 / 25
4장 반구옥의 고문 / 41
5장 반항 / 59
6장 조금씩 변해가는 마음들 / 69
7장 청막의 규칙 / 75
8장 청막으로 들어가는 길 / 85
9장 기이한 의뢰 / 95
10장 각양각색의 살인 요청자들 / 121
11장 호랑이 굴로 들어온 이들 / 143
12장 절정의 고문술 / 157
13장 구출 / 187
14장 초대장 / 211
15장 결전 / 223
16장 집으로 돌아가다 / 255
17장 뜻을 이루다 / 271

작가 후기 / 279

1장

전설의 기인,
전설의 무공

전설의 기인, 전설의 무공

500년 전의 일이었다.
　강호에 무공을 창안함에 있어 광적으로 사로잡힌 한 무림인이 있었다. 그의 이름,

제천신군(帝天神君) 오뇌무(吳腦懋)!

　오뇌무, 그는 일평생을 무공 연구에 몰두했다. 그는 사는 날 동안 참으로 여러 종류의 무공들을 창안하기에 이르렀다. 지법이나 장법, 권법, 각법, 검법, 창법, 내공 운용 등 그 방면도 다양하기 그지없었다.
　그것들 중 오뇌무가 가장 몰두한 부분은 단연 내공의 운용이었다. 내공이야말로 펼치는 무공의 근간을 이룬다 할 수 있다. 그렇기에 뿌리가 튼튼하여 힘을 보내면 가지가 튼튼해지고 열매가 풍성해지듯 무

림인들의 발전도 내공에 비례하여 다른 부분은 그에 따라 순조롭게 완성될 수 있는 것이다.

하지만 오뇌무는 그의 머리카락이 백발이 될 때까지 많은 무공을 창안하였지만 진정으로 '바로 이것이다' 라는 것을 얻지 못했다.

그래도 그는 좌절하거나 포기하지 않았다. 그는 수없이 많은 무공을 연구하고 또 버리면서 갖은 시행착오를 거쳤다. 버린 것들 또한 그의 머리와 가슴으로부터 우러난 뜻을 따라 만들어졌지만 70세에 이를 때까지 어느 것 하나 마음을 충족시켜 줄 수 있는 무공은 없었다.

제천신군 오뇌무는 산과 바다를 다니며 자연을 벗삼아 깨달음을 얻고자 노력했다.

그런 세월을 넘어 오뇌무는 나이 80이 되어갈 즈음 비로소 마음을 두근거리게 하는 심법을 창안하기에 이르렀다.

그것은 그에게 있어 일생일대의 작품이었다. 또한 수 없는 나날 동안 무공에 미쳐 방황하던 시간들의 보상이었다. 그는 자신이 창조한 심법의 이름을 이렇게 칭했다.

우사신공(牛蛇神功).

어떤 무공일지라도 창안이 되면 그 이름이 정해지게 된다. 그리고 그 이름 속에는 마땅히 무공의 대표되는 뜻이나 이치가 담겨져 있게 마련이다.

예를 들어보자.

태극의 묘를 운용해 창안된 것이라 하여 무당파에는 태극진경이란 심법이 있고, 소림사의 달마역근경은 소림의 개파 조사라 불리는 달마가 몸을 보하고 단련시키는 목적으로 만들었다 하여 그렇게 칭해지게 되었다.

그런 관점에서 제천신군 오뇌무가 일생일대의 걸작을 가리켜 칭하길 우사신공이라 한 것도 깨달음의 한 뜻을 내포하고 있음은 당연한 것일 것이다. 하지만 강호의 누구라 할지라도 신공의 이름이 우사신공이라고 한다면 고개를 갸우뚱하지 않을 수 없을 터였다.

우사(牛蛇)란 소와 뱀을 가리키기에 그 속에 어떤 의미가 담겨 있을지 짐작하기가 쉽지 않은 탓이었다. 혹여 어떤 이들은 섣부른 생각에 단정하길 별 대수롭지 않은 무공이라 생각할지도 모른다. 아마도 범인(凡人)들은 이런 식으로 중얼거리지 않을까.

'소와 뱀과 무공이 도대체 어울린다고 생각하는 거야? 소와 뱀이 나온 걸 보니 어쭙잖은 애들 장난 같은 것이 분명할 거라구.'

그럼 어찌하여 오뇌무는 필생의 역작이라 할 수 있는 심법의 이름을 우사신공이라 칭하게 되었을까?

과거 오뇌무는 우사신공을 완성한 후 크게 외친 바 있는데 그의 음성 속에서 어느 정도 그 뜻을 이해할 수 있을 것이다.

"나 오뇌무, 드디어 신공을 창안하였노라. 이 신공의 이름은 우사신공이라 칭하겠다. 정파인에게는 정도최고의 심법으로, 사파인에게는 사도최고의 심법으로 남으리라."

오뇌무의 광기 어린 외침!

무공을 어느 정도 알고 있는 자라면 이런 외침을 듣고 분명 피식 웃으며 말할 것이다.

―늙은이가 무공에 미쳐 살더니만 끝내 정신이 돌아버리고 말았군. 늙어도 곱게 늙어야지. 쯧쯧.

그만큼 오뇌무의 말은 무공의 기본적인 이치와 상반(相反)되는 말이었다.

본시 내공이라 함은 무공을 이루는 기본이다. 정파의 무공이 광명정대하고 사파의 무공이 패도적이며 살기가 넘쳐 남은 근간을 이루는 내공심법의 차이에서 비롯된다고 할 수 있었다. 쉽게 말해 정파의 내공심법들은 대부분이 순수한 대자연의 기운을 받아들이는 데 주력한다.

정파의 정종심법은 수련 기간이 매우 길고 험난하다. 하지만 본 궤도에 들어서게 되면 그때부터는 매우 안정적이 되고 초절정고수의 반열에 들기도 쉬워진다 할 수 있다.

반대로 사파의 심법은 정반대라 할 수 있다. 사파에서는 오로지 강함을 추구한다. 강해질 수만 있다면, 더 강자가 될 수만 있다면 무엇이든 가리지 않는다.

힘으로 권위를 이루는 집단의 특성상 사파는 어느 누구보다 자신이 더 빨리 고수가 되어야 한다.

그러다 보니 결국 정파보다 성취는 빠르지만 그에 따른 폐단도 만만치 않게 되는 것이다. 그 폐단 중 가장 많은 것은 마음을 다스리지 못하게 되어 주화입마에 빠지는 경우이다. 또 그 뒤를 잇는 폐단은 어느 정도까지는 빠르게 나아가나 궁극의 초절정고수로 나아가기 어렵다는 점이다.

근본 정파는 순수의 정화를 깨우치게 하고 사파는 파괴적인 힘을 추구하기에 가르침의 출발 자체가 어긋나 있다고 봐야 하는 것이다. 아무리 기(氣)의 수련이 마음의 공부라 하지만 가르침 자체가 어긋나 버리면 운용자의 심성도 탁한 기운에 의해 순수를 잃어버리게 된다.

그러한 이치에 비추어 보았을 때 오뇌무의 외침은 상식으로는 이해하기 힘든 것이라 할 수 있었다. 허나 오뇌무의 외침은 진실이었다. 이 문제를 좀 더 이해함에 있어서는 오뇌무가 산천을 떠돌며 깨달은 한 가지 이치를 알아야만 한다.

그의 깨달음인즉,

"물(水)이란 무엇인가? 물은 사람은 물론이거니와 동물, 그리고 식물 등 생명을 가진 모든 것에 그 생명을 유지시키는 필수적인 공급원이라 할 수 있다. 물이 공급됨으로 인해 사람은 성장하고 유지하며 동물은 그 종족을 보존하고 번식한다. 또한 식물은 그 물로 인해 열매를 맺고 꽃을 피우게 되는 것이다. 이렇듯 물이 살아 있는 것에 공급되었을 때는 생명을 유지시키고 그 존재를 더욱 찬란하게 만들게 된다. 하지만 물이 죽어 있는 것들, 즉 생명이 끊어진 상태의 그 무엇에 공급될 때는 어떻게 될 것인가. 그때는 살리거나 번식시키지 못할 뿐만 아니라 도리어 더욱 썩어가도록 가속시킬 뿐이다.

또 다른 방면에서 물을 살펴보면 이러하다. 물이 소에게 공급되면 소는 유익한 우유를 만들게 된다. 반면 뱀이 물을 마시게 되면 어떻게 되는가. 뱀은 그 물로 독을 만들게 됨이니 하나의 물이 어디에 공급되느냐에 따라 천양지차의 결과를 낳게 되는 것이다. 그렇듯 사람도 마찬가지여서 어떤 심성을 갖추고 있느냐에 따라 그 결과는 달라지는 법이다. 어떤 이는 유익한 것을 더욱 유익하게 만드는 그릇이 되기도 하고, 또 어떤 이는 유익한 것을 악으로 바꾸어 버리기도 한다."

이 물에 대한 이치 속에서 오뇌무는 우사신공을 만든 것이다. 우사신공은 그가 광소를 터뜨려도 될 만큼 아주 특이한 결과를 낳게 되었다.

그것은 바로 마음에 절대 선을 이룬 자에게는 지상 최고의 정도심법으로 힘을 부여하고 마음에 절대 악을 이룬 자에게는 마의 극을 이루는 신공의 힘을 부여하는 것이다. 마치 소와 뱀이 물을 마시고 각기 우유와 독처럼 다른 것을 만들어내는 것과 같이 말이다.

하지만 우사신공에는 간과해선 안 될 부분이 있다. 그건 너무도 치명적인 신공의 단점이었다. 그건 바로 신공을 창안한 오뇌무조차도 다 익히지 못했다는 점이다.

그는 이론적으로는 비록 신공을 완성했지만 실제에 있어서는 총 7단계의 과정 중 3단계까지밖에 이르지 못한 채 포기하고 말았다.

그것은 우사신공이 정신과 극도로 밀접하게 연관되어 있기에 선과 악이 교차하는 상태에서 어느 한쪽으로 서지 못했기 때문이다.

마음이 완벽하게 선을 이루지도 못했고 마음이 완벽하게 악을 이루지 못한 가운데 혼란에 빠져 버리고 만 것이다.

그는 여기서 더 나아가면 몸이 견뎌낼 수 없음을 알고 멈출 수밖에 없었다. 그래서 훗날 절대 선을 이룬 자나 절대 악을 이룬 자가 있다면 그 성취를 이루어주길 바라고 비급만을 남겨놓게 되었다.

2장
우사신공

우사신공

지금 이곳은 개방 방주 노위군의 개인 연무실이다. 노위군은 가부좌를 틀고 앉아 운기행공을 하고 있는 듯 보였는데, 그의 옆에는 낡은 책자가 한 권 놓여 있었다. 그것은 매우 낡아 조금만 세게 움켜쥐면 바스러질 것같이 오래되어 보였다.

그가 무공을 연마하는 모습은 당연 무림인으로서 습관과 같은 행동이기에 이상할 것이 없었지만 그의 옆에 놓인 낡아 빠진 비급에 희미하게 적힌 글씨는 어느 누가 본다 할지라도 놀라움을 주기에 충분했다. 거기엔 빛 바랜 황금빛으로 우사신공(牛蛇神功)이라 기록되어 있었기 때문이다.

기인 오뇌무가 우사신공을 세상에 남겨두고 떠난 지 500년. 오뇌무가 남겨둔 우사신공은 흐르고 흘러 여러 사람의 손을 거치게 되었는데 지금에 이르러선 뜻밖에도 개방 방주 노위군의 수중에 들어가 있는 것이다.

노위군이 우사신공과 연관을 맺게 된 것에 대해 이야기를 하자면 1년 전으로 거슬러 올라가야만 한다. 그가 우사신공을 얻게 된 것은 철저히 혈곡의 배려 때문이었다.

지난날 혈곡에서 파견 나온 곡함이 개방을 방문하게 되었을 때 그는 내공심법을 부탁한 바 있었는데 혈곡에선 고심 끝에 우사신공을 내놓은 것이었다.

혈곡에서 전설의 우사신공을 군소리없이 노위군에게 건넨 건 짐짓 순수한 뜻으로 비춰지지만 실제로 그 속에는 그들 나름대로 숨은 뜻이 있었다.

혈곡이 우사신공을 얻게 된 것은 100여 년 전이었는데 당시 혈곡의 곡주였던 구마선은 뛸 듯이 기뻐하며 우사신공을 연마하게 되었다. 하지만 그는 신공을 연마한 지 3년 만에 주화입마에 빠져 스스로 자결하고 말았다.

당시만 해도 혈곡에서는 이 사건을 우사신공의 문제로 생각지 않고 개인의 자질과 성취의 미숙으로 판단했다. 하지만 그 후로 우사신공을 익히려 하다가 후대 곡주와 몇몇 곡 내의 초고수들이 미치광이처럼 폭주한 후에서야 그들은 비로소 우사신공에 무언가 큰 문제가 있다는 것을 알게 되었고 금제를 걸어 아무도 익히지 못하도록 했다.

그 후로도 몇몇이 호기심에 못 이겨 우사신공을 연마해 보려 했지만 결과는 마찬가지일 뿐이었다. 그로 인해 우사신공은 혈곡의 비밀함에 담겨져 있게 되었다. 그러던 차에 노위군이 내공심법을 요구해 오자 심사가 뒤틀린 곡주 단천우가 우사신공을 넘겨준 것이다.

그것은 독약을 준 것이나 다름없었지만 노위군으로서는 전설의 기인 오뇌무가 남긴 우사신공이 그저 기쁘기만 했다. 노위군은 내공의 부족에 목말라 하고 있었기에 혈곡에서 말해 준 주의 사항조차 크게 염려되지 않았고 하루빨리 익히고만 싶을 따름이었다.

"이 한 가지를 주의하지 않는다면 목숨을 부지하기 힘들 것이오. 우사신공을 익히려 한다면 반드시 삶에 있어서 마음을 절대적으로 한쪽으로만 품어야 한다는 것이오."

혈곡의 주의에도 불구하고 그는 익히면 익힐수록 만족스러웠다. 노위군은 우사신공을 익혀가며 혈곡이 괜히 엄살을 피우고 있다고 생각했다.

'그렇게 심각한 얼굴로 말하면 더 대단해 보이더란 말이냐.'

그도 창안한 오뇌무조차 우사신공을 온전히 연성하지 못했음을 알고 있었다. 하지만 노위군은 비천신공을 깨우칠 비기를 알지 못했고 초절정고수가 되는 데 마음이 뺏겨 또 다른 길을 기다리거나 선택할 만한 여유가 없었다.

그는 처음에 우사신공을 받아 들고 약 보름 동안 세심히 살폈다. 하루 이틀 훑어보던 그의 눈동자는 기쁨으로 일렁였고 가슴은 세차게 두근거렸다.

어쩌면 이것이야말로 자신의 운명을 바꾸어놓을지도 모른다는 흥분이 온몸을 휘감은 것이다. 그가 본 우사신공은 자신에게 이렇게 공언하고 있었다.

천하제일의 무공과 천하제일인이 되게 해주마!!

그건 노위군에게 무한한 희망과 기대를 안겨주었다. 그리고 노위군은 우사신공을 본격적으로 익히기 전 자신이 가고자 하는 길을 선택해야만 했다. 지극히 순수한 선으로 마음을 정할 것인지, 아니면 절대적 사악함으로 나아가야 할 것인지에 대해서.

우사신공은 어느 땐 선하고 어느 땐 사악해선 익힐 수 없었다. 선함 중에 악이 개입되어선 안 되었고 악함 중에 선함이 넘나들어선 반드시 주화입마를 당하고 만다.

그런 결정에서 노위군은 망설이지 않았다.

―절대적 사악으로 익히리라.

아마도 이러한 결정은 어쩌면 노위군뿐만 아니라 거의 대부분의 사람이 선택할는지도 모른다.

아무리 선한 이라도 마음속으로 사악함을 품지 않을 수 없는 것이기에 절대 선을 이룬다는 것은 매우 힘든 일일 것이다. 또한 언뜻 생각할 때는 악함 가운데 선한 뜻을 품지 않음은 충분히 해낼 수 있을 것처럼 보이기 때문이다. 그렇지만 간과할 수 없는 건 그런 자신감을 품었던 혈곡의 곡주들이 번번이 주화입마를 당하고 죽어갔다는 점이다.

그만큼 어느 것 하나에 절대적이기란 쉽지 않다는 것이리라. 하지만 노위군은 자신의 선택이 매우 현명한 것이라고 판단했다. 우사신공을 익힘에 있어 마치 솜이 물을 빨아들이듯 힘을 얻어갔기 때문이다.

그는 더욱 수련의 성취도를 높이기 위해 늘 미움과 분노와 파괴적 망상을 떠올렸다. 그럴 때면 망상이 강하게 떠오를수록 신공의 성취는 빨라지고 내공은 더해져만 갔다.

그러던 차 사 개월이 지날 즈음 노위군은 문득 한 가지 의문을 떠올리게 되었다.

'과연 선함을 떠올리면 몸에 이상 반응이 올까?'

물론 악한 생각을 품으면 품을수록 더욱 신공의 힘을 얻었기에 반대의 경우도 당연지사라 생각해야 했지만 한번 궁금증이 일어나자 자꾸만 그것이 수백 배로 증폭되어 나타났다.

그는 가만히 눈을 감고 어슴푸레한 과거를 떠올렸다.

골목의 한쪽 귀퉁이에 배고픔으로 눈을 희번덕거리는 아이가 보였다. 그 아이는 며칠을 굶었는지 몰골이 말로 하기 힘들 정도였다. 만약 저대로 둔다면 영양실조로 죽을지도 몰랐다. 하지만 어느 누구도 그 아이를 거들떠보는 사람은 없었다. 그때 어린 소년의 몸 앞에 한 사람이 바짝 다가왔다. 소년이 고개를 들어 바라보니 햇빛을 등지고 있어 얼굴이 보이질 않았다.

'누굴까?'

고개를 약간 옆으로 젖혀 바라보니 따스한 얼굴을 한 중년의 거지였다.

"나랑 함께 가지 않겠느냐?"

중년 거지가 손을 뻗었다.

"어디로요? 밥도 주나요?"

"하하하, 밥뿐이겠느냐? 너를 강하게 만들어주마."

거지 소년이 가냘픈 손을 들자 중년 거지가 손을 맞잡았다. 그리고 두 사람은 조용히 사람들 사이를 뚫고 사라졌다.

노위군이 눈을 번쩍 떴다.
'아… 사부!'
그가 본 건 자신이 어릴 적 처음 사부를 만났던 장면이었다.
사부는 아버지와 같은 존재였다. 아니, 아버지였다. 사부를 만나지 못했다면 자신의 삶은 그 이후로 없었을지도 몰랐다. 사부를 떠올리던 노위군이 한차례 격하게 온몸을 떨었다.
"으아악!"
고통에 찬 신음이 새어 나왔고 온몸이 산산조각나는 듯했다. 머리엔 수많은 과거가 소용돌이치듯 휘몰아쳤고 단전으로부터 뜨거운 것이 울컥 치밀며 한 사발 정도나 되는 피가 뿜어져 나왔다.
'이것이로구나.'
여차하면 죽을지도 모른다는 생각이 머리를 스쳤다. 바로 이런 상황으로 인해 여태껏 누구도 우사신공을 완전히 연마할 수 없었던 것이다.
노위군은 즉시 마음을 모질게 먹었다. 온갖 사악한 생각을 떠올린 채 광기를 번득거리며 다시금 기를 안정시키려 애썼다.
"으아악! 사부는 아무것도 아니다. 그가 죽은 건 그 자신의 어리석음 때문이다. 사부고 뭐고 다 필요없어~"
그렇게 악한 마음을 외부로 드러내며 약 일 식경(30분) 정도가 지나게 되자 노위군은 어느 정도 안정을 찾을 수 있었다. 그나마 회상이 짧았기에 망정이지 조금만 늦었다면 더 큰 상처를 입었을 것이다. 노위군은 눈에 혈광을 발하며 이를 부드득 갈았다.

"내겐 아름다운 추억 따윈 없다! 다 죽여 버리고 말 테다! 모두 다 죽여 버릴 테다. 사부도 필요없어. 사부가 아니어도 난 성공할 수 있었어. 그 따위 도움은 아무것도 아니란 말이다!"

그는 마음으로 다짐하고 또 다짐했다.

'어떤 일이 있어도 연민이나 정을 품지 않겠다. 천하제일이 되기 위해서 오직 사악한 것만 보고 생각해 주마. 그래, 악마가 되어주겠어!'

그의 마음에 살의, 미움, 분노, 위선, 불신 등이 가득 파고들었다.

3장
혈곡의 방문

혈곡의 방문

"곡함님이 오셨습니다."

아무런 불빛도 밝히지 않은 어둠 속 방주의 처소.

그곳에서 망상에 빠져 있던 노위군의 귓가로 수하의 음성이 파고들었다.

그는 방문자의 이름이 곡함이라는 것을 인식하게 되자 양쪽 입꼬리를 불만스럽게 올렸다. 그에게 있어 곡함이라는 이름은 세상에서 가장 짜증스런 이름이라 할 수 있었다.

'무엇이 그리 급하다고 약속된 때가 되지도 않아 찾아온 것이란 말인가. 죽일 놈들.'

간단히 날짜를 계산해 보아도 아직 20여 일 정도가 남아 있었다. 이제까지 곡함이 혈곡의 사신으로 개방을 찾아오면서도 이렇게 느닷없이 찾아온 적은 없었다. 하지만 상황이 어떻든지 찾아온 이상 그냥 돌려보낼 수는 없는 노릇이었다. 소매를 휘둘러 여러 등불을 밝혀 내전을 환하게 한 후 입을 열었다.

"반가운 손님이 오셨구나. 어서 안으로 모셔라."

노위군은 '위선'이라는 틀로 자신을 두르고 은근한 목소리로 말했다. 이윽고 문이 열리고 곡함이 모습을 드러냈다.

곡함은 언제나 개방 제자들 앞에서는 선한 얼굴을 했지만 문을 열고 들어오면서부터는 냉막한 표정을 지었다. 하지만 지금의 표정은 냉막함뿐만 아니라 은은한 노기까지 섞여 있는 듯 보였다. 그런 모습이 노위군에게 좋게 보일 리 만무했다.

"하하하, 어서 오게. 그런데 어찌 온다는 말도 없이 불쑥 찾아온 겐가?"

목소리는 따스했지만 얼굴은 살얼음을 연상시킬 만큼 차가웠다. 거기에 답례하는 곡함의 표정도 노위군의 표정보다 더하면 더했지 못하진 않았다.

"반갑네. 그동안 잘 지냈겠지?"

"나야 언제나 잘 지내고 있다네."

둘은 반갑게(?) 인사를 나누었지만 실제로 두 사람 사이엔 아주 두터운 얼음벽이 형성되어 있었다. 대충 가식에 둘러싸인 인사를 마친 두 사람은 탁자에 마주 앉았다.

먼저 노위군이 싸늘하게 전음을 날렸다.

"그대는 무슨 일로 불쑥 찾아온 것인가? 내가 비록 혈곡에 빚이 있다고 해도 이건 개방과 나를 무시하는 처사가 아닌가."

그 말에 곡함이 흠칫했다. 비록 전음으로 듣는 말이라고는 하나 전에 볼 수 없었던 강함과 독함이 느껴진 것이다.

'이 사람은 변했군. 우사신공 때문인가?'

곡함은 순간 긴장했지만 생각이 우사신공에 미치자 긴장이 풀리고 더불어 속으로 웃음을 지었다. 비록 빠른 성취를 보인 것이라고 할 수 있겠으나 혈곡의 누구도 온전히 연마할 수 없었던 우사신공이었다. 그로선 노위군의 처참한 미래가 보이는 듯했다.

'그래, 지금 마음껏 만족해 보아라. 과연 나중에도 그런 표정과 마음을 갖게 될지 내 지켜보마.'

여유를 찾은 곡함이 부드러운 목소리로 말했다.

"요즘은 낭중산 쪽에서 약초를 조금 캐고 다녔다네. 경치도 좋아 가히 신선이 부럽지 않더구먼."

하지만 얼굴은 여전히 차가웠고 전음은 싸늘했다.

"말이 지나치시구려. 우리는 개방을 위해, 아니, 사실은 당신 노 방주를 위해 여러 가지 어려운 부탁을 들어주었소. 하지만 지금까지 개방이 곡에 보답한 것이 무엇인지 생각해 보시오. 흥, 나는 이제껏 개방을 대단하다 생각했건만 모두 허명뿐이었던 것 같소이다. 노 방주는 왜 불쑥 찾아온 것인지 진정 모르고 계시는 것이오이까?"

노위군의 심사가 뒤틀리며 살심이 꿈틀거렸다. 그는 우사신공을 연마한 후 지금에 이르러선 마음이 그전보다 열 배는 독랄해져 있었다. 뱀의 눈처럼 사악함을 담곤 곡함을 바라보았다.

'내 언젠가 기필코 혈곡을 발 아래로 두고 말겠다! 그땐 너의 세 치 혀를 직접 뽑아주마.'

노위군은 곡함이 무슨 말을 하려는지 잘 알고 있었다. 그 자신이 혜화의 서신을 찢어발기며 분노하지 않았던가. 화산파에 대한 문제가 흐지부지하게 끝난 것을 가리킨 것이라 생각하고 답했다.

"낭중산이면 험하긴 해도 자네 같은 고수에겐 적당한 곳일 것 같군. 좋은 곳은 함께 좀 다니면 좋으련만 자네는 매정한 친구네그려."

말을 끝냄과 동시에 전음을 날렸다.

"화산파 장문 매혼 진인을 은퇴시켰고 이제 곧 두 번째 계획에 들어갈 참이니 하룻강아지처럼 서두르지 않는 게 좋지 않을까."

'하룻강아지?'

곡함의 왼쪽 눈꼬리가 가로로 누워 있다가 세로로 기를 쓰고 올라갔다. 감히 혈곡을 가리켜 하룻강아지라 칭하다니.

'노위군, 진짜 하룻강아지 범 무서운 줄 모르는군. 정녕 명을 재촉하는 것인가.'

하지만 또 불현듯 곡주 단천우의 말이 떠올랐다.

'곡주께서는 우사신공을 주면 늦어도 3년 안에 스스로 죽게 될 것이라고 했고, 그때까지는 이용할 수 있을 만큼 최대한 이용하자고 하셨다. 내가 섣불리 분노할 일은 아니겠지.'

"나중에는 꼭 함께 가도록 하세."

"오호, 그럼 화산파를 공략함에 있어 또 다른 비책이 있는 것이구려."

곡함이 전음을 발하고 왼쪽 입꼬리를 비웃듯 올렸다. 혈곡에서는 이미 화산파 문제에 있어서만큼은 틀려먹은 일이라는 것을 간파하고 있었던 것이다. 노위군의 눈이 이글거렸다.

"매혼진인 양백을 은퇴시키는 일이 그냥 앉아서 된 일이라 생각하는가?"

곡함이 싸늘하게 코웃음 친 후 전음을 보냈다.

"흥!"

"우사신공을 건네받을 때 했던 말을 벌써 잊어버린 것이오. 노 방주의 기억력은 나이에 걸맞지 않게 형편없구려. 아직도 내 귓가에는 '화산파를 봉문시킬 자신이 있으니 염려 마시오'라는 말이 생생이 들리는 듯한데 그때 말은 환청이었나 보오이다."

그 말에 노위군이 경직된 안색을 풀고 의자에서 일어섰다.

"하하, 낭중산에서 좋은 약초라도 혹시 캔 건가?"

편안한 말이었지만 노위군은 말이 끝남과 동시에 손을 뻗어 곡함의 맥문을 틀어쥐었다. 느닷없는 공격에 붙들린 곡함이 당황스런 눈으로 노위군을 바라보았다.

"뭐, 뭔가, 자네?"

노위군의 입가에 사악하면서도 살기 어린 미소가 번졌다. 그는 곡함을 벽에 밀쳐 놓고 압박하면서 귓가에 대고 소곤거렸다.

"내가 그렇다면 그런 줄 알아, 이 개자식아. 감히 이곳이 어디라고 입을 함부로 놀리는 것이냐. 네놈의 목은 두세 개라도 된단 말이더냐."

곡함은 한마디 한마디를 들을 때마다 바늘로 폐부를 찌르는 듯한 통증을 느꼈다. 단순히 말로 극단의 공포를 느끼게 하는 것은 쉽지 않은 일이었다. 그도 그런 경험은 오직 곡주에게만 느끼고 있던 터였다.

'어찌 이렇게 변하게 되었단 말인가!'

"마, 말을 심하게 한 것 같소이다. 용서하시오."

곡함이 한풀 꺾인 목소리로 말하자 그때서야 비로소 노위군의 손이 풀렸다.

"하하, 자네 어디 아픈 건가? 어째 혈색이 좋지 않군."

노위군은 무슨 일이 있었냐는 듯 태연스럽게 말을 늘어놓았다. 곡함으로선 그것이 오히려 더 섬뜩하게 느껴졌다.

'저 작자는 나와 무공 수준이 비슷했건만 지금에 이르러선 나를 훨씬 능가하고 있지 않은가. 이것이 우사신공 때문이라면 대단한 것이로구나. 게다가 저 넘치는 사악함이란…….'

곡함은 실제 찾아온 까닭이 화산파에 대한 문제를 말하고자 함이 아니었기에 마음을 가다듬고 말했다.

"오랜만에 보니 자네의 성취가 남다른 것 같네그려."

"노 방주는 진정하시오. 노 방주는 곡에서 갑작스레 나를 보낸 것에 대해 상당히 당황스럽고 불만스러울 것이오. 하지만 노 방주의 불만은 우리가 갖고 있는 불만에 비하자면 사실 보잘것없는 것이라 할 수 있을 것이오. 단지 화산파에 대한 문제를 가지고 이렇게 말하는 것이 아니란 말이외다. 오히려 화를 낸다면 우리가 내야 하는 것이오."

노위군이 기분 나쁜 미소를 지었다.

"그대는 무슨 소릴 하고 있는 것이지? 쓸데없는 말을 만들어 협박해 보는 것이라면 집어치우는 것이 나을 것이다."

노위군은 친위대 십이밀의 한 명인 혜화의 일이 혈곡에 드러날 것을 염려했다. 그녀는 화산파 장문인 양백을 파멸시키러 갔다가 도리어 그와 정분이 쌓여 은거해 버린 것이다. 화산파를 강호에서 잠재우고자 했던 노위군의 구체적인 계획은 이러했다.

부인을 사별한 화산 장문 양백에게 혜화는 우연을 가장하여 접근하고 관계가 깊어지면 화산파 사람들에게 추악한 모습을 드러내 보이는 것이다. 그 일은 장문인의 도덕성에 치명타를 입혀 그로 인해 충격을 받은 화산파가 봉문을 하게 만든다는 각본이었다.

하지만 전혀 예상과는 달리 혜화는 양백을 진심으로 사랑하게 되었고 양백 또한 혜화를 사랑하게 되어 장문인 자리에서 은퇴하고 강호를 떠나 은거해 버린 것이다. 화산파에서는 혜화의 존재를 모르는 가운데 재삼 재사 권고했지만 결국 양백을 말릴 수 없었고 새로운 체계로 화산파는 정비되었다.

결국 노위군이 얻은 것은 아무것도 없었고 믿었던 수하에게 배신만 당하고 만 것이다. 그로선 혈곡에 화산파 문제를 큰소리쳐 놨는데 일이 이 지경에 되자 난처함에 빠졌고 그 난처함이 분노를 일으킬 정도가 되었다.

곡함은 노위군의 얼굴을 보면 볼수록 기분이 더러워졌다.

'폼은 나름대로 잡고 있다만 아직까지 전혀 문제를 인식하고 있지 못하고 있군. 개방 내의 문제도 해결하지 못하면서 과연 혈곡에 무슨 도움을 줄 수 있을까?'

"요즘 개방은 좀 어떤가?"

곡함이 말을 끝낸 후 전음을 날렸다.

"노 방주는 전대 방주인 엽지혼만 제거한다면 개방이 자신의 것이라고 했던 것을 기억하시오이까?"

뻔한 것이라 굳이 대답을 바라는 질문이 아니라는 것을 알고 전음은 사용치 않고 소리 내어 말했다.

"개방이야 언제나 평화롭고 기세가 늘고 있다네."

곡함의 전음이 이어졌다.

"방주는 아직 사정을 모르고 있나 보구려. 지금 강호엔 스스로 개방을 표방하고 있는 새로운 세력이 나타났소이다. 이름하길 진개방이라 한다는데 들어보셨소이까? 진짜 개방이라고 하고 다닙디다."

"진개방?"

노위군이 황당함에 젖어 전음을 사용할 생각도 못하고 불쑥 말을 토했다.

혈곡의 방문 33

곡함이 씁쓸한 미소를 지었다.

"그렇소. 진개방이오. 우리가 파악한 바로 그들은 지금 세력을 확장하고 있는 중이외다. 이미 그들은 당가를 장악한 상태라 하오. 그리고 예상하기론 다음 목표는 녹림십팔채가 될 듯한데 그 수법이 지극히 재빨라 순식간에 일을 처리한다는 것이오."

노위군으로서는 자다가 봉창 뚫는 일이 아닐 수 없었다. 그럴 수밖에 없는 것이 표영의 행적과 당가의 변화는 강호에 널리 알려지지 않은 상태였다. 고작 그 사실을 알고 있는 이들이라고 해봐야 천선부의 수뇌급들과 옥현기를 통해 사건을 파악한 혈곡 정도라 할 수 있었다. 곡함의 계속되는 전음에 노위군의 눈이 놀람으로 물들어갔다. 하지만 그로선 믿고 싶지 않은 말이기도 했다.

"하하, 개방은 오직 개방일 뿐이네."

겉으로는 허세를 떨었지만 전음은 살벌하게 뻗어갔다.

"감히 허튼소리를 지껄이겠다는 것이냐! 지금의 난 과거의 내가 아니다."

노위군은 분노에 가득 찼고 그가 탁자를 움켜쥔 손에 힘을 주자 뜨거운 기운이 확 일어나며 잡고 있던 탁자 부분이 불타 재가 되었다. 그것은 삼매진화의 수법으로 절정고수들이라면 펼치는 데 무리가 없을 것이나 노위군의 솜씨는 삽시간에 이뤄낸 것이라 곡함이 보기에도 그의 무공이 매우 고매해졌음을 느끼게 하기에 충분했다.

하지만 위협적인 행동을 보이긴 했지만 노위군도 이미 반신반의한 상태까지 이르렀다. 혈곡에서 굳이 찾아와 헛소리를 늘어놓지는 않을 테니까 말이다.

'으음.'

곡함은 속으로 긴장하기도 했지만 또 한편으로는 개방의 형편없는 정보력에 실망을 금치 못했다.

'곡주님의 예상이 빗나가지 않았다. 과거 엽지혼이 이끌던 개방이었다면 마땅히 그런 강호의 변화 정도는 쉽게 파악했을 터인데 이렇게까지 정보에 둔하게 되었다니… 개방이 정보에 밝다고 하는 것은 이제 옛말이란 말인가. 이렇게 아둔하다면 그동안 공들인 혈곡의 수고는 모두 헛된 것이겠구나.'

하지만 곡함은 이런 생각을 모두 드러낼 수는 없었다. 아무리 보잘것없다 할지라도 아직까지는 개방을 이용해야 할 부분이 있는 것이다. 더욱이 궁지에 몰린 쥐를 몰아세우는 것은 좋지 않다는 말도 떠올랐다.

그가 전음을 날렸다.

"조금 더 상세하게 이야기하자면 진개방 무리들은 자신들이야말로 진정한 개방이라 주장하고 있다는 것이외다. 그들은 모두 하나같이 거지 차림에 추잡한 모습을 하고 있지만 점점 더 위세가 강해지고 있는 것으로 파악되었소. 우리가 확인한 바로는 제갈세가와 남해검파까지도 협력하고 있다고 하외다."

거기까지 말한 후 곡함은 일단 전음을 중단했다. 그리고 노위군이 잘 듣고 있는지를 확인한 후 다시 전음을 이었다.

"진개방이라는 곳의 문제는 근본 개방의 문제라 할 수 있지만 혈곡과도 밀접하게 관련되어 있소이다. 곡에서는 사파 계열을 차례로 흡수힐 계획이었건만 그 자리를 진개방이라는 무림들이 끼어들고 있으니 말이오. 이 말들을 그저 간단히 듣지 말길 바라오. 참으로 곡주께서도 염려스러워하고 계시고 있다오."

노위군의 얼굴은 여전히 싸늘한 냉기를 뿜어내고 있었다. 하지만 마음으로는 적잖은 타격을 받고 있는 중이었다. 수만 가지 생각이 끊임없이 피어났다.

'진개방이라니?! 믿을 수가 없다. 혈곡에서 고의적으로 그런 조직을 만들어 나를 압박하려는 것일까? 아니야, 그럴 리는 없다. 그들은 지금도 내가 빚을 많이 지고 있다고 생각하고 있지 않은가. 미련스럽게 그리할 리가 없어. 그럼 대체 누가? 어떤 무리가? 설마… 사부는 우리가 모르는 제자라도 외부에 두었던 것은 아닐까? 하지만 한두 가지 재주를 전수해 줄 수는 있어도 개방의 법통을 잇게 하진 않을 것이 아닌가.'

생각만으로는 무엇 하나 뚜렷하게 알 수 있는 것이 하나도 없었다. 곡함은 노위군의 안색이 크게 변하지 않을 것을 보고 조금 더 자신의 말을 믿게 할 필요가 있다고 생각했다.

"우리가 생각하기론 혹시 죽은 엽 방주에게 또 다른 제자가 있었지 않았나 의심이 드는데 노 방주는 우리에게 숨기고 있는 것이라도 있으면 말해 보시구려."

노위군은 그 말에 속으론 흠칫했으나 겉으론 불쾌한 표정으로 답했다.

"내가 모르고 있는 사제가 있을 턱이 없지 않느냐."

'만약에 진개방이 실제한다면 사제가 있다는 것도 계속 부인하고만 있을 순 없겠구나. 어쩌면 사부는 나를 아끼지 않았고 사형만 편애했으니 사형은 이 내막을 알고 있을지도 모르겠구나.'

그때 곡함이 웃음 담긴 목소리로 말했다.

"허허, 자네 몸이 좀 안 좋은 것 같네만 괜찮나?"

은근히 말로 신경을 건드린 후 이어 전음을 보냈다.

"혈곡은 현재 힘을 응축하고 있는 과정에 있소이다. 곡주께서 말씀하시길 강호에 아직 우리의 진면목을 나타내야 할 때는 아니라고 하셨소. 그렇기에 이번 진개방에 대한 문제는 우리가 관여하기가 조금 어려운 것이오. 특히 이번 일은 상대가 진정한 개방이라는 명목으로 나타난 것이기에 다른 문파에서 관여하기도 난처하외다. 강호는 필시 개방의 내분으로 인식할 것이니 말이외다."

곡함의 말인즉슨 일체 개방에 음으로든 양으로든 도움을 줄 수 없다는 뜻이었다. 그 속에는 나름대로 상황을 제대로 파악하고 그에 따라 적절히 말하는 것으로 보이나 실제에 있어서는 천선부의 압력에 의함일 뿐이었다. 하지만 그런 치부를 그대로 드러낼 수는 없는 노릇이었다.

계속 곡함의 전음이 이어졌다.

"개방에서는 만사를 제쳐 두고 진개방 문제를 수습하는 데 힘을 쏟도록 하시오. 다시 말씀드리지만 곡주께서는 이번 일을 매우 염려하고 계시오."

곡함의 눈이 차가운 냉기를 뿌렸다.

"집안일도 제대로 처리하지 못하는 곳에 무엇을 기대한다는 게 무리가 아닐까라는 말씀도 하셨소이다."

노위군은 자존심에 큰 상처를 받았지만 마음을 있는 그대로 드러낸다는 것은 더욱더 큰 상처를 남기는 것이라는 것을 알고 있었다.

"하하하, 하하하."

노위군은 갑작스레 진정으로 기쁘다는 듯 온몸을 흔들며 웃음을 날렸다. 곡함의 얼굴이 약간 못마땅하다는 표정으로 변했다.

'너스레를 떨어보려 함인가? 별 짓을 다 하는군.'

하지만 노위군은 연신 웃음을 지으며 멈출 줄을 몰랐다.

"하하하… 하하하……."

그렇게 조금 더 웃음을 짓던 노위군의 목소리가 잦아들면서 나지막하게 말했다. 어느새 그의 눈빛은 분분히 살기를 뿜어대고 있었다.

"만에 하나 지금 내게 한 말이 허튼소리라 한다면 다음번엔 너의 혀를 뽑아버릴 테니 그리 알아라."

전음으로 말하는 것도 아니고 오직 살벌함이 가득 담긴 목소리로 나지막이 읊조린 말은 곡함에겐 묘한 찜찜함으로 다가왔다.

그로선 이미 할 말도 다 했고 한시라도 노위군의 얼굴을 보고 싶지 않아 냉막한 얼굴 가운데 정겨운 목소리로 말했다.

"이거 어려운 부탁만 하고 가는 거 같아 미안하네그려."

"잘 가게나."

둘의 눈빛은 불을 뿜어내고 있었다.

곡함이 나가고 노위군은 한동안 문 쪽을 바라보며 끓어오르는 살심을 전신에 퍼져 나가도록 했다. 이런 살심도 우사신공을 연마하는 데 큰 도움이 되는 것이다.

'내 언젠간 반드시 혈곡을 무릎 꿇게 하고 말겠다! 앞으로 진정한 사악함이 무엇인지 보여주마!'

이를 부드득 갈고 나서 노위군은 진개방이라는 정체 모를 집단에 대해 생각했다.

'사부는 죽어서까지 나를 곤란하게 하는구나. 미친 노인네 같으니라구. 살았을 때나 죽었을 때나 말썽이군. 진정으로 나는 개방을 강호무림의 한 방파답게 멋진 모습으로 만들고 싶었다. 이런 나의 마음을 왜 몰라주었단 말인가! 내가 방주를 이어야 한다는 것을 왜 몰라주었단 말이다!'

잠시 광분에 젖어 거친 숨을 내쉬던 노위군의 머리로 또 한 생각이

스쳤다.

'그래, 사제가 진정 있다면 나는 몰라도 사형은 알고 있을 것이다. 사실로 밝혀진다면 신속히 없애야겠지. 내일은 반구옥으로 가야겠다.'

그의 눈빛이 잔인함으로 물들어갔다.

4장
반구옥의 고문

반구옥의 고문

하늘을 찌를 듯한 기세를 드러낸 망창산에 열두 개의 그림자가 날아올랐다. 가히 그들의 신법은 빼어나 날아오른다라고 말해도 크게 이상해 보이지 않을 정도였다. 그중 황금빛 장포를 입은 이가 제일 앞선 채였고 그 뒤로 열한 명이 날개처럼 벌리고서 좁혀들었다 펼쳤다 해가며 뒤따랐다.

주변에 있던 각종 동물들은 느닷없이 등장한 괴이한(?) 인간들을 보며 재빨리 몸을 숨기느라 정신이 없을 지경이었다.

이들은 개방의 방주 노위군과 그의 심복 중의 심복이랄 수 있는 십이밀(十二密)들이었다. 십이밀은 12명으로 구성되어 있어 그리 이름 짓게 되었는데, 지금은 이들 중 혜화가 돌아섰기에 십일밀이라고 불러야 했지만 그들은 여전히 십이밀이라는 이름을 사용했다.

이들은 노위군의 친위대답게 무공도 상당한 수준을 갖추었다. 수준을 비교해 보자면 개방 내에서 장로들 바로 아래 단계라고 할 수 있을 정도로 대단한 것이었다. 하지만 이들은 노위군으로부터 장로들보다 더한 신뢰를 받고 있었고 노위군에 대하여—그가 어떻게 방주가 되었으며, 또 현재 어떤 입장에 놓여 있는가 하는 것 등등—모르는 것이 없을 만큼 깊이 관계되어 있었다.

지금 노위군이 망창산을 오르고 있음은 혈곡에서 찾아온 곡함의 말을 확인하기 위함이었다. 개방의 비밀 뇌옥인 반구옥으로 가서 사형인 장산후에게 그 내막을 파악하려는 것이다.

어느덧 정상에 오른 노위군과 십이밀은 차례로 밧줄을 잡고 절벽에 만들어진 뇌옥으로 들어갔다.

그들이 내려서자 지키고 있던 개방 제자 두 명이 머리를 조아렸다.

"방주님을 뵈옵습니다."

"수고가 많다. 특별한 일은 없겠지?"

"네. 방주님의 높으신 은혜를 따라 반구옥의 죄수들은 조용히 지내고 있습니다."

그들의 말투는 흡사 흑도(黑道)인들을 보는 듯 절대 복종의 뜻을 담고 있었다. 끈끈한 정과 문파의 어른을 대하는 존경심보다는 두려움이 더욱 담겨 있는 모습과 말이었던 것이다.

노위군은 고개를 끄덕인 후 장산후가 갇혀 있는 뇌옥으로 곧바로 향했다.

삐그덕.

개방 제자가 자물쇠를 풀고 문을 당기자 굳게 닫혀 있던 뇌옥에서 기분 나쁜 소리와 함께 문이 열렸다.

노위군은 문이 열리는 것을 보며 한쪽 입꼬리를 올리며 속으로 중얼거렸다.

'내가 모르는 사제가 있단 말이렷다? 후후.'

성큼 걸음을 옮겨 안으로 들어간 노위군은 들고 있던 횃불을 고정해 놓는 곳에 내려놓고서 눈으로 장산후를 찾았다. 장산후는 엎어진 채로 죽은 듯 누워 있었다.

"이봐, 지금 시체 흉내라도 내고 있는 것이냐? 좋은 말로 할 때 정신을 차리는 게 여러모로 신상에 이로울걸?"

지금의 이 말은 노위군이 장산후에게 해오던 말투가 아니었다. 그는 하다 하다 성질에 못 이길 때면 욕지거리와 함께 심하게 폭력을 행사했지만 어느 정도만큼은 예우를 갖추었었다. 하지만 지금은 전혀 그런 모습을 찾아볼 수가 없었다.

이런 변화는 철저히 우사신공 때문이었다. 그는 신공의 능력을 얻기 위해 선한 마음은 일체 포기했고 그로 인해 진보된 무공을 얻을 수 있었지만 마음은 시간이 갈수록 더욱더 포악하게 변해만 가고 있는 것이다.

죽은 시체와 같이 전혀 움직이지 않을 것 같던 장산후의 몸이 뒤집어졌고 그와 함께 그의 얼굴엔 헤벌쭉한 웃음이 떠올랐다.

"이번에는 처음부터 세게 나오는구나. 네놈은 오늘도 비천신공의 비결을 물으러 온 것이겠지? 바보 같은 녀… 커억!"

장산후는 미처 뒷말을 끝맺지 못했다. 노위군이 발을 날려 옆구리를 강타해 버렸기 때문이다.

퍽!

장산후의 몸은 끊어진 연처럼 날아 뇌옥의 벽에 부딪치고 다시 튕겨져 나와 신음성을 토해내며 바닥을 뒹굴었다.

"으으윽!"

'이놈이 미쳤나? 보자마자 지랄이냐.'

장산후로서는 이런 경우는 처음이었다. 그때 그의 귓가로 노위군의 살얼음 같은 음성이 들렸다.

"이제 나에게 비천신공 따윈 필요없다. 허튼소리를 내지르면 이번에는 혀를 뽑아버리고 말 테니 그리 알아라."

노위군은 뒷짐을 지고 천천히 장산후 앞을 왔다 갔다 하며 입을 열었다.

"귀를 세우고 내 말을 똑바로 들어라. 사부는 너와 나 이후에 세 번째 제자를 둔 것 같은데, 넌 알고 있었느냐?"

사부와 사형도 몰라보는 비정한 목소리였다. 하지만 그 말에 고통에 힘겨워하던 장산후는 꺼억꺼억거리며 웃음을 터뜨렸다.

"으하… 으하학… 개, 개소리 작작해라. 네놈이 개 같은 줄은 내 익히 알고 있었다만… 이건 해도 해도 너무하는 거 아니냐? 개도 그런 소리는 안 한단 말이다. 으하하……."

실제 전대 방주 천상신개 엽지혼이 거둬들인 제자는 자신과 노위군뿐이었기에 웃음이 나오지 않을 수 없었다. 하지만 이미 노위군으로서는 누가 뭐라고 한다 해도 세 번째 제자가 있을 것이라 단정 짓고 있는 상태였기에 장산후의 말이 조롱으로밖에는 들리지 않았다.

"그래, 그렇게라도 죽고 싶긴 하겠지. 하지만 네놈을 죽일 생각은 없어. 그러면 너무 관대한 것이 되거든. 한 번만 더 기회를 주겠다. 어서 사제에 대해서 털어놔라."

"사제라고? 네놈이 사제라는 말을 쓸 자격이 있단 말이냐? 사제라고 부르는 놈이 사형을 이렇게 대하고 사부를 죽게 만들었단 말이냐?

지나가던 똥개가 방귀를 뀔 일이지. 아무렴. 하하하!"

아픈 옆구리를 움켜쥐고 장산후는 연신 힘겹게 웃음을 지었다. 그 모습을 보며 노위군은 더 깊게 오해하기 시작했다. 실제 장산후의 말뜻은 그가 사문의 호칭을 쓸 자격이 없다는 것을 지적하기 위해서 한 말이었지만 사제 운운하는 말에 진짜 사제가 있는 것만은 확실하다고 생각하기에 이르른 것이다.

"그래, 이제야 뭔가 말이 통하는군. 제대로만 말하면 매는 줄여주겠다."

그 말에 머리를 땅에 기댄 채 장산후가 이기죽거리며 말했다.

"좋다, 솔직히 말하마."

노위군이 정면으로 응시하며 그 다음 말을 기다렸다. 장산후는 길게 숨을 몰아쉰 다음에 말을 이었다.

"…넌……."

진지하기 그지없는 말과 목소리였다.

"개새끼야. 키키킥."

언제 진지했었냐는 듯 자기가 말해 놓고도 웃긴지 장산후는 연신 키득거렸다. 노위군으로서는 사제에 대한 이야기를 기다리고 있다가 이런 어처구니없는 말을 듣자 잠시 동안 기가 막혀 할 말을 잃었다.

장산후는 노위군이 가만히 있자 다시 손가락질을 해가며 또 말했다.

"키킥, 맞아맞아, 네놈의 속셈은 이것이었구나. 내가 혼자 있으면서 웃을 일이 없으니까 날 웃기려고 뜬금없는 말을 한 것이지? 녀석, 싸가지는 없어도 나름대로 기특하기도 하지. 그런 것이었다면 넌 성공한 거야. 이번엔 제대로 웃겼으니까 말이다. 너, 앞으로 전문적으로 웃기는 일을 해보는 게 어떠냐?"

그 말은 여태껏 참고 있던 노위군의 발을 자동으로 움직이게 만드는 효과를 발휘했다.

"그래, 매를 버는 것도 여러 가지 방법이 있긴 하지. 그런데 이건 좀 심하지 않나?"

퍼퍼퍽! 퍼퍼퍽!

발이 보이지도 않을 만큼 움직였고 그에 따라 장산후의 입에서 고통에 찬 신음이 새 나왔다.

"으윽! 커억! 으억!"

장산후의 입가엔 피가 연신 새어 나왔고 온몸을 뒤틀며 처절한 고통의 비명을 내지르자 노위군은 그의 얼굴을 향해 침을 뱉었다.

퉤~

오른쪽 눈가로 가득 침세례를 퍼부운 후 노위군이 이제부터라는 듯 여유로운 미소를 지었다.

"역시 대화라는 건 별 의미가 없는 것 같아. 나도 밍숭맹숭한 건 정말 싫거든. 입도 좀 풀고 몸도 풀었으니 진실을 말하게 하는 보따리를 풀어야 할 때가 온 것 같군."

노위군의 목소리엔 그 어떤 말이라도 들을 수 있다는 자신감이 가득했다. 그는 고개를 돌려 밖을 향해 소리쳤다.

"한 놈을 안으로 데려와라!"

대체 무슨 수작을 부리려는 것인지 아직까지 간파하지 못하고 있는 장산후는 그저 서글픔과 울분에 젖었다.

"으윽. 미, 미친놈… 사부님께서 너를 얼마나… 아끼셨는지 너는 정녕 기억하지 못한단 말이냐. 헉헉… 넌 대체 무엇이… 부족해서 이런 짓을 하는 것이냐."

노위군이 버럭 소리쳤다.

"개소리 집어쳐! 이제껏 사부는 날 사랑한 적이 없다. 오직 너만을 아끼고 너만을 사랑했다. 난 그저 들러리에 불과했단 말이다! 내겐 모두 가식적으로 대했을 뿐이다!"

장산후가 힘없이 중얼거렸다.

"네놈은 …미쳤어."

그 말에 노위군은 잔인한 미소를 지었다.

"그래, 좋다. 네놈 말대로 미친놈이 얼마나 대단한지 보여주마. 크크크."

그의 웃음이 끝나기 전 밖에서 십이밀 중 한 명의 음성이 들렸다.

"염 장로를 데리고 왔습니다."

"안으로 들어오라."

문이 열리고 앞서 들어온 사람의 몰골은 말이 아니었다. 마구 헝클어진 머리에 거의 뼈다귀만 세워놓은 듯 초췌한 모습이 해골바가지에 머리털이 올려져 있는 것만 같았다. 그는 엽지혼이 방주로 있을 때 8대장로 중 한 명인 전공장로 염파였다. 나이가 70세가 넘어가고 있으나 그는 쓸쓸히 감옥에 갇혀 말년을 보내고 있었다.

"흐흐, 염 장로. 그동안 잘 지냈소이까?"

노위군은 과장된 표정과 말투로 반겼고 다가가 두 팔로 그를 껴안았다. 그 모습에 염파가 몸을 부들부들 떨며 가느다란 음성으로 말했다.

"네놈이었구나. 어쩐지 아까부터 고약한 냄새가 나더라니. 클클, 이런 냄새는 아무리 씻어도 지워지지 않는 것이라 네놈의 흔적을 찾긴 어렵지 않지."

 염파의 목소리는 비록 가늘었지만 그 음성엔 짙은 살기가 담겨 있었다. 만일 말속에 칼날이 묻어 있었다면 노위군의 몸은 이미 난자된 상태가 되었으리라.

 바닥에서 힘겹게 눈을 치뜨고 바라보고 있는 장산후는 왜 이곳에 염 장로를 데리고 온 것인지 이해할 수가 없었다.

 '저놈이 이제 나만 괴롭히기가 싫증난 건가?'

 하지만 노위군의 의도는 그리 단순한 것이 아니었다.

 "하하, 뭐든지 연습이 필요한 것이니까. 염 장로, 우리 연습이나 해봅시다그려. 물론 염 장로하고는 한 번밖에 못하는 게 아쉽지만 말이오. 하하하."

 그때까지도 염파는 무슨 뜻인지 알아듣지 못했다. 노위군의 손이 서서히 염파의 목에 닿았다.

 "염 장로! 피부가 많이 부드럽구려. 감옥에 있으면서도 피부를 용케 잘 관리하셨나 보오. 너무 부드러워서 그런지 내 손가락이 자꾸만 목으로 들어가고 싶은가 보구려. 어어어… 이러면 안 되는데."

 '어어어…' 라는 말을 할 때 이미 노위군의 손가락은 염파의 목에 깊이 박히고 있었다.

 "케케켁!"

 염파는 처음에는 고통스럽게 신음하다가 급기야는 말도 못하고 온몸을 부르르 떨었다. 그 모습을 보는 장산후는 너무도 급작스럽고 놀라워 보고도 믿어지지가 않았다.

 '저, 저놈이!'

 "크크크, 손가락이 허공을 움켜쥐는 것처럼 느껴지는걸. 살결이 너무 곱단 말씀이야."

염파는 두 눈을 까뒤집고 흰자위를 드러내며 서서히 죽어갔다. 장산후의 눈에서 눈물이 쏟아졌다.

"안 돼! 안 돼! 제발 그러지 마라… 왜 그러는 것이냐, 왜!"

어릴 적부터 작은아버지처럼 따르고 좋아하던 염 장로였다. 그런 염 장로가 고통스럽게 죽어가고 있는 것이다.

'안 돼!'

노위군은 축 처져 버린 염파의 목에서 손가락을 빼고서 고개를 갸우뚱거렸다.

"하긴, 염 장로의 죽음치곤 너무 맥 빠진 일이군. 과거의 명성에 비하자면 살결이 너무 고와진 게 흠이었어. 난 그냥 목을 쓰다듬으려 했을 뿐인데 손가락이 박혀 버리다니 말이야. 나이가 들어도 자신의 몸은 지킬 수 있어야지. 그렇지 않아?"

말을 맺고 노위군은 피에 젖은 손가락을 입으로 가져가 쭈욱 빨았다.

"이런이런, 늙은이 피라서 그런지 영 텁텁하군. 이래서야 식욕을 북돋을 수 있겠어?"

장산후는 가슴이 터져 버릴 것만 같았다.

'내가 왜 지금까지 살아서 이런 모습을 봐야 한단 말인가.'

그로선 당장에라도 죽고 싶은 심정뿐이었다.

"차라리 날 죽여다오! 나를 먼저 죽여달란 말이다!"

노위군은 천천히 걸음을 옮겨 장산후 곁에 이르러 발을 들어 머리를 지그시 눌렀다. 장산후는 발에 짓이겨져 머리가 으깨어지는 듯한 통증을 느껴야만 했다.

"후후, 다 알아서 때가 되면 죽여줄 텐데 그렇게 보채면 곤란하지. 게다가 사람이란 자신이 알고 있는 것은 어느 정도 말을 하고 죽어야 하지 않겠어? 사실 사부가 일찍 간 것도 알고 있는 것을 자꾸 내게 숨기려고 해서 죽은 것이거든."

노위군이 다시 십이밀에게 명했다.

"시체는 밖으로 치우고 다른 놈으로 데려와라."

"도대체 뭘 말하라고 하는 것이냐? 사제 따위는 없단 말이다!"

고함치듯 장산후가 말했지만 노위군의 귀에는 전혀 들리지 않았다.

"후후, 다 기억나는 수가 있지."

노위군은 철썩같이 사부에게 또 다른 제자가 있었을 것이라 믿었기에 장산후의 외침에 격동하지 않았다.

'서두를 건 없지. 아직 목을 딸 사람은 많이 있으니까 말이야. 후후후.'

노위군은 서두르지 않았다. 이렇게 하나둘 죽이다 보면 진실은 나오게 될 것이라고 그는 굳게 믿었다.

"차 장로를 데리고 왔습니다."

"오호! 차군명 장로로군. 독불신개 차 장로! 어서 모셔라."

차 장로의 상태도 앞서 들어왔던 염파와 크게 다를 바 없었다. 온갖 초췌함이 깃든 모습에 뼈만 앙상히 남아 바람이라도 거세게 분다면 훨훨 날아가 버릴 것만 같았다.

안으로 들어온 차군명은 상태가 좋지 못해 정신이 가물가물한 상태인 듯했다.

"어서 오시구려. 아니아니, 근데 차 장로는 아직까지 자고 있는 건가? 이런, 방주가 왔는데 잠을 자서야 쓰나. 쯧쯧."

장산후가 힘겹게 입을 열었다.

"그를 내버려 두어라. 대체 무슨 말을 듣고 싶은 것이냐?"

"원치 않는다면 세 번째 제자에 대해 말하지 않아도 된다. 난 그저 적당히 손 운동을 하고 싶을 뿐이니까 말이야. 근데 이거 운동이 되기나 할지 모르겠군."

노위군은 차 장로의 등 뒤로 돌아가 뒤에서 목을 팔로 감쌌다.

"이런, 차 장로의 목도 아주 가냘프군. 예쁜 소녀의 목 같아서 기분이 묘해지는걸. 자, 그럼 세 번째 제자에 대해 이야기해 보실까?"

"이 개 같은 자식아! 왜 미친 소리를 해대며 사람을 죽이는 것이냐! 그렇게 죽일 구실이 없더냐!"

"후후. 좋군, 좋아."

노위군이 미간을 살짝 찡그린 후 팔에 힘을 주었다.

뚜두득.

차 장로의 목이 부러져 나가는 소리가 났다. 외마디 비명 소리도 없이 차 장로가 저세상으로 가버린 것이다. 과거 독불신개로 천하에 명성을 날리던 그 굳센 기개의 강호인이 허무하게 죽어버린 것이다.

노위군이 팔을 풀자 부러진 목이 머리의 무게를 견디지 못해 제멋대로 움직였다. 거기에 잡고 있던 어깨를 놓자 차 장로의 몸은 바닥으로 힘없이 허물어졌다.

장산후가 받은 충격은 이루 말로 할 수 없을 정도였다. 사실 반구옥에 갇혀 있음이 죽은 것이나 다름없다고 늘 생각해 왔지만 막상 눈앞에서 피붙이같이 여기던 방의 형제들이 죽어가자 마음을 안정시킬 수가 없었다.

'도대체 저놈이 왜 저러는 것일까? 미쳐도 저렇게 미칠 수가 있단

말인가!'

 그로선 막막하기 그지없었다. 있지도 않고 또 알지도 못하는 것을 어떻게 말할 수가 있단 말인가. 전에 찾아올 때마다 비천신공의 비법을 물으며 비수로 어깨를 후벼 팔 때보다 더한 답답함이 몰려왔다.

 "제발 그만 해라! 원하는 게 뭐냐? 괜히 엉뚱한 것을 물어 곤란하게 하지 말고 솔직히 원하는 것을 말해라!"

 장산후가 가슴 가득 끓어오르는 분노로 말했지만 노위군으로서는 단지 말을 회피하려는 것으로 보일 뿐이었다.

 "후후후… 아직 효과가 크게 없나 보군. 자, 그 다음!"

 노위군은 서두르는 기색이나 조급함 같은 것이 없었다. 이미 단단히 마음먹고 온지라 하루 내내 이 자리에서 모두를 죽여 버릴 생각도 있었다. 일이 이렇게 되자 장산후는 또 다른 희생자가 나는 것을 그냥 보고만 있을 순 없었다.

 "말하겠다. 다 말해 주겠어! 그러니 이젠 그만 해다오."

 노위군의 눈이 순간 번쩍 하고 빛났다.

 "좋다."

 하지만 그런 사이에 그의 뒤로 또 다른 예비 희생자가 들어서고 있었다. 그는 백월승 분타주로 그의 몰골도 말이 아니었다. 노위군은 손으로 백 분타주의 목을 어루만지면서 장산후를 바라보았다. 순순히 말하지 않는다면 여지없이 목에 구멍을 내주겠다는 뜻이었다.

 장산후가 힘없이 입을 열었다.

 "사실 나도 사부께서 거둬들인 제자를 본 적은 없다. 그리고 누구인지 이름도 모른다. 하지만 사제가 있는 것만은 확실하다……."

 거기까지 들은 노위군의 눈이 붉게 충혈되어 가기 시작했다.

"…사부께선 말씀하시길 사제는 나이는 어리지만 너보다도 더 뛰어난 무골이라고 하셨다. 그리고 그 아이를 통해 앞으로 개방을 이끌도록 하겠다는 말씀도 주셨다. 거기까지다. 더 이상은 나도 알지 못해."

장산후는 육감으로 파악한 느낌을 가지고 지어서 말을 한 것뿐이었지만 노위군으로서는 혈곡에서 전해준 이야기에 몰두하고 있었던지라 짧은 말에도 마음이 격동하고 분노가 끓어올랐다.

"역시 그랬었군. 역시 그랬어. 사부, 사부는 역시 나를 아무것도 아닌 존재로 여기고 있었던 것이야!"

그의 눈이 이글거리더니 이윽고 목을 어루만지던 손에 힘을 주었다. 그 결과 백 분타주의 목에서 피분수가 사방으로 튀었고 피가 줄어들면서 백 분타주의 몸은 허물어졌다.

그 광경을 보며 장산후가 절규하듯 외쳤다.

"죽이지 않는다고 했잖아, 이 개자식아!! 흑흑!"

그는 말이 끝나기도 전에 가누기조차 힘든 몸을 날려 노위군에게로 달려들었다. 하지만 마음은 가상했으나 실제로 무모하기 그지없는 동작에 불과했다.

계란으로 바위 치기라고나 할까. 노위군은 가볍게 소매를 휘둘렀고 그 기세에 장산후는 종잇장처럼 뒤로 밀려나며 바닥을 뒹굴었다.

장산후의 몸짓은 노위군의 심기를 더욱 자극했는지 노위군은 괴성을 지르며 발광하듯 외치기 시작했다.

"으와악~ 그래, 다 죽여주마! 사부가 좋아했던 사람은 내가 다 죽여 버리고 말겠어! 하나도 남겨주지 않고 다 죽여 버리겠단 말이다~!"

노위군은 사방팔방으로 장력을 날리며 성난 광기를 드러냈다. 그런 모습을 보며 장산후는 몸을 가누지도 못할 상태에서 혼잣말로 입을 달싹거리며 중얼거렸다.

"바보 같은 녀석, 사부가 널 얼마나 아꼈는지 모른단 말이냐? 사부가 좋아했던 사람을 다 죽인다면 바로 너도 죽어야 하는 것임을 왜 모르는 거냐."

하지만 이 말은 결코 노위군에게 들리지 않았다. 이미 기진맥진한 데다가 현재 노위군이 광분에 젖어 사방 벽에 장력을 날려 벽을 허물고 있었기 때문이다. 감옥 안에는 벽이 허물어지며 뿌연 먼지가 흩날렸다.

잠시 후 분분히 피어난 먼지들 사이로 노위군의 시뻘건 눈이 드러났다.

"그래, 먼저 그놈부터 없애 버려야겠다. 그리곤 차근차근 목을 따주마."

노위군은 어느 정도 분이 풀린 것인지 광기가 가라앉고 있었다. 분노 중에도 그는 어떻게 해야만 자신에게 이익이 되는지를 생각했다.

'타구봉법이다! 그놈이 타구봉법을 안다면 곤란하지 않은가.'

제일 염려스러운 것은 사부가 타구봉법을 전수해 주었을지도 모른다는 부분이었다. 현재 그로선 타구봉은 가지고 있으되 타구봉법을 알지 못하고 있는 터였다. 그것은 사형인 장산후도 마찬가지였다. 타구봉법은 방주로 임명하기 바로 전에 전수하는 터라 미리 배울 수 없기 때문이다. 하지만 만에 하나 사부가 방주 자리를 실제로는 셋째 사제에게 주려고 마음먹었다면 타구봉법에 대해 알려주었을지도 몰랐다.

'강호에 더 드러나기 전에 목을 끊어놓아야만 한다. 크크.'

장산후를 내버려 두고 반구옥을 나온 노위군은 수하들과 함께 멀리 울창한 산을 바라보았다. 가파른 절벽마다 곳곳에 푸른 나무들이 자리했고 그 밑으로 마음까지 푸르게 하는 나무들이 자리했지만 노위군의 눈에는 푸르름 대신 불타는 화염으로 비춰졌다.

'소리없이 죽여주마. 기다리고 있어라!'

5장
반항

반항

표영 일행은 처음에 계획했었던 녹림채가 아닌 청부 조직인 청막으로 방향을 잡고 나아갔다.

표영으로서는 사람의 목숨을 빼앗는 대가로 돈을 벌고 그것으로 삶을 영위해 가는 것을 이해할 수 없었고, 또한 용납할 수도 없었다.

세상엔 많은 직업이 존재하고 나름대로 사는 법이 다 달라 수만 가지 형태의 돈을 버는 방법이 있겠지만 살인이 직업이나 그 방법이 돼서는 안 된다 여겼다.

지난날 당가에서 혈곡의 고수 송도악이 어린 여자 아이를 인질로 삼았을 때 분노했던 것도 그런 마음이 가득 자리하고 있었기 때문이다.

늘 게으름 속에서 나날을 보내며 아무런 생각도 없는 인간으로 살았던 표영이었지만 비천신공을 익히고 거지 생활을 하면서 자신도 모르게 대오각성해 가며 많은 우주삼라만상의 이치를 깨달아갔다. 더욱이 만성지체를 타고난 까닭에 그 틀이 깨어지기 시작하면서부터는 하나의 이치를 깨달으면 그와 관련된 수많은 것들이 일제히 꿰뚫리곤 했다.

현재 표영의 계획은 일단 시급히 청막을 제압하고서 차례로 나머지 살수 조직들을 와해시킬 생각이었다.

'개방이 존재하는 한 앞으로 강호에 살수 조직이 나타나는 일이 없도록 만들고야 말겠다.'

이런 표영의 생각과 길에 대해서 함께 따르고 있는 수하들은 두 무리로 나뉘어져 있었다.

하나는 충분히 납득하고 따르는 무리였고 또 다른 무리는 겉으로는 따르지만 속으로는 약간 고개를 갸우뚱하는 이들이었다.

무리들 중 충분히 납득하는 이들은 제갈호와 교청인이라 할 수 있었다. 이들은 이미 어느 정도 표영의 진심을 온전히 받아들이고 있는 단계에 이르러 있었기에 보는 바를 그대로 순수하게 바라보며 마음으로 만족하고 있었다.

하지만 능혼과 가장 최근에 접수된 살수들은 정도의 차이는 있었지만 작은 불만의 덩어리를 가지고 있었다.

그중 능혼이 그러한 까닭은 얼마 전 일차 주화입마를 당했을 때 표영의 반응 때문이었다. 당시 표영은 잔인한 살성을 타고났다는 천마지체의 모습이기보다는 너무도 인간적인 눈동자와 뒷모습을 보였었다.

비록 그 일이 나름대로 마음에 색다른 감동으로 다가오긴 했지만 어쩐지 낯간지러운 느낌을 지울 수 없었다. 그리고 지금까지 '혹시나 하는 마음이 마음 한 귀퉁이에서 울려오고 있는 것이다. 그에 반해 능파의 경우는 정신이 아직 온전치 못한 고로 여전히 충성과 복종에 파묻혀 그런 부분까지는 의심할 마음조차 갖지 못했다. 즉, 능파는 두 갈래 무리들 중 어디에도 속하지 않는 거의 무대포적인 충성으로 똘똘 뭉쳐진 셈이었다.

살수들 같은 경우엔 그 도가 능혼보다 더욱 심한 편이었다. 이들은 비록 표영에게 강제로 독을 복용당하고 힘에 굴복해 마지못해 부하가 되었다곤 해도 마음으로까지 승복한 것은 아니었다.

살수들 무리의 지도자인 청막의 칠영주 무요는 부하들과 매우 은밀하게 뜻을 나누어 대반전을 준비하고 있었다. 그들의 계획은 쉽게 결론지어 기습이었다. 온전히 복종한 듯 가장해 일거에 제압한 후 해독약을 얻고 바로 청막으로 데려가는 것이다. 흑조단참 상문표의 부탁이 있었지만 받은 수모를 생각하면 복수를 해주어야만 했다.

이처럼 표영을 따르는 무리는 여럿이었지만 여러 갈래로 마음이 나뉘어 다른 꿍꿍이를 가지고 길을 가고 있었고, 그런 사정을 표영은 깊이 생각지 못했다.

동행한 지 5일째가 되었을 쯤 일행은 어느 이름 모를 산고개에서 밤을 맞게 되었다.

모두는 늘 그래 왔던 것처럼 적당한 자리를 보아 잠자리를 마련했고 가까운 곳으로 벌려 자리를 잡았다. 제일 오른쪽 자리에는 능파와 능혼이 누웠고 그 옆으로는 살수들, 그리고 왼쪽으로는 제갈호와 교청인, 그리고 표영이 자리했다.

이때쯤에는 어느덧 살수들도 대충 적응 기간이 끝난 터라 겉으로는 매우 화기애애한 분위기가 연출되었고 표영을 비롯해 능파와 능혼도 마음을 놓고 있었다. 하지만 바로 이런 여건과 시점이야말로 청막의 삼영주 무요와 그 수하 살수들이 가장 바라던 순간이었다.

'흐흐, 녀석들. 순진하긴.'

무요는 자리에 누워 잠을 청하는 척하며 속으로 고소를 머금었다. 이런 상황이 오기를 얼마나 간절히 기다리고 기다렸던가. 수하들과는 이미 입을 맞춰놓은 상태였다.

'목숨이 왔다 갔다 하면 지가 해독해 주지 않고 배기겠어? 흐흐흐.'

그는 나름대로 자신감에 넘쳤다. 비록 그 한계가 어디까지인지 모를 만큼 대단한 고수인 것만은 확실하지만 이토록 가까운 거리에서 피해내긴 어려울 것이라 생각했다.

'일 식경(30분)이다… 일 식경.'

그들이 계획한 것은 잠자리에 누운 지 일 식경이 지나 일제히 손을 쓰는 것이었다.

살수들이 나름대로 머리를 사정없이 굴리며 자신들의 살길을 찾고 있을 때 능혼은 능파에게 마음에 있는 바를 털어놓고자 했다. 아무래도 혼자 속으로만 끙끙 앓고 있으니 형님과 상의해서 좀 더 구체적으로 교주에 대해 파악해 보고자 함이었다.

"형님, 드릴 말씀이 있습니다. 중요한 말이니 모르는 척하고 전음으로 이야기하도록 하죠."

은밀히 전해오는 전음에 능파가 살짝 미간을 찡그렸다가 전음으로 답했다.

"말해 보아라."

"형님도 기억하실 겁니다. 지난번 절벽 아래로 질주한 후에 기혈이 역류해 주화입마당한 적이 있었잖습니까?"

"그렇지."

"그때 교주님의 안색이 자꾸만 마음에 걸립니다."

"뭐가 말이냐?"

능파가 능혼 쪽으로 몸을 돌리고서 똑바로 쳐다보며 전음을 날렸다.

"근본 지존께서는 세상에서 가장 잔악한 성품을 지니고 나신 분이 아니십니까? 하지만 그 당시 지존의 모습은 너무도 인간적이었습니다. 수하들의 죽음을 보고도 눈썹 하나 까딱하지 않을 지존이셔야 하지 않습니까?"

그 말에 능파의 눈썹이 꿈틀하고 움직였다.

"그래서?"

비록 전음이었지만 상당히 기분이 상했음을 나타내고 있었다. 능혼은 순간 당황하긴 했지만 하고자 하는 말을 계속해서 말했다.

"실제로 그 일뿐만 아니라 그전의 일들을 돌아보면 뭔가 미심쩍은……."

하지만 능혼은 하고자 하는 말을 마저 다 할 수 없었다. 느닷없이 능파가 자리를 박차고 일어나며 버럭 소리를 지름과 동시에 주먹을 날려 버렸기 때문이다.

"이 자식이 보자 보자 하니까 못하는 말이 없구나!"

퍼퍼퍽!

인정사정없는 주먹질이 능혼의 얼굴을 강타했다.

"으억!"

능혼은 날벼락을 맞듯이 주먹에 얻어맞고 자지러졌다. 능파의 공격은 거기에서 멈추지 않았다. 온갖 고함을 내지르며 주먹이며 발로 걷어찼다.

"차라리 가서 죽어라, 이 개자식아! 니가 그러고도 내 동생이냐!"

그런 소란에 모두 화들짝 놀라 일어난 것은 두말할 나위 없는 것이었다.

"대체 무슨 소란이냐? 야, 자식아! 조용히 하지 못해!!"

표영이 짜증스럽다는 듯이 외쳤지만 능파의 동작은 멈추지 않았다.

세상에서 가장 존경하는 인물이 누구냐고 하늘이 묻는다면 아무 주저함 없이 그는 교주님이라고 말할 것이고, 또다시 하늘이 가장 존경하는 인물이 누구냐고 묻는다 해도 똑같은 답을 말할 것이다. 그런 능파에게 능혼의 말은 아무리 동생이라고 해도 용서할 수 없는 것이었다.

"내 너의 아가리를 찢어주마! 그런 아가리를 달고 사는 것이 부끄럽지도 않느냐! 죽어~!"

퍼퍼퍽! 퍼퍼퍽!

"형님, 참으세요! 잘못했습니다!"

능혼은 감히 맞서서 싸우지 못하고 힘겹게 몸을 웅크린 채 충격을 최소화하는 데 힘썼다.

"네놈의 머리통에는 대체 뭐가 들어 있더란 말이냐! 내가 너의 형이라는 것이 이렇게 부끄러울 줄은 몰랐다!"

이 급작스런 사태에 가장 당황한 것은 살수들이었다. 곧 있으면 행동을 개시할 터였는데 뜻밖의 상황이 벌어진 것이다. 그들이 멈칫거리며 어찌해야 좋을지 모를 때 표영이 타구봉을 빼 들고 씩씩대며 능파와 능혼에게 달려갔다.

"능파, 네놈이 죽을라고 환장을 한 거냐! 왜 자라는 잠은 안 자고 사람을 패는 것이냐!"

말이 끝나기도 전에 표영의 손이 움직였고 게거품을 물며 패던 능파는 표영에게 온몸을 난타당하며 바닥을 뒹굴었다.
"파파파팍!
"으억! 방주님… 사실 그게 아니라……."
"그게 아니라니! 이놈이 미쳐도 단단히 미쳤구나!"
그렇다고 능혼이 무사한 건 아니었다.
"너도 똑같은 놈이야, 이놈의 새끼야!"
표영은 둘을 번갈아가면서 후려 패버렸다. 그런 모습을 보며 실수들은 서로를 바라보았다. 행동을 취해야 할 것인지 말 것인지 결단을 내리기 힘들었던 것이다. 하지만 지금 상황은 절호의 기회가 아닐 수 없었다. 그때 무요가 전음을 날렸다.
"좋다! 행동을 개시한다!"
전음이란 것이 단 한 번에 모두에게 날릴 수 있는 것이 아니기에 무요는 한 사람 한 사람에게 일일이 전음을 보냈다. 헌데 무요가 마지막 수하에게 전음을 날렸을 때는 이미 처음 전음을 받았던 청면수가 자기도 모르는 사이에 살기를 드러낸 상황이었다. 그 살기는 여지없이 표영과 능파와 능혼에게 포착되었다.
"이놈들 보게나?"
언제 때렸고 또 언제 맞았었냐는 듯 표영과 능파와 능혼이 일제히 실수들에게 달려들었고 그것을 신호로 제갈호와 교청인도 달려들었다.
"이놈들이 아직도 정신을 못 차렸구나!"
무요도 참을 만큼 참았다고 생각했기에 이판사판이었다.
"아, 씨팔! 그래, 한판 붙어보자!"
하지만 그의 외침에 비해 결과는 너무도 초라하기 그지없었다. 무요를 비롯한 살수들은 다리가 부러지거나 갈비뼈가 나가거나 어깨가 빠지는 등 패잔병처럼 바닥을 뒹굴게 된 것이다.

"이것들이! 정말 문제가 심각하구나."

표영은 능파 등에게 명해 관을 준비토록 했다. 그리고 다시금 7일간에 걸쳐 무요 등은 땅에 묻히게 되었다.

"안 됩니다! 잘못했습니다요! 잘못했다니까요!"

"제발 묻지는 말아주세요! 제발요!"

"앞으로는 말 잘 듣겠습니다요!"

"으악! 안 돼요!"

모두들 끔찍하기 그지없었다. 땅에 묻힌다는 것이 어찌 보면 아무 것도 아닌 것으로 여겨지겠으나 실제로 단 한 시진만 묻혀본다면 마음이 싹 달라질 것이다. 게다가 관에 누워 있고 밤이 되어 찬 이슬이 등줄기로 올라오는 느낌은 가히 공포의 극치였다. 그리고 그 가운데 온갖 망상이 떠올라 찰나가 영원처럼 느껴지는 억겁의 고통이 다가왔다. 살수들은 땅에 묻혀 지내면서 많은 생각들을 했다. 그것은 그들에 겐 매우 진귀한 경험들이 되었고 여러 해 동안 깨우치고 터득해야만 할 것들을 단숨에 돌이킬 수 있도록 하는 마력이 있었다.

6장
조금씩 변해가는 마음들

조금씩 변해가는 마음들

두 번째 반항이 수포로 돌아가자 살수들은 이제 더 이상 반항하고자 하는 마음을 품을 수 없었다. 다시는, 정말 다시는 묻히고 싶지 않은 것이다. 그 기묘한 기분은 뭐라고 표현하기 힘들었고 단 반 시진을 있다 해도 깊은 절망감에 사로잡히곤 했다. 그리고 그들은 모두 생명이 얼마나 고귀한 것인지 깨달을 수 있었다. 역시 자신들이 고통을 당해보자 다른 사람의 심정도 이해할 수 있게 된 것이다.

그로 인해 몸뿐만 아니라 마음까지 순종적으로 변한 살수들은 본격적으로 거지가 되기 위한 훈련에 돌입하게 되었다. 원래대로 하자면 걸인도(불귀도)로 보내져 피나는 훈련을 받아야 옳겠으나 지금은 살수 조직을 찾아가는 길인지라 어쩔 수가 없었다.

역시 제일 힘든 관문은 영약 복용이었다. 평소엔 쳐다보지도 않던 개들이 아니었던가. 그런 그들이 개밥을 하루 세 끼 먹으리라 생각이나 했겠는가 말이다. 하지만 역시 인간은 위대했다. 뭐든지 처음이 힘든 법이지 조금 익숙해지자 언제 꺼려했냐는 듯 맛있게 쩝쩝거리며 먹게 된 것이다.
 처음에는…

―이걸 도대체 왜 먹으라고 하는 겁니까?
―차라리 죽는 게 낫습니다.
―제발 강요하지 마세요.

 라고 했던 말들이 몇 대 얻어터지고 다시 묻어버리겠다는 협박 아래 며칠이 지나면서는 다르게 변했다.

―이거 너무 양이 적잖아, 제길.
―오늘도 국밥이네. 짭짤하구만. 흐흐흐.
―저리 가, 개새끼야! 우린 지금 수련을 하고 있단 말이다!
―국물이, 국물이 끝내줘요.

 살수들의 적응력은 놀라울 지경이었다. 꽤나 단련되었다고 자부하는 능파와 능혼, 그리고 제갈호와 교청인도 놀랄 지경이었다.
 '저것들이 알고 보니 아주 거지로 타고났구나.'
 '무지 맛있게 먹네. 저놈들은 원래부터 먹고 싶었던 것이 아닐까? 그러면서 괜히 빼는 척하고 말야.'
 '국물 한 방울 안 남겨놓는구나. 무서운 놈들……'
 '얌전한 고양이 부뚜막에 먼저 오른다더니… 아주 환장을 하고 먹

어대는구나.'

  이렇듯 살수들은 표영의 영도 아래 나날이 씩씩하게 진정한 거지로 변해갔다. 뇌려타곤을 외치며 땅을 구르기도 하고 만천화우를 발한다며 비듬을 날리는 연습을 하기도 했다.

  원래 사람은 환경에 의해 큰 영향을 받게 된다. 살인을 밥먹듯이 하게 되면 아무리 따스한 심장을 가진 자라도 잔악함을 몸에 쌓게 되고 그 심성에 마의 기운이 감돌게 되는 것이다. 차가운 마음에 휩싸여 있던 살수들은 거지 생활을 통해 조금씩 마음이 변해갔다. 지난날들의 묵은 때를 벗겨내고 있는 것이다.

  인간은 어떠한가. 처음 태어날 때는 벌거벗은 채 아무것도 없이 세상에 나오게 된다. 첫 출발은 나름대로 각오를 다지고 두 손을 꼭 움켜쥔 모습이다. 아마도 한세상 움켜쥐어 보겠노라는 포부가 아닐런지. 그렇게 사람은 점점 자라나면서 하나둘 자신의 욕심에 따라 움켜쥐기도 하고 또 놓치기도 하면서 한평생을 살게 되는데, 결국 한 생애를 끝마쳤을 때는 처음 나왔을 때와 같이 빈 몸과 빈손으로 돌아가게 된다.

  그리고 처음에 꼭 쥐고 태어났던 것과는 반대로 두 손을 펼친 채로 '나는 아무것도 얻지 못한 채 이렇게 떠나간다' 라고 말하는 것처럼 그렇게 떠나게 되는 것이다.

  살수들은 생을 마감하는 사람들처럼 거지 수련을 통해 자신을 죽여가고 있었다. 그건 실제 죽음을 맞이하는 것이 아닌 그동안 쌓아왔던 과거의 자신을 죽여가는 것이었다.

  거지의 삶은 철저히 자신을 비워내는 데 있었다.

  가장 천하게 여기는 개의 밥을 먹음으로써 자존심을 버리고 더러운 모습 속에서 굳이 다른 사람들에게 멋지게 보이려는 헛된 망상도 버리게 된다. 또한 구걸을 통해 자신을 낮추고 또 낮추면서 온 우주 가운데 먼지 한 톨도 되지 않은 미천한 자신의 존재를 깨우치는 것이다. 그렇게 깨우쳐 나가게 되었을 때 결국 모든 삶에서 자유로울 수 있고 헛된 야망과 욕망의 지배에서 벗어나게 되는 것이다.

이런 길을 통과했을 때 개방의 진정한 힘이라 할 수 있는 비천신공도 익힐 수 있게 된다. 현 개방 방주 노위군이 비천신공의 구결을 온전히 깨우치지 못하고 우사신공에 집착하게 된 것은 그에게 있어서 참으로 큰 불행이 아닐 수 없다. 하지만 그가 끝내 자신을 버리지 못한다면 비천신공은 깨달을 수 없을 것이다.

그렇게 살수들은 하루하루 거지 무공을 익히며 자신을 버려갔고 표영과 능파와 능혼의 갈굼 속에 꿋꿋이 버텼다. 그러는 새 그들의 마음 또한 아기의 순수함으로 서서히 돌아가고 있었다.

7장
청막의 규칙

청막의 규칙

 일행은 청막의 본거지인 산서성 쪽으로 이동했다. 표영은 겉으로는 희희낙락하며 거지의 길에 대해 설파하기도 하고 친히 본을 보이기도 했지만 속으로는 나름대로 큰 고민을 하고 있었다.
 그건 청막에 찾아가 어떻게 그들을 굴복시킬 수 있을지에 대한 것이었다. 고민의 핵심은 그들이 아무런 반항도 하지 않을 리 없다는 데 있었다.

 ─네, 앞으로는 청부 살인은 하지 않고 바른 삶을 살도록 하겠습니다. 주신 회선환도 아주 맛있었습니다.

 이렇게만 말해 준다면야 오죽 좋겠는가마는 세상은 그렇게 생각대로 만만한 곳이 아니지 않는가. 그렇다고 무작정 너 죽고 나 죽자라는 식으로 패싸움을 벌이는 것도 무모하기 그지없는 것이었다. 아무리 능파와 능혼이 있다 해도 도리어 큰 피해를 입는 쪽은 표영과 그 일행임은 두말하면 잔소리일 터였다.

피를 보지 않고 조직을 접수할 수 있는 방법.

여러 생각과 가능성을 떠올려 보았지만 마땅한 것을 찾을 수 없었다. 하지만 옛말에 이르길 뜻이 있으면 길이 있다 하지 않았던가. 또한 말하길 정성이 깊으면 그 뜻이 하늘에 닿는다 했다. 표영이 찾고자 하는 길은 의외로 과거 청막의 삼영주였던 무요의 입에서 나왔다.

점심으로 뜨거운 밥을 얻게 되었는데 표영이 거지로서 뜨거운 밥을 먹음이 합당치 않다고 말해 식을 때까지 기다렸다가 먹게 된 시점이었다.

"청막에 대해 들어보자."

식은 밥을 한 움큼 입에 털어 넣고서 표영이 나뭇등걸에 기댄 채 무요에게 물었다. 무요도 옆에 두 다리를 쭉 펴고 앉아 손에 밥알을 덕지덕지 묻힌 상태로 입 안에 우겨 넣고 있었다. 그의 이러한 모습은 얼마 전까지만 해도 상상할 수 없는 것이었다. 그는 실로 거지로서 손색이 없는 모습으로 변한 것이다.

청막의 일곱 영주 중 한 명이라는 남부러울 것 없는 자리에 있었으며 살수라는 직업이야말로 가장 남자다운 일이라 생각했었던 그의 사상을 고려해 볼 때 지금의 모습은 경이로운 일이 아닐 수 없었다.

그의 변화는 여러 가지 요인이 있겠으나 가장 크게 작용했던 건 무엇보다도 관 속에 들어가 땅에 묻혀본 것이었다. 괴상한 형태로 죽음의 공포가 밀려온 것도 있었지만 그보다는 자기가 죽인 사람들도 그처럼 싸늘한 시체로 누워 있을 것이란 생각이 생명의 소중함을 일깨워 준 것이었다. 살인을 저지르며 얼음장같이 얼어붙은 그의 마음에 따스한 인간 본연으로 돌아가게 한 것이다.

거기에 그의 마음을 더욱 가속도로 변화하게 한 것은 거지 수련이었다. 거지 수련은 일 푼의 자존심이라도 가지고 있는 한 결코 해낼 수 없는 것이기에 자존심이 사라지자 무심의 경지를 엿볼 수 있게 되었다.

마지막으로 변화의 요인 중 또 한 가지를 꼽으라면 표영을 따르면서 인간의 냄새를 맡은 것이라 할 수 있었다. 그로선 이제껏 조직에 몸담고 있으면서 오직 사람의 목숨을 그저 돈으로만 여겼을 뿐이었다.

무공을 배우는 목적은 오로지 어떻게 하면 빨리 사람의 목숨을 끊어놓고 그 대가로 돈을 받을 수 있을 것인가에 있었다. 자신이 그렇게 배워왔기에 또한 그렇게 가르쳐 왔었다. 하지만 그는 비록 짧은 거지 생활이었지만 이제껏 생각해 보지 못했던 것을 깨닫게 되었다.

세상은 돈이 없어도 충분히 살아갈 수 있다는 것과 그가 생각지 못했던 마음의 세계가 있다는 것을 말이다.

과거에는 다른 이에게 멋지게 보여야 한다든지 혹은 돈이 있어야만 행복한 삶을 영위할 수 있는 것이 아니냐는 식의 생각을 했었다. 그러나 아무것도 소유하지 않은 거지 생활 속에서 단돈 한 푼조차 없이도 매우 편안했고 오히려 귀찮은 일이 생기지 않는다는 것을 깨달았다.

그런 생각들이 모이고 모여 이젠 살수라는 일에 대해 거부감이 일기 시작했다.

막역한 친구인 흑조단참 상문표가 살수계를 은퇴하고 얼굴에 평온함이 감돈 이유를 알 수 있을 것만 같았다.

표영의 질문에 밥을 오물거리며 무요가 답했다.

"청막은 청부 살인을 주 목적으로 하는 곳으로 막주는 밀천은영 지문환입니다."

무요는 청막에 대해 자세히 설명하기 시작했다. 이제까지 얼마나 많은 청부를 받았으며 살수계에서 가장 독보적인 존재들이며 암중으로 다른 살수 조직들을 이끌고 있는 위치라는 것, 그리고 조직의 지도체계는 어떻게 구성되어 있으며 총인원은 어떠한지 등을 설명했다. 설명을 하는 와중에 유독 무요는 구성 인원에 대한 부분을 말할 땐 조금 더 강조해서 말하게 되었는데 그 이유인즉 은연중에 청막으로 가는 길을 포기토록 하기 위함이었다.

무요가 생각할 땐 이 인원으로 청막에 쳐들어간다는 것은 자살 행위나 다름이 없었기 때문이다. 어디 동네 건달이나 양아치들을 상대하는 일이 아니니 말이다.

무요의 이야기는 계속되었다.

"청부를 받음에 있어 청막에는 예외되는 조항이 있습니다. 그건 바로 중원오대고수와 구파일방의 장문인과 후계자들, 그리고 사파 쪽의 지도자들에 대한 청부는 받지 않는다는 것입니다."

여태까지 아무 말도 없이 쭉 뻗은 발목만 까닥거리며 밥 알갱이를 우물거리던 표영이 고개를 옆으로 돌리고 물었다.

"그러니까 청부에도 예외가 있단 말이렷다? 그것참 재밌는 일이네."

"어느 정도 짐작하고 계시겠습니다만 그 까닭은 첫째로 장문인과 후계자들을 제외함은 너무 크게 일이 확대되는 것을 막기 위함입니다. 청부를 실행함에 있어서 가장 큰 노력은 청부 조직이 동원되었음을 최대한 숨기는 데 주력합니다만 만에 하나 발생할 상황에 대비코자 함입니다. 둘째로 중원오대고수들에 대한 부분은 도리어 살수들의 목숨만 헛되이 날리게 되지 않을까 하는 이유 때문입니다."

듣고 보니 그럴싸한 말이었다. 하지만 그 말이 표영을 더욱 짜증나게 만들었다. 낮은 위치에 있거나 문파의 대표가 아니면 언제든지 죽어도 무방하단 말인가.

표영이 한쪽 입꼬리를 올리고 웃었다.

"후후, 그들은 특혜로군."

표영은 문득 사부를 떠올렸다.

'사부님은 정신이 혼미한 가운데 살수들이 공격했다고 했었지 않던가. 청막에 규칙으로 보아 그 살수들이 청막은 아니겠구나.'

그때 또 다른 생각이 머리를 스쳐 얼른 무요에게 물었다.

"청막은 정파라고 해야 하나 사파라고 해야 하나?"

무요는 한 번도 그에 대한 구분을 해본 적이 없었고 또 표영이 무슨 뜻으로 질문하는지도 알지 못했다. 그는 잠시 생각하다가 과거 막주 지문환이 했던 말을 떠올리고 입을 열었다.

"청막은 정파도 사파도 아니라고 할 수 있습니다. 엄밀히 말하자면 장사꾼이라고 봐야 합니다."

표영을 만나기 전의 무요라면 결코 이렇게 청막에 대해 말할 수 없었을 것이지만 지금 그가 장사꾼이라고 말한 것은 진심이었다.

"음… 장사꾼이라……."

고개를 끄덕이던 표영이 입을 삐죽 내밀며 말을 이었다.

"이건 만약인데 말야, 아까 말한 경우 외엔 다 받아들인다고 했는데 만약 수락하지 못하는 경우엔 어떻게 되지?"

"하하하!"

무요가 쳐다보고 크게 웃었다. 뭐 그런 택도 없는 소리를 하느냐는 식의 웃음이었다.

"하하하, 그런 일은 절대로 있을 수 없습니다."

"그래?"

"그럼요. 만일 거부하고 받아들이지 않는다면 그땐 이미 청막은 청막이 아닌 겁니다."

"청막이 아니라니 그게 무슨 말이냐?"

"하하하, 그러니까 청막이 청부를 거부하며 그 사람에게 모든 것을 다 갖다 바쳐야 하고 그에 수중으로 들어간다는 말씀입니다."

표영의 눈이 번쩍 하고 빛을 발했다.

"네 말은 틀림이 없겠지?"

"그럼요."

"만약에 허튼소리면 한 달 간 땅에 묻어버린다. 알겠지?"

무요의 안색이 흙빛으로 변했다.

"아이, 진짜라니까요."

두려움으로 인해 자신도 모르게 약간 반항적인 말이 뻗어 나가자 저쪽에 있던 능파가 번개같이 달려와 무요의 뒤통수를 발로 가격해 버렸다.

퍽!

무요가 앞쪽으로 머리를 처박고 쓰러지며 비명을 내질렀다.

"으아아악!"

"어디서 감히 어거지를 쓰는 것이냐!"

능파로서는 지존의 그늘도 밟을 수 없다고 생각하고 있는지라 이런 어줍잖은 발언은 용납할 수가 없었다. 하지만 늘 그랬듯 능파가 무사할 리 만무했다.

퍼퍼퍽!

표영이 타구봉을 꺼내 들고 능파를 조지기 시작했다.

"어디서 함부로 발길질이냐! 내가 그렇게 이야기했는데도 아직 그대로냐, 응? 죽고 싶어서 환장을 했냐?"

"잘못했습니다. 다시는 안 그러겠습니다."

퍼퍼퍼퍽!

"가 죽어, 이놈아! 가 죽으란 말이다!"

어느 정도 두들겨 팬 표영은 타구봉을 거두었다. 하지만 험한 말과는 달리 얼굴은 환히 빛났다. 이제껏 고민했던 청막에 대한 문제가 의외로 쉽게 끝날 것 같았기 때문이다.

'기다려라, 청막! 흐흐흐.'

8장
청막으로 들어가는 길

청막으로 들어가는 길

무요가 손으로 멀리 보이는 붉은색으로 칠해진 정육점 간판을 가리키며 말했다.

"바로 저곳입니다."

무요는 표영을 비롯한 일행의 시선이 충분히 이르렀다는 생각이 들자 말을 이었다.

"저 정육점 주인의 이름은 나채종입니다. 청막의 일원으로 산서성에서 청부 요청을 받는 역할을 하고 있습니다."

원래 청부 살인이란 것이 노골적으로 드러내 놓고 할 수 있는 것이 아니기 때문에 처음부터 끝까지 매우 은밀하게 진행된다고 할 수 있다. 그렇기에 청막에서는 본거지로 직접 의뢰를 청하러 오게끔 하지 않았고 비밀 장소를 두어 거래를 하고 있었던 것이다.

이곳은 현재 정육점으로 꾸미고 있었지만 실질적으로는 소와 돼지가 아닌 사람의 목숨이 왔다 갔다 하는 곳이었다.

그렇다고 여러 지역에 펼쳐져 있는 청막의 청부 의뢰처마다 모두 정육점을 하고 있는 것은 아니었다.

어떤 곳은 주루, 또 어떤 곳은 포목점, 또 다른 곳은 전당포 등등 다양한 모습으로 외양을 둘렀다. 하지만 이들은 단순히 꾸미는 데 그치지 않고 실제 그러한 장사를 하면서 동시에 청부를 받았다.

이런 곳들은 워낙 자연스럽게 일반 상인들과 섞여 있기 때문에 정녕 그곳이 확실한 청부 조직의 하부인지 알고 오지 않는 이상 전혀 눈치 챌 수 없는 일이었다.

그렇다고 해서 아예 아무도 모르게 된다면 그건 말도 안 되는 일이 아니겠는가. 비밀이란 것은 아무도 모르는 것이 비밀이 아니라 아는 사람이 적었을 때 그 의미가 있는 법이다.

대부분 청부를 의뢰함은 연결연결 되어 아는 사람을 통해 접근해 오는 경우가 거의 전부라고 해도 과언이 아니었다. 이런 식으로 하면 청부 고객은 그리 많지 않을 것이라 섣불리 예측할 수도 있겠으나 그런 근심은 할 필요가 없었다. 세상에는 놀랍게도 누군가를 죽이고 싶어하는 이들이 너무도 많았기 때문이다.

무요가 표영을 보며 다시 말을 이었다.

"사람이 드문 틈을 타 나채종에게 이렇게 말씀하십시오. '하늘은 청명한데 오늘도 소와 돼지는 많이도 죽어가는구나' 라고 말입니다."

이것은 청부를 의뢰하는 암호였다. 이렇듯 무요가 표영에게 청막에 접근하는 방법을 말한 것은 표영이 청막과의 정면 승부를 원치 않았기 때문이다. 표영은 수하들에게 말하길 청막에 청부를 의뢰할 사람이 있다고만 이야기했다.

능파가 대체 누구를 죽이려 하시는 거냐며 자신이 직접 죽이겠다고 집요하게 달라붙었지만 주먹으로 얼굴만 한 대 얻어터졌을 뿐이었다. 교청인 또한 미인계―실제로는 미인이지만 지금 상태로는 결코 미인이랄 수 없는데도 불구하고―를 사용해 표영에게 질문을 던졌지만 돌아오는 건 시끄럽게 하지 말고 어디 시냇가에서 두 번째 목욕이나 하고 오라는 구박만 받았만 뿐이었다.

"하늘은 청명한데 오늘도 소와 돼지는 많이도 죽어가는구나⋯ 암호치고는 웃기는걸? 그놈들은 사람들을 소나 돼지로 여기는 놈들인가 보구나."

암호를 되뇌이며 표영은 한쪽 입꼬리를 올리고서 능파와 능혼을 보고 말했다.

"좋다. 능파, 능혼, 함께 가자."

느릿한 걸음으로 우가촌 정육점으로 향해 그 앞에 이른 표영 등은 잠시 동안 손님들이 없는 틈을 기다리며 정육점을 유심히 살폈다.

정육점은 고기 맛이 좋은지 손님들이 끊이지 않았다.

정육점 주인 나채종은 40대 후반의 나이에 고깃집 주인답지 않게 약간 큰 키에 비쩍 마른 체형을 가지고 있었다. 대체적으로 고깃집 주인을 떠올릴 때면 통통한 돼지 같은 모습을 떠올리게 되는데 조금은 의외가 아닐 수 없었다.

실제로 나채종은 고기를 팔면서 늘 손님들에게 자신의 마른 체형을 이용해 더욱 많은 고기를 팔기도 했다. 그의 말은 고기를 먹고 뚱뚱해지는 것을 두려워하는 사람들에게 매우 효과적이었는데 그 말인즉 이러했다.

"매일같이 고기를 먹지만 우리 집 고기는 몸에 딱 맞아서 속으로 건강해질 뿐 살 같은 것은 찌지 않는답니다. 그러니 염려 마시고 많이들 드십시오."

물론 이 말만 믿고 양껏 고기를 먹다가 피 본 아줌마들이 한둘이 아니었지만 그렇다고 달려와서 따지거나 왜 속였냐며 화를 내는 아줌마들은 한 명도 없었다. 어쨌든 먹을 땐 맛있게 먹었으니 말이다.
 표영이 기다린 지 약 차 한 잔 마실 시간이 지났을까. 어슬렁거리며 안을 들여다보니 손님이 없는 틈이 생겼다. 표영은 어기적거리면서 능씨 형제와 함께 정육점 안으로 들어갔다.
 "수고가 많으십니다. 고기들이 아주 먹음직스럽습니다. 하하하."
 나채종은 고기를 썰다가 세 명의 거지가 느닷없이 들어서자 칼을 꽂고서 한소리 크게 내질렀다.
 "거지 놈들이 어디서 주접을 떠느냐! 고기에 때 묻으니까 어서 썩 나가거라, 이놈들아!"
 버럭 지르는 소리 속에는 알 수 없는 살기가 서려 있었다. 그건 사람을 여럿 죽여서 생겨난 기운이라 보기는 힘들었다. 도리어 소나 돼지를 무수히 잡고 그 가운데 많은 나날 피를 접하다 보니 저절로 생겨난 기운인 듯싶었다. 그는 표영을 그저 보잘것없는 거지가 고기 조각이라도 얻어보겠다고 달라붙는 것으로밖에는 보지 않았다.
 그때 표영이 나지막하게 노래를 부르듯이 흥얼거렸다.
 "아, 하늘은~ 청명한데~ 오늘도 소와 돼지는~ 많이도 죽어가는구나~"
 표영이 무요에게 들은 암호를 가락에 맞춰 대수럽지 않게 흥얼거리자 나채종의 안색이 급변했다. 우연히 정확하게 암호를 내뱉을 수는 없는 노릇이었다. 그는 표영을 의아함이 가득 담긴 시선으로 온몸을 훑어보았다. 그의 표정은 이렇게 말하고 있는 것 같았다.

―뭐, 뭐냐, 대체 이건.

그는 단연코 청부를 받음에 있어서 귀함과 천함을 따지거나 부와 빈곤을 따지는 사람은 아니었다. 하지만 지금 이 경우는 해도 해도 너무한 것 같았다. 나름대로 세상 경험이 많다고 생각했지만 세상천지에 이렇게 확실한 거지새끼는 처음 본 것이다. 그리고 그런 거지로부터 청부를 받는다는 것은 결코 기분 좋은 일이 아니었다. 할 말을 잃고 멍하게 바라보는 나채종에게 표영이 싱글거리며 말했다.
"꼬옥~ 죽이고 싶은 사람이 있는데 말이오."
당황함 속에 있던 나채종은 비로소 표영의 말을 듣고서야 사태를 어느 정도 파악하고 여유를 찾았다. 어떻게 이곳이 청부 조직인지 알았는진 모르겠으나 약간 어눌한 말투로 인해 쉽게 단념시킬 수 있을 것 같았기 때문이다.

그는 일단 바깥쪽의 차양을 내리고 잠시 외출 중이라는 팻말을 붙여두고 다시 안으로 들어왔다.
"우리는 무일푼인 사람의 의뢰를 들어줄 만큼 여유로운 사람들이 아니외다. 몰골을 보아하니 밥도 제대로 못 먹고 다니는 것 같은데 여기까지 온 성의를 봐서 소고기나 조금 떼줄 테니 국이라도 끓여드시오."
그는 실제로 거지들이 여기까지 찾아온 정성이 가상하다고 생각했다. 어떻게 누구에게 말을 전해 들었는지는 모르지만 어쨌든 거지들도 살다 보면 놀림과 멸시를 받으며 죽이고 싶은 사람이 생기지 않으리란 보장은 없는 것이다. 하지만 불쌍하다고 공짜로 죽여준다면 죽은 사람이 서운해할 것이 분명하다 생각했다. 공짜로 죽였다간 죽은 이가 말하길 '나의 목숨이 아무런 가치도 없었다니… 이거 너무하는 거 아니냐' 면서 지하에 묻혀서도 가슴을 치고 통곡할 것을 청막에서는 염두에 둬야 하는 것이다.

하지만 여유롭게 말하던 나채종은 코로 고기 굽는 냄새가 구수하게 전해오자 눈을 돌려보다가 붕어처럼 눈이 튀어나와 버리고 말았다.

'저, 저 늙은 거지가 대체 무슨 짓을 하고 있는 거야!'

그의 시선이 머무는 곳에 능혼이 길게 걸린 고기에 손을 댄 채 삼매진화를 이용해 익히고 있었기 때문이다. 그 행동은 나채종의 고정관념을 바꾸기에 충분했다.

'보통 거지들은 아니라는 말이렷다.'

상대가 의외로 진지하게 나오는 듯하니 그에 맞춰 나채종도 진지한 표정을 짓고 말했다.

"좋소. 누구에게 청부에 대한 말을 들었는지 모르지만 어쨌든 잘 오셨소이다. 서로가 목적이 확실한 것 같으니 다른 잡다한 말은 접어두고 본론으로 들어갑시다. 당신들은 누구를 원하오?"

내채종의 음색은 아까와는 또 다른 무미건조한 목소리였다. 표영으로서는 그것이 더욱 마음에 들지 않았다. 사람의 목숨을 마치 사업가들이 철저한 이익을 보고 냉철한 판단력으로 거래를 하듯 뱉어내는 말에 분노를 느꼈다. 하지만 섣불리 화를 내는 것은 고작 깃털만 건드리고 몸통을 놓치는 결과를 부를 것이라는 것을 잘 알고 있었다.

"미안하지만 귀하에게 말할 수 있는 사람이 아니오."

나채종이 머리를 갸우뚱거렸다.

"말해 주지 않으면 어찌 청부를 행하겠소이까?"

"내 말인즉 당신에게 말할 수 없다는 말이오. 막주를 만나 직접 의뢰해야 할 일이오."

나채종이 손을 저으며 약간은 비웃는 얼굴로 말했다.

"그건 있을 수 없는 일이오. 대체 그 대상이 누구인지 모르나 강호엔 그럴 만한 인물은 없소이다. 설마 하니 그대들은 의뢰하지 말아야 할 사람들에 대한 규칙을 모르는 것은 아니오?"

그때 한쪽에서 답답해하던 능혼이 음산한 목소리를 뱉었다.

"그대는 우리가 그렇게 하릴없는… 사람으로… 보이는가?"

능혼으로서는 당장에라도 후려 패버리고 싶은 마음이 간절했지만 지존의 눈치 때문에 참고 있다가 작은 도움이 될까 싶어 고의적으로 음산한 기운을 실어 협박해 본 것이었다.

능혼의 생각은 제대로 적중했다. 목소리가 어찌나 소름을 돋게 하던지 나채종은 자신도 모르게 식은땀을 흘렸다. 나채종은 어떻게 해야 할지 잠시 머뭇거렸고 그때 표영이 말했다.

"청막에게 큰 이익을 주는 일이라 할 수 있는데 원하지 않는다니 어쩔 수 없군. 하긴 청부 조직이야 다른 곳도 많으니 굳이 청막에 목맬 필요 없겠지. 하하, 그대는 나중에 왜 우리의 청부를 접수하지 않고 다른 곳으로 보냈느냐고 막주에게 책망받더라도 내 탓으로 돌리지 마시오. 자, 그럼 우린 이만 가겠소이다."

표영이 능파, 능혼과 함께 문을 나서려 하자 나채종은 그 짧은 순간 수만 가지 생각을 떠올리며 머리를 굴렸다.

'대체 무엇이 이들을 이리도 자신만만하게 만든단 말인가. 이들은 겉으로는 보잘것없는 거지로 보이나 내게 보인 몇 모습들은 일반 거지와는 확연히 다른 분위기였다. 으음…….'

갈등하는 나채종의 입술은 표영이 채 문을 나서기 전에 열렸다.

"그렇게 중요한 일이오?"

표영이 발걸음을 멈추고 고개를 돌려 대답 대신 머리를 끄덕였다. 상황에 따라선 말 대신 작은 동작이 더 크게 의미를 전달하기도 하는 것이다.

"좋소이다. 하지만 만일 그대들이 말한 대로 대단한 청부가 아닐 시엔 그만한 대가를 치러야 할 것임을 명심하시오."

기세에 눌려 허락을 했지만 청막이 만만한 곳이 아님을 주지시키는 말이었다. 하지만 표영이 거기에 주눅 들 사람이 아니잖는가.

"두말하면~"

거기서 말을 끊고 능파와 능혼을 바라보자 두 사람이 뒤를 이었다.

"잔소리죠. 하하."

세 거지를 바라보며 나채종은 속으로 중얼거렸다.

'지금의 이 자신감이 청막에 가서도 계속될지 궁금하구나. 후후.'

9장
기이한 의뢰

기이한 의뢰

 청막의 막주 지문환은 씁쓸한 미소를 지었다. 그의 눈앞에는 표영과 그 일행이 멀뚱멀뚱 주위를 둘러보고 있는 중이었다. 씁쓸한 표정은 비단 막주 지문환의 얼굴에만 떠오른 것은 아니었다. 막주 휘하에 칠영주 중 여섯 명의 영주들도 찜찜함을 티 내지 않으려 노력하고 있는 중이었다.
 막주 지문환은 거지 중의 상거지를 데리고 온 것에 속이 부글부글 끓어올랐다. 만약에 말한 대로 대단한 계약이 성립되지 않는다면 거지들을 모조리 죽여 버리고 거기에 데리고 온 나채종 역시 죽여 버릴 작정이었다.
 그는 늘 삶 속에서 돈에 환장해 지낸 만큼 가장 혐오스럽게 생각하는 이들이 바로 거지였다. 사지 멀쩡한 놈들이 골목 어귀나 시장 바닥을 전전하며 구걸을 하는 모습은 보는 것만으로도 짜증나는 일이 아닐 수 없었다.

열심히 무공을 익혀서 자신들처럼 열심히 사람이라도 죽여 밥벌이를 해야 한다는 것이 그의 지론이었다. 하지만 지금 눈앞에 보이는 거지들에게는 설득하거나 열심히 살아보라 말하고 싶은 생각은 전혀 들지 않았다. 살다 살다 이런 거지는 처음이었기 때문이다.

'내가 이제까지 살면서 여러 거지들을 보아왔지만, 이건 정도가 너무 심하지 않은가. 60 평생 살면서 보아온 거지들을 모두 모아놓는다 해도 이 거지에 비할 순 없을 것이다. 제길, 이제까지 살인 청부업을 하면서 나름대로 자부심을 가지고 살아왔건만 오늘로 큰 오점을 남기게 되는구나. 저런 거지새끼한테 청부를 받다니… 엉성하게 말하면 도중에 콱 죽여 버려야겠다!'

또 한편으로는 이런 생각도 들었다.

'어젯밤 꿈에 용이 나타나 내 몸을 휘감았는데 갑자기 하늘에서 토막난 절반짜리 검 한 자루가 날아와 용을 토막 내버리고 가버렸지 않은가. 용꿈을 꾸어서 좋다고 생각했는데 괴이쩍은 검이 용을 죽여 버린 것이니 어쩌면 그 토막난 검이 이 거지들을 뜻하는 것은 아닐까? 그럼 정말 살려둘 순 없는 노릇이지. 그래도 죽인 후에는 몸조심을 해야겠어. 보잘것없어 보이던 반 검이 지날 때 용이 힘도 못 쓰고 잘려나갔으니 말이야. 어쨌든 오늘은 재수없을 것 같구나. 조심스럽게 보내야겠어.'

지문환이 표영 등을 바라보며 이런저런 생각에 사로잡혀 있을 때, 표영과 일행들도 지문환을 보며 조금은 괴이쩍음을 느꼈다. 원래 보편적인 관점에서 생각할 때 살수 두목이라면 강철이라도 뚫어버릴 것 같은 예리한 눈매에 바람이 조금 스치기라도 하면 금세 어디론가 사라져 버릴 것 같은 신비스런 모습을 떠올리게 된다. 하지만 지문환은 그런 모습과는 거리가 멀어도 너무 멀었다. 표영이 본 청막의 막주 지문환의 첫인상은 무요가 전에 한번 표현했던 대로 전형적인 장사꾼이었다.

그것도 철저한.

거기에 전체적으로 뒤룩뒤룩 찐 살과 살에 덮여 눈을 떴는지 감았는지도 모를 정도로 작은 눈, 턱 아래 두툼하게 자리한 삼중 턱, 비단으로 감싸고 있는 모습 등은 그를 살수단의 두목이기보다는 갑부 중한 사람을 보는 것으로 착각하게 만들었다.

멀뚱거리던 표영이 고개를 갸웃갸웃했다.

'사람을 많이 죽여 돈을 너무 많이 벌어 저런 식으로 변해 버린 것일까? 아주 얼굴에 글자가 새겨져 있군. 나는 돈벌레다라고 말야.'

지문환의 인상에 대한 다른 이들의 소감도 표영과 크게 다르지 않았다.

'저 새끼 보게나. 기분 나쁘게 어딜 쳐다보고 인상을 찌그리고 있는 거야. 꽉 저걸 그냥!'

능파의 생각이었고 능혼도 속으로 중얼거렸다.

'무공을 익혀 살인으로 밥을 빌어먹는 놈들의 꼬락서니 하고는……'

능파나 능혼이나 마교의 핵심이었지만 살수들에 대해서는 그리 좋은 감정을 지니고 있지 않았다. 물론 마교 내에도 특별한 임무를 수행키 위해 살수단을 따로 두기도 했지만 돈을 벌기 위한 수단은 아니었다.

제갈호와 교청인도 나름대로 인물 평을 하고 있었다.

'어째 하고 있는 꼬락서니를 보니 조만간 거지가 될 것 같은 인상들인걸.'

'사람의 피 값으로 비단을 두르고 보물로 몸을 치장했구나. 쯔쯧.'

제갈호와 교청인도 표영을 따라다니다 보니 어느덧 어느 정도 사람 보는 눈이 생겼고 겉을 과장되이 꾸미는 것에 혐오스러움을 느꼈다. 특히 그것이 속이 텅 비어 있는 사람이거나 혹은 지금처럼 사람의 피 값에 대한 대가로 부귀를 누리는 것은 더욱 그러했다.

서로가 어영부영 노려보며 상대를 평가하고 있을 때 먼저 입을 연 것은 막주 지문환이었다.

"그러니까 그쪽 분들께서는 아주~ 중대한 청부를 하겠다는 말씀이시오?"

그는 존댓말을 사용하며 말해야 하는가를 내심 고민했었다. 하지만 억만 분의 일의 가능성을 염두에 두고 최대한 정중하게 말하려고 노력했다. 그러나 그가 '아주~' 라는 말을 길게 늘여 말한 것은 만일 아주~ 중대하지 않은 청부로 수작을 부린 것이라면 아주~ 작살을 내 버리겠다는 의도가 깊게 배어 있었다.

그에 맞춰 표영이 답했다.

"하하, 물론 아주~ 중대한 청부이지요."

지문환은 표영의 웃음에 기분이 상했지만 일단 참기로 했다. 이제 자신이 말을 꺼내기만 하면 단번에 목을 날려 버릴 상황이 벌어지게 될 것이기 때문이다.

'후후, 거지 녀석들. 그 꼬락서니로 무슨 보물을 가지고 다니겠느냐.'

그로선 거지들을 만나 귀찮은 것도 귀찮은 거지만 자신만만한 거지들의 안색이 창백해질 것이라 생각하니 그것도 볼 만하겠다고 생각했다.

"본 막에서는 공짜로 청부를 받지 않는다는 것쯤은 알고 있겠지요? 게다가 우린 거지라는 신분이라고 해서 할인을 해준다든지 하는 경우는 없다오."

'후후, 이제 어떻게 할 거냐, 이 거지새끼들아? 혹시 이놈들 먹다 남은 옥수수를 준다든지 누룽지를 던지는 것은 아니겠지?'

나름대로 결정타라고 생각했지만 표영의 안색은 전혀 변함이 없었다.

"값을 치르는 것이야 뭐 어려울 게 있겠소이까? 본인이 청부할 사람은 값이 많이 나가니까 당연히 그에 걸맞는 거래가 이뤄져야겠지요."

"하하, 보기와는 달리 말이 통하는구려."

하지만 그의 얼굴은 말과는 달리 비웃음이 담겨 있었다. 다시 그의 말이 이어졌다.

"그래, 어떤 보물이 있는지 한번 구경이나 해봅시다. 그게 뭔지 매우 궁금하와다."

표영이 옆구리에 차고 있던 타구봉을 꺼내 들고서 발걸음을 떼며 왔다 갔다 하며 말했다.

"하하, 내가 제시할 보물은 바로 이 몽둥이에 담겨 있소이다. 비록 보잘것없이 보이지만 이 속에는 큰 힘이 들어 있지요. 어떤 이에게는 자녀가 가장 큰 보물일 것이고, 또 어떤 이는 부모님을 가장 큰 보물로 생각하는 이도 있을 것이고, 또 다른 사람은 자신이 배운 바 학식을 보물로 여기는 이도 있을 테지요. 막주는 가장 큰 보물이 무엇이라 생각하시오?"

 지문환의 표정은 무슨 잡소리를 늘어놓는 것이냐라는 식으로 변해 싸늘하게 말했다.

 "보물이 보물이지 무슨 자녀고 부모고를 말하는 것이오. 보석이나 돈, 또는 그에 상응하는 무공을 내놓도록 하시오."

 "좋소이다. 우리는 무림인이니 솔직히 말해 진주나 보석 따위가 어찌 진정으로 보물이라 할 수 있겠소. 내가 청부에 내걸 것은 개방의 타구봉법이오."

 타구봉법!

 농담치고는 조금 심한 농담이었다. 농담도 적당해야 최소한 코웃음이라도 나오는 법이다. 정도가 심하면 그냥 얼굴엔 씁쓸함만 남는 것이다. 지문환을 비롯한 영주들의 얼굴엔 반찬을 먹었는데 모래가 잔뜩 씹혀 나온 듯한 표정으로 기분 잡친 기색이 확연히 드러났다.

 '하아, 정말 짜증나는군. 저것들이 멀쩡하게 대전에 서 있는 것부터가 뭔가 잘못된 거지.'

 모두가 짜증 섞인 표정을 지을 때 막주 지문환은 다시 한 번 인내심을 발휘했다. 그 인내심의 강도는 자신이 생각해 봐도 놀라울 정도였다.

 '내가 이리도 참을성이 강한 사람이었는가! 허허.'

 "하하, 이 중요한 순간에 그런 농담을 하시다니 상당히 담력이 있으신 분이로군요."

 "하하, 농담이라니요. 막주는 지금 분위기가 농담할 분위기로 보이시오?"

 막주 지문환의 인내심도 한계가 있었다. 그는 더 이상 조롱받을 수 없다고 여겨 소리를 버럭 질렀다.
"야이, 거지새끼야! 여기가 어디라고 하, 함부로 지껄이는 것이냐! 주, 죽고 싶냐! 이 미친새끼야! 천상신개 엽지혼이 실종된 후에 개방에 타구봉법이 사라진 것이나 알고 거짓말을 해라, 이 쌍놈의 새끼야 아악~!"

얼마나 짜증이 난 것인지 지문환이 말을 더듬기까지 했다. 그는 이제껏 어떤 경우에도 말을 더듬지 않았던 사람이었고 다른 영주들도 모두들 그런 사실을 잘 알고 있었다. 게다가 마지막에 내뱉은 짜증에 가득 찬 괴이한 외침은 황당하기까지 했다.

일순 대전 안에 긴장이 감돌았다. 그중 능파는 표영이 욕을 먹었을 시 머리가 홱까닥 돌아버리는 증상이 있지 않던가. 표영으로서는 그런 점을 잘 알고 있었기에 타구봉으로 능파의 머리통을 살짝 내려치며 경고를 준 후 말했다.

"사실 세상은 정확히 알지 못하는 사람들이 그럴싸하게 진실을 가리는 경우가 많지요. 막주께서 어디서 무슨 말을 들었는지 모르지만 직접 보지 않고서는 절대 단언해서는 안 되는 법이외다. 내 지금 보여드릴 테니 부디 보는 눈이 있기를 바랄 뿐이오."

지문환은 기가 막혔다. 우길 것을 우겨야지 젊은 놈이, 그것도 거지새끼가 너무한다고 생각했다.

"허허, 거참……."

하지만 지문환은 그 다음 말을 잇지 못했다. 그의 눈앞에 봉이 요란스럽게 움직이며 타구봉법이 펼쳐지고 있었기 때문이다.

일봉을 뻗으니 산악이 쪼개지며 바다가 나뉘는구나.

산천이 내게 말하길 멈추라 하나 나는 그칠 수가 없다.
오로지 가르고 갈라 세상에 악인들을 다 멸한다면
그날이면 아마 나의 손은 쉼을 얻을 수 있을까.

세상에 모든 위선을 감고 얽어 잡아두리라.
선하다고 말하는 자 중에 선한 자를 찾기 어렵고
의롭다고 말하는 자 중에 의로운 자를 찾기 어려우니
나의 봉은 그들을 얽어 잡아두리라.

세상을 굽어보는 이들 중에 약한 자를 업신여기는 자 있는가.
나의 봉이 그를 가만두지 않으리라.
그가 세상을 휘어잡으려 하는가.
내 봉이 그를 휘고 끌어 업신여겨 주리라.

교만한 이들 중에는 개만도 못한 자 많으니
내 그들을 막대기로 봉하리라.
한번 가두면 벗어날 수 없고
그 안에서 혼란을 겪듯 돌고 돌 뿐이리라.

　이것은 과거 엽지혼이 표영에게 타구봉법을 처음으로 펼쳐 보이며 들려준 노래였다. 표영은 움직임 속에 타구봉의 여덟 개 핵심 구결인 반(拌:쪼개고), 벽(劈:가르고), 전(纏:얽어매고), 착(捉:잡으며), 도(挑:휘고), 인(引:끌며), 봉(封:봉하여), 전(轉:회전시킨다)의 기본적인 변화만을 보여주었다.

모든 것을 지금 다 보여줄 필요는 없는 것이다. 다행인 것은 막주 지문환은 타구봉법을 견신한 적이 있다는 점이었다. 그는 작은 막대기 하나로 태산같이 누르는가 하면 그 가벼움이 깃털과 같이 표홀하기도 한 움직임에 경악했다. 그런 놀람은 청막의 여섯 영주들도 마찬가지여서 이제까지 상대를 경시했던 마음이 눈 녹듯이 사라졌다.

'아니, 어떻게 이런 일이……!'

'이건 아무나 흉내 낼 수 있는 것이 아니잖는가!'

'내력을 충분히 발휘하지 않았음에도 기세가 돌고 도는 것은 현묘하기 짝이 없구나!'

'도대체 저 거지의 정체가 뭐길래 타구봉법을……!'

'타구봉법을 내걸고 죽일 정도의 사람이란 또 누구란 말인가.'

청막의 막주 지문환은 한참이나 놀라다가 갑자기 눈을 감고 주문을 외우듯 혼자 중얼중얼거렸다. 그는 지금 이 상황이 꿈일 것이라고 단정한 것이다. 그렇지 않고서는 납득이 안 되는 일이었으니 말이다. 하지만 그가 나름대로 꿈을 깨보겠다고 했지만 변한 것은 아무것도 없었다.

눈을 뜨고서 모든 것이 현실임을 인식한 지문환은 침음성을 흘리고 말했다.

"으음… 다시 한 번 보여줄 수 있겠소?"

아까 막말을 내뱉었던 것은 쏙 들어간 상태였다. 표영은 손을 저으며 타구봉을 허리춤에 꽂았다.

"고수들이 한번 보여줬다고 못 알아볼 리가 없는데 굳이 시간을 끌 필요가 있겠소."

표영은 다시 한 번 보자는 말이 그저 해본 소리란 것을 잘 알고 있었고 다시 보자고 했던 지문환도 큰 기대는 하지도 않았다.

어쨌든 이 정도면 어떤 청부라도 들어줄 만한 보물인 것만은 확실했다.

표영이 약간 얼이 나가 있는 이들의 상념을 깨뜨렸다.

"어떻소. 이제 믿을 수 있겠소? 타구봉법의 출처가 어떻든 막주께서 청부를 수락한다면 마땅히 타구봉법을 전수토록 하겠소이다. 본인은 수락하는 순간 타구봉법의 절반을 전수하고 완수했을 때 나머지를 절반을 전수토록 하겠소이다."

지문환은 구미가 바짝 당겼다. 하지만 그와 동시에 의아함도 동시에 느꼈다.

'대체 이 거지 녀석이 어떤 놈이기에 타구봉법을 알고 있단 말인가? 우리가 알고 있는 개방의 정보는 잘못된 것이었나? 현 개방 방주 노위군도 타구봉법을 모르고 있지 않은가 말이다. 그런데 어찌하여… 그리고 저 뒤에 있는 녀석들도 보통 내기들은 아닌 것이 분명하다. 그럼에도 불구하고 의뢰를 할 사람이라면 그 상대가 만만한 사람은 아닐 것이다.'

대충 생각을 정리한 지문환이 입을 열었다.

"물론 이곳까지 찾아온 것으로 보아 청막의 기본 규칙에 대해 충분히 알고 있으리라 생각하오만 다시 한 번 묻고 싶소이다. 그대들은 청막의 규칙을 알고 있는 것이오?"

"그 정도도 모르고서 어찌 막주를 보겠다고 했겠소이까. 하하하, 자꾸 우리를 너무 얕잡아 보는 것 같소이다."

"하하하, 그럴 리가 있소이까. 그럼 좋소이다. 그들을 제외한 어느 누구라도 다 수락하겠소."

"만일 수락하지 못할 때엔……."

표영이 뒷말을 잇기도 전에 지문환이 말을 자르고 자신이 뒤를 이었다.

"청막에서 내건 대로 그 순간부터 청막은 당신의 것이오!"

"좋소."

표영이 고개를 끄덕이고 뒷짐을 지고 발걸음을 떼며 청부 대상에 대해 말문을 열었다.

"본인이 반드시 죽여주었으면 하는 사람은……."

막주 지문환과 여섯 명의 영주들이 꿀꺽 하고 마른침을 삼켰다. 예외의 인물들을 제외하고는 그다지 어려운 상대가 없을 것이지만 상대가 타구봉법을 시연할 정도로 대단한 존재임을 감안할 때 그리 녹녹한 인물을 지목하진 않을 것이기 때문이다. 살인 청부 할 대상에 대한 궁금증은 청막의 인물들뿐만은 아니었다. 그건 능파와 능혼, 그리고 제갈호와 교청인도 마찬가지였다.

'대체 누구를 지목하려 하심일까?'

모두의 시선이 집중된 가운데 표영의 입이 열렸다.

"바로 청막의 막주 당신이오."

"헉!"

"허걱! 이럴 수가!"

"말도 안 돼~!"

여섯 명의 영주들은 경악성을 터뜨렸고 능파 등은 탄성을 발했다.

'허허, 그런 경우가 있었구나.'

'절묘하다, 절묘해.'

한편 느닷없이 청부의 대상이 돼버린 지문환은 그 작던 눈이 붕어처럼 튀어나왔고 흰자위 위에 수많은 실핏줄을 드러내고 경악한 채 아무런 말도 못하고 있었다.

그는 그저 턱이 빠져 버린 것처럼 입을 쩍 벌렸다. 하지만 그의 동작이 그렇게 변했다고 해서 머리까지 그대로 멈춰 버린 것은 아니었다.

'나는 이제 어떻게 해야 하지? 왜 나는 그동안 나를 누군가가 청부할 수도 있다는 생각을 하지 못했을까? 대체 저놈은 누굴까? 안면 몰수하고 그냥 다 죽여 버린 후에 아무 일도 없는 일처럼 하는 것이 좋을까? 그래, 그게 좋겠어. 그냥 묻어버리는 거야. 흙은 잘 덮어야겠지? 정말 꼭꼭 묻어두자. 그러면 누가 알겠어. 그리고 규칙을 바꾸는 거야. 다음에 또 다른 놈이 찾아와 그런 말을 하지 못하도록 말이야. 휴우, 어쩌면 다행인지도 모를 일이다. 다른 문파에서 찾아와 그렇게 요구했다면 어쩔 수 없이 청막은 그 조직에 흡수되었을 것이 아닌가. 그래, 신속하게 다 죽여 버리도록 하자. 어서 영주들에게 명령을 내려야지.'

하지만 그가 통박을 열심히 굴리고 있을 때 이미 그의 목엔 칼날이 바짝 다가와 있었다. 여섯 명의 영주들이 이 황당한 상황에 손을 쓰려고 하자 능혼이 단도를 빼 들고 지문환이 놀라고 있던 틈을 타 목에 댄 것이다.

"허튼짓은 하지 않는 게 좋아. 이제 앞으로 청막은 방주님의 것이다. 너희가 수긍하지 못하겠다면 지금 당장 막주가 자살을 하던지, 아니면 너희 손으로 막주의 머리를 몸통에서 분리시켜야만 할 것이다."

능혼의 말에 영주들은 그 자리에서 얼어붙어 버렸다. 지문환으로서는 상대가 언제 자신의 등 뒤로 날아와 목에 칼을 들이댔는지 놀라워

하면서도 답답함을 금할 수가 없었다. 그가 이제까지 수많은 사람을 죽이면서 얻어낸 이 기업이 한순간에 와르르 무너지고 있는 것처럼 보인 것이다. 그의 눈이 침침해지며 어둡게 변했다.

"크어어억~!"

지문환은 숨이 막히고 마음이 답답해지고 기혈이 들끓어 그만 괴이한 비명을 지르며 피를 토하고 혼절해 버렸다. 상황이 이렇게 되자 여섯 명의 영주들은 손을 쓸래야 쓸 수가 없게 되었다. 아무리 생각해도 얼토당토않은 일이었고 이렇게 청막이 무너지리라고는 생각지 못했건만 막주가 적의 품에서 울화를 못 참고 쓰러져 버린 터라 달리 어찌해 볼 수조차 없었다.

막주 지문환이 피를 토하며 이틀 동안 혼수상태에 빠져 헤맬 동안 여섯 명의 영주들은 회선환을 복용하고 표영에게 충성 맹세를 올려야만 했다. 충성 맹세를 한 이는 그들뿐만이 아니었다. 총관을 비롯해 지도자급에 속한다 싶은 이들은 모조리 회선환을 복용하기에 이르렀다.

그러다 보니 지문환이 정신을 차리고 간신히 몸을 움직일 수 있는 상황이 되었을 때는 이미 더 이상 청막은 과거의 청막이 아니었다. 영주들은 하나같이 혈색이 새하얗게 변해 넋이 나간 상태였고 믿을 만하고 쓸 만한 이들이라면 어김없이 회선환을 복용했던지라 모두들 그와 같이 얼이 나간 상태였다.

상황을 표현해 보자면 '최악 중의 최악'이라고 할 만했기에 지문환도 결국 회선환을 거부할래야 할 수 없는 상황이었다. 첫째는 청막의 규칙을 공식적인 절차에 따라 깨뜨렸다는 명목이 상대에게 있었고,

둘째로는 그때 받은 충격이 너무 심해 아직까지도 몸이 회복되지 않았다는 점 때문이었다.

울며 겨자 먹기로 때독을 받아 먹은 지문환은 다시금 그 쓰디쓰고 불쾌하기 짝이 없는 독맛(?)에 마음이 뒤틀려 몸져 누워야만 했다.

한편 청막의 근처에서 표영 등의 소식을 기다리고 있던 무요 일행은 제갈호로부터 소식을 전해 듣고 슬그머니 청막으로 돌아왔다. 사실 무요로서도 생각지 못했던 청부였고 그 나타난 결과를 믿을 수 없었지만 직접 눈으로 본 청막이 침통함에 젖어 있음을 보고 기가 막혀 말이 나오지 않았다.

내부에 있던 이들은 무요 일행이 돌아왔음에도 거기에 신경을 쓰는 이들은 아무도 없었다. 거기까지 마음을 쓸 여력이 없었던 것이다.

청막의 인원은 막주 지문환을 포함한 전문 살수들과 기타 그 맡은 바 일을 따라 대략 삼백 명가량이었다. 이들은 청막이 어리버리 넘어간 충격에서 채 벗어나기도 전에 잔인한 살수의 틀을 벗기 위해 '체험, 죽음의 현장'에 뛰어들게 되었다.

숫자가 너무 많아 지형적인 문제와 관리의 문제로 인해 죽음 체험은 세 번으로 나누어 이루어졌다. 1기로 모인 100여 명 중에는 막주 지문환과 영주들도 포함되어 있었는데 참혹한 얼굴을 하고 있는 이들에게 표영은 격려를 아끼지 않았다.

"저기 저 땅을 보아라. 차디찬 땅덩어리가 너희를 부르고 있지 않느냐? 각오는 되어 있겠지? 너희들은 반드시 해낼 수 있다! 예로부터 남칠여구라 했다. 아무것도 먹지 않은 채 남자는 칠 일을 버틸 수 있고 여자는 구 일을 버틸 수 있다는 말이다. 이로 보건대 여자들이 좀 더 독한 면이 있는 것이 분명하다. 그렇기에 여자들은 함부로 건드려선 안 된다. 한번 화내면 남자들과는 비교할 수가 없단 말이다."

체험 죽음의 현장에 대한 격려를 하던 중에 전혀 엉뚱한 방향으로 말이 새 버린 표영은 한참 동안이나 여자의 독함에 대해서 이야기했다. 그러다 모두들 쾡한 표정으로 바라보고 있음을 인식한 후에야 넉살 좋게 웃으며 본래의 주제로 돌아왔다.

"…하하하하… 그러니까 내 말은 칠 일 동안은 아무것도 먹지 않고 자신과의 싸움을 해보라는 것이다. 자, 모두들 파놓은 구덩이에 눕도록 해라!"

표영은 손까지 쭉 뻗으며 비장하게 말했고 그와는 반대로 100여 명의 살수들은 느릿하게 걸음을 옮겨 꾸역꾸역 파놓은 구덩이에 몸을 눕혔다. 모두들 자리에 들어간 것을 보고 다시금 표영이 힘차게 외쳤다.

"자, 묻어라~!"

체험 죽음의 현장 2기생들과 3기생들이 우르르 달려들어 흙을 덮어갔다. 앞으로 칠 일이 지나면 자신들이 이렇게 묻혀야 한다는 것을 알았기에 흙을 덮는 그들의 마음은 무겁기 그지없었다. 더불어 땅에 묻혀지는 1기생들 중엔 눈물을 주르르 흘리는 이들이 많았는데 그런 모습은 처연하기 이를 데 없었다.

총 21일이 지나 '체험, 죽음의 현장'은 무사히 마쳐졌다. 그 체험 속에서 그들은 과거 무요와 일행이 그러했던 것처럼 심각한 후유증에 시달려야만 했다.

가장 눈에 확 띈 변화는 뭐니 뭐니 해도 그들의 얼굴에 드러났다.

모두는 하나같이 새하얀 분을 찍어놓은 듯 창백하게 변해 버리고 만 것이다. 그건 각기 칠 일 간에 걸쳐 햇빛을 전혀 받지 못하고 흙더미에 덮여 있었기에 창백한 것도 그 이유라 할 수 있겠지만 실질적으로는 칠 일이라는 길고 긴 시간 속에서 지옥을 다녀온 것 같은 심적 충격을 받은 까닭이었다.

그들은 한결같이 삶이 얼마나 소중한지를 다시 한 번 생각하게 되었고 차다찬 땅바닥에 누워봄으로 인해 죽은 자의 설움에 대해서도 생각하게 되었다. 비록 칠 일이라는 시간이었지만 그들에게는 하루가 천 년같이 느껴질 만큼 길었던지라 심리적 기간으로 따지자면 가히 칠천 년의 시간이 흐른 것 같은 충격과도 같았다.

그렇게 '체험, 죽음의 현장'을 마친 후 깊은 우울증에 시달리던 살수들은 이삼 일 간은 각기 침소에서 나올 엄두를 내지 못한 채 끙끙거렸고 나흘째가 되어서야 밖으로 나오게 되었는데 햇살을 받으며 멍하니 하늘을 바라보다가 괜한 한숨을 내쉬는 이들이 많았다.

그런 모습들은 각기 지난날의 자신을 돌아보는 계기가 되어 나름대로 의미가 있는 것이기도 했다. 하지만 표영의 눈에는 청승을 떠는 모습으로 보였기에 그냥 바라만 보고 있을 만큼 너그럽지 못했다.

'이제 죽음의 체험도 마쳤으니 그 다음 과정으로 나아가야겠지. 흐흐흐.'

그것은 이름하여 거지 수련.

영약 복용과 뇌려타곤, 만천화우, 귀식대법 등 진개방의 내로라하는 찬란한(?) 비전비술들을 익힐 차례가 된 것이다.

표영은 청막을 접수한 지 보름 정도가 지나게 되었을 때쯤 수련에 대한 앞으로의 계획과 청막의 미래와 앞으로 어떠한 삶을 살아야 하는지에 대해 일장 연설을 늘어놓기 위해 전 인원을 모이게 했다. 이미 연설의 내용이 어떠할 것인가에 대해서는 능파와 능혼, 그리고 제갈호와 교청인을 통해 대충 들었던지라 전체적인 분위기는 침통하기 그지없었다.

약 삼백여 명이 바닥에 아무렇게나 앉아 앞을 주시했고 표영은 앞쪽 정중앙에 급조된 단상에 올라 빙 둘러본 후 입을 뗐다.

"에~ 그동안 체험을 거치느라 모두 수고들 많았다. 어려운 길이었지만 단 한 명의 낙오자도 없이 통과해 준 것에 대해 본인은 그저 고마울 따름이다. 앞으로의 삶에 있어서도 땅속에서 느꼈던 그 느낌을 잊지 말고 늘 떠올린다면 모두들 훌륭한……."

'훌륭한'에서 말을 끊자 땅을 쳐다보거나 다른 곳을 보고 있던 이들까지 뒤에 뭐라고 할지 궁금한지 시선이 쏠렸다.

"…거지로 거듭날 수 있을 것이다."

그 많고 많은 말들 중에 훌륭한 거지라니…….

훌륭한 사람이라든지 혹은 훌륭한 무림인이라든지 얼마나 좋은 말이 많은가. 청막의 살수들은 하나같이 얼굴이 어두워졌다. 설마설마 하며 믿지 않았던 일이 현실로 나타나려 하는 것이다. 그 설마란 영주들이 전해준 말이었는데 청막은 사라지고 앞으로는 거지 무리가 될 것 같다는 말이었다.

"이제 너희에게 살수라는 무거운 책무는 더 이상 존재하지 않는다. 대신 자유롭고 언제나 마음 편한 새로운 삶, 바로 거지의 길을 가면 되는 것이다. 어떠냐? 좋지 않냐? 하하하!"

표영의 웃음에 동의하는 사람들은 능파 등 원래 함께했던 이들뿐이었고 나머지 청막인들은 입술 주변이 실룩거리는 것이 속으로 씨발거

기이한 의뢰 113

리고 있는 것이 분명해 보였다.

"그런 의미에서 앞으로 이곳은 더 이상 청막이라는 이름을 사용하지 않고 대신 진개방 산서 분타로 명하겠다. 이곳 산서 분타는 지문환 분타주가 책임자가 될 것이다. 자, 지문환!"

살수계의 지존으로 군림하고 황금에 눈이 벌겋게 달아올라 있던 막주 지문환이 아니었던가. 그는 이제 거지 무리의 분타주로 대변신의 순간에 서 있는 것이었다. 지문환은 소개를 받고 천천히 자리에서 일어나 느릿하게 허리를 숙여 표영을 향해 인사를 올렸다.

"진개방 산서 분타주 지문환입니다. 앞으로 최선을 다해 거지로서 부족함이 없는 삶을 살겠습니다."

그러한 행동에 살수들은 놀라움을 금치 못했다. 설마 하니 그들의 태양과 같은 지도자가 이처럼 순순히 말 잘 듣는 개처럼 고분고분 꼬리를 흔들 줄은 몰랐기 때문이다.

하지만 모두의 눈에 실망의 빛이 감돌 때 산서 분타주로 새로이 임명된 지문환의 눈가엔 눈물이 감돌았다. 그라고 어찌 이런 모습을 수하들에게 보이고 싶었겠는가. 그로서도 어쩔 수 없는 선택일 수밖에 없었다.

그의 이러한 행동은 크게 두 가지 이유 때문이었는데, 첫째는 지난밤 새 능파와 능혼에게 붙들려 얻어터진 터였다. 제대로 인사를 해야 한다며 패버린 것이었다. 겉으로 드러나는 얼굴 등은 멀쩡했지만 그의 몸은 장난이 아닐 정도로 시퍼렇게 멍들어 있었다. 그런 상태를 알리 없는 수하들이기에 분명 실망했겠지만 만일 지난밤의 일을 알았다면 모두 동정의 눈물을 쏟았으리라.

두 번째로는 지문환이 회선환을 복용했다는 점이다. 그로선 이미 목숨을 담보 잡힌 상태였기에 빠져나갈 구멍이 없었던 것이다. 실제 무림인에게 있어서 자부심과 긍지를 빼면 남는 게 없다고 할 수 있겠으나 지문환의 경우엔 그런 마음들은 이미 상당 부분 퇴색돼 버린 상태였다. 그는 한 사람을 죽일 때마다 수중에 돈이 들어오는 맛을 들이다 보니 무림인으로서의 기백을 잃고 그저 재물에 푹 빠진 욕심 많은 늙은이로 변해 있었던 것이다.

한편 청막의 정체성에 대해 진개방의 산서 분타로 확고히 정해놓은 후 표영은 말을 이어갔다.

"그동안 너희들은 온통 머리 속으로 어떻게 하면 사람을 빨리, 그리고 조용히 죽일 수 있을까에 대해 고민했을 것이다. 하지만 이제부터는 그런 고민일랑 할 필요가 없다. 앞으로 너희가 오로지 신경 써야 할 것은 어떻게 하면 하루 세 끼 밥을 굶지 않을 것인가와 저물어가는 해를 바라보며 오늘도 훌륭한 거지로서의 삶을 살았는가를 되돌아보면 되는 것이다. 하하하하!"

표영은 그런 살수들의 모습을 떠올릴수록 웃음이 나왔다. 그들은 본래 예민한 감각으로 은신해 있다가 단칼에 사람의 목을 베고 유유히 사라진다. 그런 그들이 이젠 거지가 되어 초라한 몰골로 기웃거리는 것은 왠지 모를 기쁨으로 다가왔다.

"원래 사람의 목숨이란 하늘에 매어 있는 것이다. 그렇기에 사람으로서 함부로 누군가를 죽여서는 안 되는 법이다. 너희들이 만일 사람들을 죽일 권리가 있다면 능히 사람을 다시 살릴 수도 있어야 하는데 그럴 수 있느냐? 너희는 하늘이냐 아니냐? 그렇게 생각하는 사람 있으면 손을 들어보도록! 지문환, 넌 어때?"

아까 자신이 행한 행동으로 인해 깊은 우울감에 빠진 지문환의 입은 아무 말도 듣지 못한 사람처럼 굳게 닫혀 있을 뿐이었다. 그 모습에 능파와 능혼의 눈이 왕방울만큼 커졌다.

'저런 쌍놈의 새끼를 봤나! 어제 너무 봐주고 팬 거야. 이 새끼, 넌 끝나고 죽었어!'

'저 새끼! 내 그럴 줄 알았다! 오늘은 아주 죽여주마!'

둘은 지존의 연설에 호응하지 못하는 지문환을 때려죽여야겠다고 다짐하며 주먹을 꼭 움켜쥐었다. 하지만 표영은 지문환이 아무런 말이 없자 그걸 빌미로 말을 이어갔다.

"저 봐라. 입이 있어도 말을 할 수 없는 거야. 그걸 보고 유구무… 음, 험험… 그런 거 있잖아."

학문을 제대로 익히지 못한 표영은 유구무언(有口無言)의 마지막 글자가 생각나지 않아 헛기침으로 때우고 말을 이어갔다.

"험험… 지문환, 저놈도 나름대로는 양심이 있으니까 아무 말도 못하고 고개만 숙이고 있는 거야. 짐승도 낯짝이 있는 법인데 나잇살 처먹고서 양심이 없다면 말이 안 되겠지. 그래, 네 마음 잘 알았다."

표영의 말을 한마디로 정리하자면 나잇살 처먹은 짐승 같은 놈이라는 말이었다. 그런 표영의 말에 능파와 능혼은 아까까지 분노했던 마음이 눈 녹듯이 사라져 불끈 쥔 주먹을 풀었다.

'크크, 자식~ 말할 염치가 없어서 그런 것이었나 보군.'

'그럼 그렇지. 저런 귀여운 놈을 팰 수야 없지. 흐흐.'

표영이 지문환에게서 눈을 돌려 전체를 바라보며 말을 이어갔다.

"이제 청막은 사라지고 없어졌다. 그리고 조만간에 살인 청부를 업으로 삼는 무림 조직들 모두를 정리할 생각이니 그리 알도록. 이제 강호에서 대가에 따라 살인을 하는 일은 허락지 않겠다. 너희들이 살인을 맡아주지 않아도 이 세상에는 살인을 맡아주는 분이 계시는 것을 알고 있느냐?"

느닷없는 질문에 모두는 이번엔 또 무슨 헛소리를 하려는가 하고 눈을 삐딱하게 뜨고 바라보았다.

"진정 위대한 청부는 하늘에 맡기는 것이다. 이 세상 사람은 누구를 막론하고 한번 태어나면 반드시 죽음을 맞게 된다. 결국 원수를 죽이는 것이 목적이라면 그가 죽기를 기다리면 되는 것이다. 그러니 원수보다 더 오래 살도록 도와주어라. 물론 그전에 죽어야 할 사람도 있을 것이다. 그건 그들이 각자 할 일이다."

표영의 말은 일면 황당해 보이긴 했지만 살수들의 마음에 와 닿은 부분도 적지 않았다. 그들은 이미 칠 일 간에 걸쳐 죽음을 체험해 본 터라 이제까지 잊고 있었던 생명에 대한 부분을 깨달은 터였고 하늘에 청부를 맡기라는 말에 어느 정도 마음이 움직였다.

표영은 하늘에 청부하라는 이야기를 조금 더 이어가다가 이번에는 청막을 온전히 진개방으로 변화시키기 위해 다른 명을 내렸다.

"지금으로부터 두 달 후에 전국에 흩어져 있는 청부를 받는 이들이 이곳으로 도착하도록 연락을 하라."

그들은 약 100여 명 정도 되는 인원으로 여러 형태로 청부를 받고 있는 청막의 접수자들을 가리킴이었다.

"그리고 돌아올 때 청부를 요청한 사람이 있다면 그들도 함께 이곳으로 데려오라고 전하라."

표영이 청부한 사람들까지 오라고 한 것은 청막이 청부를 행하지 않는다고 살인을 요구하는 사람들이 어차피 다른 곳을 찾을 것이기 때문에 그들을 직접 만나 설득해 보고자 함이었다.

어느 정도 진지한 이야기를 끝낸 후 표영은 헛기침을 한 후 이야기의 주제를 바꾸었다.

"험험, 내일부터 너희가 해야 할 일을 알려주도록 하겠다. 기간은 약 두 달 정도로 외지에 나가 있는 인원들이 들어오기 전까지 행해지게 될 것이다. 이 일은 매우 중요한 수련으로 너희가 진개방의 일원으로서 갖춰야 할 덕과 용기를 쌓는 일이 될 것이다."

거기까지 말한 표영은 이번에는 손으로 능파 등을 가리키며 말했다.

"이 네 명이 너희들을 이끌 교관이니 앞으로 잘 따르도록."

능파 등은 엉겁결에 교관이 되어버렸지만 이젠 이들을 마음껏 부려 먹을 수 있다고 생각하니 은근히 기대가 되면서 기분이 좋아졌다. 가끔씩 걸인도에서 수련을 시키고 있을 손패와 만첨, 노각을 부럽게 생각한 적도 있던 그들이었기에 이번 명령은 심심찮은 위로로 다가왔다.

"자, 내 말은 여기에서 마치도록 한다. 모두들 내일을 위해 몸과 마음을 경건히 하고 기다리도록 하라. 혹시 궁금해할까 봐 먼저 말하는데, 내일 첫 수련은 영약 복용부터 시작한다. 기대해도 좋다."

청막의 살수들은 영약 복용이라는 말을 들으면서도 아무도 기뻐하는 자가 없었다.

'아무리 봐도 영약이라고는 눈 씻고 봐도 없는 것 같은데 영약은 무슨······.'

'그래, 필시 산과 들을 다니며 약초를 캐라고 할 거야.'

'하여튼 지독한 놈한테 걸렸어.'

모두들 이와 같이 생각할 뿐 있는 그대로 받아들이질 않았다. 그런 그들의 생각은 하나는 맞고 하나는 틀렸다. 실제 영약 복용이 아니라는 것은 맞았지만 그 영약이 정작 개밥을 의미한다는 것은 까마득히 몰랐으니 말이다. 아마도 그것이 개밥인 줄 알았다면 밤은 너무도 길었으리라.

10장
각양각색의 살인 요청자들

각양각색의 살인 요청자들

약 두 달여 동안 청막엔 지옥이 임했다.

원래 살수들은 일급살수가 되기 위해 겪어보지 않은 시련이 없었다. 그 온갖 시련과 역경을 지나 수련에 수련을 거치며 지금까지 온 것이다. 거기엔 당장에라도 죽고 싶을 정도의 고통도 있었고 하루에도 수십 번씩 천당과 지옥을 오고 가는 괴로움도 있었다. 하지만 그 모든 시련은 두 달 동안의 거지 수련에 비하자면 조족지혈에 불과했다.

개밥을 기쁜 표정으로 먹어야만 하는 영약 복용은 특급살수든 일급살수든 그저 그런 삼, 사급살수든 누구에게든 절망을 안겨주었고 자존심에 큰 상처를 남겨주었다. 근본 영약 복용의 목적한 바가 자신을 철저히 버리도록 만들기 위함에 있기에 살수들은 영약 복용으로 하루 이틀 지나면서 자신의 존재감을 상실해 갔다.

'나는 무엇인가?'

'나는 왜 사는가?'
'인생은 과연 무엇이란 말인가?'
스스로에게 질문을 던지고 또 스스로 좌절했다. 개밥을 먹으며 자신을 돌아보니 참으로 보잘것없는 자신을 발견하게 된 것이다. 짧게 정의하자면,

아무것도 아니었다.

그렇듯 맛있게 영약을 복용하고 뇌려타곤을 외치며 시장통을 구르고 만천화우라며 비듬을 늘려갔다.
그런 수련 속에서 살수들은 서서히 비참함과 허무함의 언덕을 넘어섰다. 그들이 그 언덕을 다 넘어섰을 때 그들의 눈에 세상은 새롭게 다가왔다. 아픔만큼 성숙해진다는 말은 거짓이 아니었다. 이제껏 생각해 보지 못했던 세상을 보게 된 것이다.
그들은 자연에 좀 더 가깝게 접근했고 자존심이 사라지며 마음도 평온해졌다. 누구의 눈을 의식할 필요도 없었고 또 누구보다 더 잘나 보이려 노력함도 부질없는 것임을 알게 되었다. 더 강한 자가 되어야 한다는 압박감도 사라졌다.
그들은 자신도 모르게 스스로에게 매달려 있던 강한 사슬을 벗어난 것이다. 그렇게 무겁게 매달려 있던 사슬이 벗겨지자 마음은 한가로운, 지극한 여유를 얻을 수 있었다.
처음 수련 시의 무한한 정신적인 충격이 이젠 정신을 바르게 만들어준 것이다. 하지만 이 모든 깨달음이 전부에게 다 이루어진 것은 결코 아니었다. 개중엔 두 달이 다 되어감에도 불구하고 여전히 불만투

성이인 이도 있었다. 하지만 그들은 일부에 불과했고 대세는 이미 기울어진 상태였다.

특히 높은 자리에 있었던 이들일수록 비참함과 허무가 컸기에 그 뒤에 얻는 것도 많았다. 그렇기에 지문환을 포함해 거의 대부분의 살수들은 자신의 마음의 그릇을 비워두었다. 이제 그 자리에 새롭고 의미있는 것들을 차곡차곡 쌓아놓으면 되는 것이다.

그렇게 두 달이 되어갈 때쯤 청막은 대변신에 성공했다. 청막이 아닌 산서성 진개방 분타로, 살수 집단이 아닌 완전한 거지 소굴로 변한 것이다.

오랜만에 본거지로 돌아온 외부 특파원들은 뜻밖의 호출에 여러 가지 궁금증을 안고 속속들이 청막으로 도착했다. 1년에 두어 차례 모임을 가지기도 하고 혹은 긴요한 일이 있을 때는 오기도 했지만 이번에는 전혀 계획에 없던 것인지라 모두들 한결같이 의아함을 품지 않은 이가 없었다.

"무슨 일인지 자네는 혹시 알고 있나?"

감숙성 도천 지역에서 표면적으로는 전당포를 운영하며 청부를 받던 40대 초반의 송호가 옆을 보고 물었다. 송호의 옆에는 오는 길에 만나서 함께 길을 가게 된 같은 또래 나이의 막여가 있었는데 그 시선을 앞으로 고정시킨 채 두 눈썹을 꿈틀거리며 답했다.

"글쎄… 도무지 그동안의 우리가 알고 있는 상식하고는 맞질 않으니 알 수가 있나."

"그렇지. 막주님이 늘 말씀하시길 대단한 일이 아니고서는 본거지가 알려지지 않도록 해야 한다고 하셨는데 말이네."

"그래, 나중에 문제가 생기면 일이 복잡하게 될 것이라고 말씀하셨지."

둘은 지금 각기 열 명씩 살인을 요청한 이들을 데리고 가는 중이었다. 송호나 막여 같은 경우엔 솔직히 전갈을 받았지만 처음엔 그 말을 믿지 않으려 했다. 아무리 생각해 봐도 도무지 앞뒤가 맞질 않았기 때문이다.

특별히 모일 이유도 없을 뿐만 아니라 더욱이 살인을 요청한 사람들을 데리고 갈 그 어떠한 이유도 없었기 때문이다. 청막은 관광 명소나 유원지가 아닌 것이다.

그러나 그들은 긴가민가하며 청막으로 발걸음을 옮겼고, 하나둘 동료들을 만나게 되면서 비로소 청막에 뭔지 모를 큰일이 생겼을지도 모른다고 생각했다. 반란이 일어난 것일 수도 있고 혹은 막주가 죽었을지도 모르는 일이었다.

"휴~ 어쨌든 이제 얼마 남지 않았으니 가보면 알게 되겠지."

"별일이 없어야 할 텐데 걱정이 앞서는군."

송호와 막여 등이 이처럼 고민에 휩싸일 때 반대로 살인을 청부했던 이들은 거의 대부분이 본거지로 간다는 말에 뜻밖의 수확이라는 눈치였다.

왠지 더 확실하게 일이 처리될 것 같은 느낌을 받은 것이다. 청부자들 중엔 무림인들도 적지 않았는데 그들은 그동안 신룡이 꼬리를 감추듯 신묘한 종적을 가진 청막의 본거지를 간다는 말에 큰 기대를 품었다. 물론 그 반대로 불안함도 없지 않았지만 그 불안은 기대보다는 적은 것이었다.

"으헉~"

"뭐, 뭐냐!"

"잘못 왔나 본데?"

"아니야, 여기가 맞다구!"

"그런데 어떻게 된 일이지?"

"그동안 번 돈이 장난이 아닐 텐데 이게 무슨 꼴이란 말이야!"

"혹시 막주가 모든 돈을 가지고 튀기라도 했단 말인가!"

청막의 입구를 접어들면서 외부 특파원들은 경악을 금치 못했다. 은근함 속에 살기를 품으며 입구를 지키고 있을 동료의 모습을 기대했건만 그들을 맞이한 것은 거지 떼였던 것이다. 청막으로 들어서는 입구 쪽에 서 있는 것도 아니고 팔로 머리를 받친 채 모로 누워 있는 것이 완전히 상거지가 따로 없었다. 거기에 발까지 까닥까닥하는 모습은 마치 그런 자세를 취하는 것이 자신이 이제껏 수련해 온 무공이라도 된 듯 자연스럽기 그지없었다. 모두들 놀라고 있을 때 거지 하나가 누운 채로 말했다.

"어이~ 구종서! 나야, 나 소우복! 모르겠어? 허허, 이 친구도."

앞쪽에서 경악성을 토해내고 있던 구종서는 거지가 자신의 이름을 알 뿐만 아니라 친구인 소우복이라고 말하자 눈을 씻고 자세히 살피기 시작했다.

"허허, 이 친구도. 내 비록 몰골이 상했기로서니 친구도 못 알아보나?"

구종서는 자세히 훑어본 후에야 비로소 그가 친구인 소우복이 맞다는 것을 깨달았다.

"자, 자네… 여기서 뭐 하고 있는 것인가?"

"뭐 하긴, 경계를 서고 있었지. 허허, 언제까지 그렇게 서 있을 거야? 다들 어서 들어가거나."

청막인들은 다들 무슨 해괴망측한 짓이냐는 표정이 되어 안으로 들어가서 물어보리라 다짐하며 꾸역꾸역 몰려갔다.

한편 청부를 바라며 따라온 이들은 뭔가 살수 조직의 절제된 모습과 냉혈한 같은 첫인상을 기대했다가 거지의 모습을 보자 실망이 이만저만이 아니었다.

하지만 개중에 스스로를 깊은 생각을 가진 사람이라 의식하는 자들은 살수로서 자연스럽게 죽이기 위한 연습을 하고 있는 것이라 생각하고 더욱 놀라고 있었다.

안으로 들어가서 본 상황은 처음 받은 충격보다 열 배는 더 충격적이었다. 여기저기 널브러져 햇볕을 쬐고 있는 모습은 마치 원숭이들이 나뭇가 주위에서 뒹굴고 있는 것처럼 보일 지경이었다.

더욱 놀라운 것은 그들 중엔 막주를 비롯한 영주들까지 그런 모습을 하고 있다는 점이었다. 사실 이들이 이 정도로 망가진(?) 모습을 갖춘 데는 표영이 오후의 햇살을 따사로이 받는 것이 거지들의 아름다운 모습이라고 우겼기 때문이었다.

지문환 등 지도급 인사들은 수하들의 놀라는 표정을 보았지만 이미 그들보다 더 많은 수하들 앞에서 망가져 보았고 또한 각 집을 돌며 개밥을 먹고 시장통을 지나며 뇌려타곤을 외쳤던 터라 별달리 부끄러운 기색이나 민망한 표정은 없었다. 그래도 아예 그런 마음이 없다면 거짓말인지라 그는 슬그머니 등을 돌리고 누웠다.

청막의 특파원들이나 청부를 요청했던 이들이나 나름대로 경악스럽게 이 사태를 받아들이고 있을 때 나무 그늘 아래서 발을 까닥거리던 표영도 놀라워했다.

그가 놀란 것은 다름 아닌 청부를 요구하는 이들의 숫자가 생각보다 훨씬 많았기 때문이었다. 듣기로 외부에 나가 있는 요원들은 100여 명 정도라고 했는데 모인 숫자를 보아하니 1,000여 명이 훨씬 넘었던 것이다.

'이렇게 많은 사람들이 누군가를 죽이고 싶어한단 말인가? 대단한 일이로군.'

거지 생활에 익숙해져 있어서 뭔가를 소유하려 하는 마음이 전혀 없는 표영으로서는 납득하기 어려운 점이 아닐 수 없었다.

실제로 어디엔가 매어 있다든지 혹은 형체가 있든 형체가 없든 뭔가를 소유하고 있다면 그에 따른 욕심이 일어나고 더불어 시기가 일어나겠지만 표영에겐 그 어떤 것도 구속됨이 없었기에 욕심도 없었고 그에 따른 불만도 없었다.

'그렇게 죽이지 않으면 안 될 사연이라도 있는 것일까?'

표영은 그렇게 생각하면서 무리들을 주욱 둘러보았다. 청부를 원하는 이들이 오기 전까지 한줄기 바람에 살랑이는 잎사귀처럼 평화롭던 이곳에 삭막함이 감돌았다. 그것은 마음까지 답답하게 조여오는 거북스런 느낌이었다.

'그래도… 잘 타일러 봐야겠지.'

표영은 자리를 털고 일어났다. 이제 청부를 처리해야 하는 것이다.

표영은 청부를 원하는 사람들을 총 네 개 조로 나누었다. 각 조마다 대략 200명에서 250명 정도를 배치하고 그에 따라 해결사도 네 부분으로 나누게 되었는데 그 구분은 이러했다.

일조(담당자:표영과 교청인)—무림인이 아닌 보통 서민들의 부류.

이조(담당자:제갈호와 무요)—무림인이나 선하게 보이는 이들.

삼조(담당자:지문환과 두 명의 영주)—약간 험하게 보이는 무림인이나 강해 보이진 않는 자들.

사조(담당자:능파와 능혼)—얼굴도 험상궂고 무공도 강한 이들.

표영은 이렇게 분류해 놓고 각 담당자들에게 어떻게 그들을 처리해야 하는지에 대해 설명했다. 그 내용인즉, 간단히 말해 적당히 어루만져 주어 굳이 살인을 하지 않도록 선도하라는 내용이었다. 하지만 삼조와 사조에 대해서는 조금의 주물러 줌(?)도 허락했는데, 가끔은 폭력이 더 설득력이 있을 수도 있음을 알고 있기 때문이었다. 그리고 따로 능파와 능혼을 불러서 당부하는 것도 잊지 않았다.

"우리는 마교이지만 절대 본색을 드러내선 안 된다. 아직은 때가 아니야. 알겠느냐? 그렇기에 최대한 선한 모습을 나타내어야 한다."

능파와 능혼이 결의에 찬 얼굴로 야무지게 대답했음은 물론이었다. 모든 분류가 마쳐지고 나서 네 개의 전각에는 길게 줄이 늘어서게 되었고 한 사람씩 들어가 본인이 원하는 청부에 대해 이야기하게 되었다.

청부를 요구하러 온 이들은 살수들치고는 지나치게 더러운 모습에 확 그냥 다른 곳으로 가버릴까도 생각했다. 하지만 유당이라는 자가 '살수들이 뭐 이 모양이냐! 다 거지새끼들뿐이잖아~' 라며 고래고래 소리치고 소란을 피우다 사정없이 얻어터진 것을 본 후로는 아무도 불평을 늘어놓는 사람이 없었다. 당연히 패버린 사람은 능파였고 능파는 다시 표영에게 신나게 얻어터졌음도 당연한 일이었다.

제일조에는 서민층들이 대부분이었다. 이들은 얼핏 봐서 누구를 죽이는 일하고는 전혀 무관할 것같이 보였는데 표영과 교청인에게는 이런 이들이 살인 청부를 했다는 것 자체가 의외로 다가왔다.

첫 번째 의뢰자는 나이 든 할머니였다. 할머니는 허리가 굽고 얼굴엔 주름이 가득했는데 누가 보더라도 앞으로 그리 오래 살 것 같지는 않아 보였다. 표영은 자리에서 일어나 맞은편 탁자 쪽에 자리한 의자를 빼주면서 할머니가 쉽게 앉을 수 있도록 도와주었다.

"고맙수다, 젊은이."

할머니는 표영을 향해 인자한 미소를 짓고서 자리에 앉더니 곧바로 품을 뒤져 작은 주머니를 꺼냈다. 탁자 위에 내려놓을 때 철썩 하는 소리가 들려오는 것으로 보아 은전임을 쉽게 알 수 있었다. 필시 청부의 대가로 지불코자 함인 듯싶었다. 말을 꺼내기도 전에 은전을 내놓은 것으로 보아 어서 빨리 죽여주길 바란다라고 말하는 것 같았다.

"보잘것없지만 받아주시게나."

표영의 성격상 어지간한 일 정도는 대수롭지 않게 넘길 일이겠으나 지금의 상황은 웃지도 울지도 못할 입장이었다.

'대체 이 걷기조차 힘들어하는 할머니는 누구를 죽여주길 바란단 말인가?'

그런 의문은 함께 있는 교청인도 마찬가지였다.

'괴인에 의해 아들이라도 잃은 것일까? 아니면 가족이 몰살이라도 당한 걸까?'

그때 표영이 약간 목소리를 높여 말했다.

"할머니! 여기가 무슨 일을 하는 곳인지 알고 오신 겁니까?"

할머니는 물어보나마나 한 소리를 한다는 듯 고개를 연신 끄덕이며 답했다.
"그럼, 알다 말다. 내 죽기 전에 꼭 한 사람을 죽여주었으면 좋겠구먼."
할머니의 대답에는 일체의 망설임이나 주저함이 없었다. 그걸로 미루어보아 오래전부터 생각해 왔던 것임을 알 수 있었다.
"그 사람이 누굽니까?"
"이름은 조천상이라고 해. 나이는 올해 이른셋이지."
이른셋이면 결코 적은 나이가 아니었다. 무공을 모르는 일반인들은 평균 연령이 50세에서 55세이며 오래 살아봐야 육십 세였다. 그렇기에 육십 세만 살아도 잔치를 벌일 정도로 대단하게 보았던 터였다.
그런 점에서 이른셋이라는 나이는 대단한 장수가 아닐 수 없었다. 그 까닭에 표영은 조천상이라는 사람이 필시 무공을 익힌 고수일 것이라 생각했다. 내가수련을 한 사람이라면 이른셋이 아니라 그보다 더 장수한다 해도 이상할 게 없기 때문이다.
'그렇다면 조천상이라는 사람에게서 가족을 잃은 게로구나. 으음… 강호에 그런 인물이 있는지 알아봐야겠군.'
표영은 마음속 깊이 조천상이라는 이름을 각인하고서 물었다.
"조천상이란 사람이 어떤 사람인지 자세히 말씀해 보십시오."
하지만 정작 할머니의 입에서 나온 답은 표영이 예상했던 것과는 거리가 멀어도 너무 먼 것이었다.
"특별할 것도 없다네. 그 사람은 내 남편이거든."
"네?!"
표영과 교청인이 놀라 입을 쩍 벌렸고 할머니는 그때부터 자신이 이곳까지 오게 된 사연을 자세히 설명하기 시작했는데 그 내용인즉 이러했다.

남편을 죽여달라고 찾아온 이 할머니의 이름은 주경운이었다. 그녀는 16세의 어린 나이에 조천상에게로 시집을 오게 되었다. 그리고 그 날로부터 그녀는 환갑에 이를 때까지 남편을 위해 살고 또한 자녀를 위해 살아왔다.

나이가 어릴 때는 그저 황망함 속에 집안일을 배우고 남편 수발드는 것을 익히느라 정신없이 보냈고 20대가 되어선 아이를 낳아 기르느라 바쁜 나날들을 보냈다. 그리고 그러한 삶은 큰 변화 없이 그녀의 나이 60세가 될 때까지 이어지게 되었다.

그녀의 마음에 변화가 생긴 건 바로 환갑이 지나서였다. 어느 날 문득 저녁노을이 지는 모습을 보다가 괜스레 눈물이 나오는 것이다. 어떤 특별한 생각을 가졌다거나 뜻을 두고 황혼을 바라본 것은 아니었던지라 그녀 자신이 생각해도 이상하기만 했다.

그렇게 눈물을 흘리고 난 후로 그녀는 계속 왜 눈물이 흘렀는지를 생각해 보았다.

도통 그 뜻을 알 수가 없었던 그녀는 매번 하루 해가 질 때면 찬란하게 저녁노을을 만들며 서서히 사라져 가는 해를 바라보게 되었다. 하지만 거의 칠 일 간을 바라보았지만 눈물이 나는 이유를 알 수가 없었다. 그러던 팔 일째 되던 날은 구름이 잔뜩 끼어 그만 저무는 해를 볼 수가 없었다.

그날 구름 낀 저녁 하늘을 보며 그녀는 비로소 깨달을 수 있었다. 구름이 가득 끼어 햇살이 가려진 그 저녁은 바로 자신의 모습이었음을 말이다.

―나에게 죽음의 날은 시시각각 다가오건만 나의 황혼은 너무도 답답하기만 하구나. 아름다운 황혼으로 마지막을 보내고 싶다.

그런 생각은 그동안 마음속 깊이 꾹꾹 눌러놓았던 잠재된 이상을 깨웠다. 그때부터의 마음은 조절이 불가능했다. 제방의 둑이 무너지듯 여지없이 밀려드는데 그건 그동안 살면서 억압되어 온 여인으로의 후회와 한탄이었다.

―이제껏 나의 삶은 무엇이었던가. 나는 누구인가? 나는 나일 뿐. 남편을 위한 나 자신이었을 때 남편은 그런 나를 과연 한 사람의 인격체로 대우했던가? 자식들은 어떠한가. 나는 온몸으로 헌신했지만 지금 자식들은 성장하여 자기 자식을 낳으면서 그들에게만 매달리고 있다. 나의 삶은 무엇이었나? 앞으로 내게 남은 삶은 얼마 정도일까? 1년, 아니면 2년? 혹은 3년? 그 어떤 날도 장담할 수 없구나.

그렇게 생각하자 하루하루가 아까웠다. 남들 다 간다는 여행 한번 제대로 가보지 못하고 지냈던 시간들이었다. 이젠 허리가 구부러지고 몸에 힘이 빠져 가고 있지만 아주 조금이라도 자유롭고 싶었다.
그녀는 그런 생각을 남편에게 진심으로 말했다. 하지만 그녀의 말은 전혀 먹혀들지 않았다. 오히려 늙어 노망이 났다며 혀를 끌끌 찰 뿐 진지하게 받아들이지 않은 것이다.
그때부터 늘 순종적이던 그녀는 남편과 다투는 시간이 늘어만 갔다. 그녀가 요구한 것은 지나친 것은 아니었다. 하지만 남편 조천상은 할망구가 주책이라며 타박만 할 뿐이었다.

그는 젊어서나 나이가 들어서도 자신이 하고 싶은 것은 마음대로 했으면서 부인의 작은 요구도 들어주지 않은 것이다. 그런 나날들에 그녀는 하루하루가 참담하기만 했다.

자신의 입장을 전혀 생각지 않고 '그래, 나의 삶은 원래 이런 것이지'라며 무의식적으로 살았을 때는―비록 맥없는 하루하루일지라도―이렇게 괴롭지는 않았을 것이었다. 어떨 땐 왜 자신이 이런 마음을 갖게 되었는지 후회가 일기조차 했다. 차라리 바보같이 그저 무의미하게 하루하루 살다가 죽는다면 이런 마음의 고통은 없었을 텐데라며 한탄하기도 했다.

그런 생활 중에 그녀의 마음엔 서서히 독기가 서리기 시작했다. 여자가 한을 품으면 오뉴월에도 서리가 내린다고 하지 않던가.

비록 나이는 많지만 그녀의 각오는 처녀 못지 않았다. 그리하여 지금으로부터 1년 전부터 그녀는 남편을 죽여줄 사람을 찾는 한편 열심히 돈을 모았다. 뜻이 있으면 길이 열린다고 했다. 그녀는 여차저차 하여 청막을 알게 되었고 크나큰 행운으로 여겼다. 그리고 지금 표영과 이야기를 나누게 된 것이다.

"…돈이 부족할 것 같긴 한데 늙은이라 죽이기는 수월할 거외다."

주경운 할머니의 이야기를 다 들은 교청인은 황당함을 느낌과 동시에 또 한편으로는 진지해졌다.

같은 여자로서 그녀가 걸어온 삶이 답답하기도 하고 또 안타깝게 여겨진 것이다. 그런가 하면 또 한편으로는 그래도 함께해 온 남편을 죽일 것까지 있겠는가라는 생각도 들었다.

'휴우, 어렵군. 방주님은 어떻게 생각하고 있을까?'

진지하기는 표영도 마찬가지였다. 표영은 한 손으로 턱을 어루만지며 가만히 고개를 끄덕였다.

할머니의 이야기 중 대부분은 마음속 깊이 와 닿았기 때문이다. 걸인의 길을 가면서 사람의 마음에서 울려 나오는 소리를 분간할 수 있게 된 표영인지라 할머니의 음성에 진심 어린 뜻이 담겨 있음을 느낄 수 있었다. 하지만 생각과는 달리 표영은 크게 웃음을 터뜨렸다.

"아하하! 아하하! 말씀 잘 들었습니다."

표영의 웃음소리는 조금 과장된 부분이 있었지만 누가 듣더라도 활기 차기 그지없었다. 옆에서 듣던 교청인이 화들짝 놀라 일순 표영을 벙찐 표정으로 바라볼 지경이었다. 표영의 말이 이어졌다.

"하하, 할머니가 건네신 돈은 솔직히 누굴 죽이기엔 그리 충분치 않지만 정 원하신다니 그 뜻을 받들도록 하겠습니다."

그 말에 주경운 할머니의 눈엔 의혹과 함께 기쁨이 일렁였다. 그녀로서는 솔직히 긴가민가했던 것이다.

"정말인 게야?"

"그럼요. 잘 안 믿겨지시나 보군요?"

"뭐, 꼭 그런 것은 아니지만 자네의 차림새가 걸인이라……."

그 뒷말은 매듭을 짓지 않더라도 무슨 뜻인지 모를 사람은 없을 터였다. 아무래도 거지 꼴을 보자니 신뢰가 가지 않았던 것이다.

"잘 보십시오. 몸에 이런 식으로 구멍을 뚫어놓겠습니다."

표영은 말과 동시에 손가락으로 중간에 놓인 탁자를 새끼손가락으로 가만히 눌렀다. 무슨 큰 기합 소리를 지른다거나 요란을 떨지도 않았음에도 불구하고 탁자는 작은 새끼손가락에 눌려 솜이 뭉개지듯 안으로 쑥 들어갔다. 그것은 무공을 익히지 않은 주 할머니의 눈에도 놀라움으로 다가왔다. 입에서 저절로 놀람의 감탄사가 터졌다.

"허어……!"

사실 지금 보여준 표영의 솜씨는 무공을 아는 자라면 더욱 놀랄 한 수라 할 수 있었다. 기를 이용해 타격하여 탁자를 부수거나 혹은 구멍을 낼 순 있겠으나 지그시 눌러 가만히 들어가게 하는 것은 한곳으로 힘을 모을 수 있어야 하고 그만큼 기가 정순해야만 가능한 것이기 때문이다.

"하하하, 이 정도로 놀라시면 곤란합니다. 사람의 몸이야 이 나무 판자보다 단단할 리는 없으니 수십 개의 구멍도 뚫을 수 있답니다. 그러니 의심하지 마시고 편안한 마음을 가지시길 바랍니다."

표영의 활기 넘치는 말에 옆에 있던 교청인은 당혹스러웠다. 다른 조에게 말하길 잘 타일러서 돌려보내라고 해놓고서 지금에 와서는 죽여주겠노라고 큰소리를 치고 있으니 말이다.

'대체 무슨 영문인지 알 수가 없구나. 진짜 나이 든 노인네를 죽일 셈이란 말인가?'

이제까지 그녀가 봐오고 알고 있는 표영은 절대 그럴 사람은 아니었지만 워낙에 큰소리치며 자신만만해하니 불안하기까지 했다. 표영이 다시 활기 넘치는 얼굴로 할머니에게 말했다.

"지금 당장 수하를 보내 깨끗하게 죽여드리겠습니다. 정확한 위치를 알려주십시오."

표영이 할머니에게 말한 뒤에 대답도 듣지 않고 바깥문을 향해 소리쳤다.

"이리로 들어와 보아라!"

말이 떨어지기 무섭게 허겁지겁 오영주인 설대호가 들어왔다.
"부르셨습니까, 방주님?"
"너는 이분이 말씀하신 곳을 잘 기억해서 사람을 찾아 죽이도록 해라."
"네, 분부대로 따르겠습니다."
표영이 서둘러 청부를 시행하려 서두를 때 할머니의 얼굴은 구멍 뚫린 탁자를 보고 있었는데 차츰 안색이 어두웠다.
'휴우, 그 노인네의 몸이 저렇게 뚫려 버린단 말인가?'
주경운 할머니는 표영이 워낙 활기 차고 적극적으로 나오고 사람을 죽이는 것을 대수롭게 여기지 않자 도리어 망설여지기 시작했다.
사람이란 원래 싸움을 함에 있어 말리는 사람이 있으면 더 열심히 싸우고 자극받게 되지만 아무도 신경을 안 쓰거나 오히려 싸우라고 멍석을 깔아놓으면 흐지부지 끝나 버리고 만다. 그런 심리를 표영은 이용하고 있는 것이었다.
이런 한스러운 마음은 타이른다고 해소될 부분이 아님을 표영은 잘 알고 있었던 것이다. 스스로 깨우쳐야 하는 것이다. 그런 점에서 표영은 진지하게 응대할 수도 있었으나 되려 요란스럽게 웃으며 장사꾼처럼 말했고 그로 인해 할머니의 심경에 변화가 일어난 것이었다. 그건 한편으로 할머니의 심성을 온전히 파악했기 때문에 가능한 처신이기도 했다.
"자자, 어서 말씀해 보세요."
"으음… 산서성 호곡 지역의……."
할머니는 그 다음 말을 속으로 삼켰다.
"호곡 지역이라… 좋습니다. 그 다음은 어디죠?"

"……."

다시금 활기 차게 물어보는 표영의 말에 주경운 할머니는 입술을 달싹거리긴 했지만 말을 꺼내진 못했다. 그런 모습을 보면서 교청인은 비로소 표영의 의도를 알고 속으로 미소 지었다.

'방주는 멍석을 요란스럽게 깔아주려고 한 것이었군.'

"휴우~"

주경운 할머니는 대답 대신 길게 한숨을 내쉬었다. 표영은 이제 방향을 틀어야 함을 느꼈다. 이렇게 계속 한곳으로 몰아붙여선 안 되는 것이다.

"청부를 취소하실 생각이신가요?"

"으음, 아무래도 그래야 될 것 같은데……."

할머니는 눈치를 살폈다. 아까까지만 해도 지난날들을 이야기하면서 늙은 남편이 꼭 죽어야 하는 당위성에 대해 설명할 때와는 다른 모습이었다. 실제로 그녀의 이런 변화는 표영의 멍석 깔기 작전 때문만은 아니었다.

이제껏 이런 이야기를 그저 마음속으로만 간직하고 있을 뿐 어느 누구에게도 한 번 해본 적이 없었는데 표영 앞에서 마음을 활짝 열고 속 깊은 이야기를 다 드러내자 오히려 화가 가라앉은 것이다. 근본 정신 치료를 함에 있어서 가장 기본은 들어주는 것이라 할 수 있다. 환자들 대부분은 속시원하게 털어놓고 누군가가 귀를 기울여 주면 안정을 찾게 되는 것이다.

표영이 얼굴에 미소를 머금고 주경운 할머니를 보고 말했다. 웃는 얼굴은 아까와 비슷했지만 전달되는 느낌은 전혀 달라 지금은 따스함이 배어 있었다.

"할머니의 이야기를 듣고 사실 제 마음도 편치 않았답니다. 미운 정도 정이기에 쉽게 무시할 수 없어요. 청부를 하는 대신에 이 돈으로 하고 싶은 것을 마음껏 해보세요. 대신 한 달 후에 집에 가서는 남편 분께 더욱 잘하도록 하세요. 그동안의 사정은 남편 분께 저희가 말씀을 드려놓을 테니 염려 마시구요."

"어떻게 말인가?"

솔직히 주경운 할머니는 애초에 할아버지를 죽일 작정이었기에 이곳까지 따라온 것이었다. 해서 그녀는 당장에는 돌아갈 생각도 없었던 것이다.

"부하를 할머니 집으로 보내 적당히 말해 놓을 테니 마음놓으십시오. 하하하."

그렇게 하여 주경운 할머니는 그 뒤로 작은 여유를 찾을 수 있었다. 표영은 오영주 설대호에게 명해 할머니를 모시고 원하는 곳까지 데려다 주도록 했다. 더불어 그 집 위치를 물어 알아둔 후에 먼저 찾아가 오랫동안 집을 떠나 있게 된 이유를 그럴싸하게 둘러대라고 말했다. 훗날의 이야기지만 설대호는 조천상 할아버지를 만나 이렇게 말했다고 한다.

―할머니를 우리가 모시고 있으니 적당한 사례를 하도록 하시오. 그렇지 않으면 다시는 얼굴을 볼 수 없을 줄 아시오.

이 말은 설대호로서는 나름대로 머리를 굴린 것이었다. 비록 치사한 방법이긴 했지만 이 말을 통해 할머니를 얼마나 아끼고 있는지도 파악하고 부수입도 올릴 수 있다고 생각한 것이다.

조천상 할아버지는 할머니가 가출(?)해 버린 후에서야 비로소 그 소중함을 깨닫고 늘 노심초사하고 있었는데 그런 말을 듣게 되자 가슴이 철렁 내려앉아 아껴둔 재물을 꺼내주며 부디 건강하게 되돌려달라고만 하게 되었다.

그 후 주경운 할머니가 집에 돌아갔을 때 할아버지가 눈물을 글썽이며 맞이한 것은 당연한 일이었다. 비록 할머니가 살인 청부라는 극단적인 방법을 떠올리긴 했지만 결과적으로는 좋은 결과를 맞게 된 것이다.

표영은 주경운 할머니의 청부를 해결(?)하고 계속해서 순서대로 그들의 말을 들었다.

약 200여 명이 넘는 일반 서민들의 살인 청부 동기는 참으로 다양했다. 부부 싸움을 하고 살인 청부를 생각한 사람이 있는가 하면 혹은 의원이 진료를 잘못하여 남편을 잃었다며 의원을 죽여달라는 사람도 있었다.

또 어떤 이는 괜히 그 사람만 생각하면 기분이 더럽다며 같은 하늘 아래 있을 수 없다며 죽여주길 바라는 이도 있었다.

표영은 각양각색의 청부를 원하는 이들에게 그에 맞는 답을 해주며 어떨 땐 천음조화로 위로하고 또 어떨 땐 천음조화로 꾸짖기도 하며 한 명씩 그 마음을 돌이키는 데 힘썼다. 그리고 이런 시간들은 나름대로 표영에게는 간접 경험을 늘려주어 사람의 마음을 이해하는 데 큰 도움을 주었다.

11장

호랑이 굴로 들어온 이들

호랑이 굴로 들어온 이들

표영의 1조가 나름대로 좋은 결과를 낳고 있을 때 2조에 편성된 제갈호와 무요도 큰 어려움 없이 진행해 나갔다. 하지만 그와 반대로 3조와 4조는 상황이 달라도 한참 달랐다.

앞서 두 개 조가 평온함 속에 한 사람 한 사람 청부 요청자들의 마음을 달래고 각기 고향으로 보냈다면 3조의 자리에 들어간 이들은 살벌한 분위기 속에서 협박을 받아야만 했던 것이다.

3조의 책임자는 지문환이었다. 그는 비록 표영의 뜻을 받들어 청막을 포기하고 진개방의 분타주가 되기로 마음먹었지만 마음의 잔재를 다 떨쳐 내지는 못했다.

그렇기에 살인을 요청하는 이들에게 울분을 토해내고 있는 것이었다.

"야이, 새끼들아! 누구를 죽인다든지 그런 생각은 하지도 마! 알겠어? 알았냐구?!"

무조건 다그치고 보는 것이었다. 3조에 편성된 이들은 무림인이면서도 그다지 큰 힘을 가진 자들이 아니었기에 살기를 여과없이 드러낸 지문환 앞에 벌벌 떨며 고개를 끄덕여야만 했다.

개중엔 그래도 자존심이 있는지, 아니면 자신은 정당한 거래를 하는 고객의 입장이라고 생각하는지 주눅 들지 않고 큰소리치는 이들도 있었다. 하지만 그런 이들은 곧바로 구석에 처박혀 지문환과 영주들로부터 몰매를 맞았고, 그렇게 맞은 뒤로는 언제 그랬냐는 듯 싱글거리며 허리를 구십도로 숙여 인사를 하고 떠났다.

3조가 나름대로는 험악하다고 볼 수 있겠으나 4조에 비하면 사실 아무것도 아닌 것이나 다름없었다.

원래 4조는 인상이 더럽고 제법 무공을 펼칠 것 같은 이들로 구성되어 있었다. 이들이 청막을 찾은 대부분의 이유는 그리 온당치 못한 것으로 사사로운 감정이나 혹은 이권을 위해 어떤 사람을 죽이기 위한 목적이 많았다. 혹 어떤 이들은 다른 이들로부터 청부를 받고 그 청부를 청막에 다시 의뢰하여 마진을 챙기는 수법을 쓰는 이들도 있었으니 그런 자들이야말로 최악의 장사꾼이 아닐 수 없었다.

장담하건대 이들 중에는 진정 참된 원수―예를 들어 부모의 원수나 일가 친지의 복수를 감행하는 일 등…―를 갚고자 하는 이들은 없었다.

실질적으로 원수를 갚고자 하는 이들은 거의 백이면 백 직접 자신의 손으로 원수의 목을 따기를 바라기 때문에 다른 사람의 손을 빌려 쉽게 원수가 죽도록 배려하지 않는 법이다.

그런 까닭을 아는지 모르는지 능파와 능혼이 청부를 해소하는 방법은 특이했다. 3조의 책임자인 지문환 같은 경우엔 대충 몇 마디 말이라도 물어보고 협박을 가해 마음을 짓누른다. 그에 반해 능파와 능혼은 순번에 따라 들어오면 그저 씨익 웃는 것으로 인사를 대신하고 그때부터 냅다 후려 패버리는 것이다. 청부를 하러 온 이는 나름대로 손을 쓰려 하지만 능파와 능혼 앞에서 그런 수작은 그저 개수작에 불과할 뿐임은 불을 보듯 뻔한 일이 아니잖는가.

그렇게 한참이나 팬 다음에 기진맥진해 있는 상대에게 한마디를 던진다.

"그냥 좋게 말할 때 집에 돌아가라. 청부는 잊어버려. 알겠지?"

언제 좋게 말한 적도 없으면서 태연한 얼굴로 좋게 말했다고 하는 말에 그 누가 위협을 느끼지 않겠는가. 무공도 초절정에다가 완전 미친놈들이라는 생각에 그저 이 자리를 뜨고 싶은 생각뿐인 것이다.

소맷자락으로 눈물을 훔치고 고개를 끄덕이며 뒤돌아서는 이에게 능혼은 마지막으로 경고하는 것도 잊지 않았다.

"너의 대해서는 다 알고 있으니 함부로 입을 놀리거나 또 다른 곳을 찾아 청부를 하려 했다간 쥐도 새도 모르게 관이 배달될 줄 알아라. 하하하."

그 말에 능파도 한마디 하지 않을 수 없었다.

"쥐도 새도 모르게 하면 조금 아쉬우니까 관 속에 쥐를 넣고 보내줄게. 으하하하!"

끔찍스런 말을 들으며 떠나는 요청자는 두 눈에서 눈물을 뚝뚝 흘리면서 청막을 벗어났고, 그런 모습을 지켜보는 4조의 대기인들은 무엇이 저리도 감동적이기에 눈물까지 흘리는지 궁금해했다.

"살수 조직들도 경쟁이 치열한가 보군. 고객이 저렇게 감동할 정도로 정성을 다하니 말이야."

"아무렴, 먹고 사는 게 그리 쉬운 일이 아니지."

이런 말도 안 되는 대화를 나누면서 그들은 한 명씩 안으로 들어가게 되었고 그때마다 똑같은 상황을 반복하며 눈물을 흘리면서 돌아서야만 했다.

큰일(?)없이 그렇게 조마다 각기 살인청부를 해소하고 있을 때였다. 일행에게 있어 '순조롭게 이루어지는구나' 라는 안일함이 감돌 때 전혀 예상치 못했던 중대한 청부가 발생했다. 그것은 제갈호와 무요가 책임자로 있는 2조에서였다.

약 백 명 정도가 지날 때였을까. 제갈호와 무요 앞에 이른 이들은 두 명의 백의를 걸친 40대 중반의 무사들이었다. 크게 대수롭지 않게 여기고 있던 제갈호는 그들의 입으로부터 엄청난 청부를 들어야만 했던 것이다.

"청막은 우리가 예상했던 곳과는 많은 부분 다르군요."

맞은편 탁자 오른쪽에 자리한 콧수염을 멋들어지게 기른 백의인이 입을 열고 뱉은 말이었다.

"하하, 어떤 점이 다르다는 말씀이십니까?"

제갈호가 웃으면서 물었고 다시 그 백의인이 말했다.

"그저 머리에 떠오르기론 냉엄함 속에 날카롭고 예리한 기운들이 연상되었습니다만 지금의 모습들은 참으로 의외입니다. 이런 모양새를 꾸미신 것은 무슨 깊은 뜻이라도 있으신 겁니까?"

그 말에는 무요가 답했다.

"이런 부분은 솔직히 말씀드리면 안 되는 것이지만 두 분의 인상이 워낙 좋으시니 왠지 숨겨서는 안 될 것 같군요. 사실 지금 청막에서는 짧은 기간을 정해놓고 살기를 감추는 수련을 하고 있답니다. 많은 사람을 죽이다 보면 아무리 살기를 숨기려 해도 무의식적으로 그러한 기운을 뿜어내게 되기에 자연과 일치하는 걸인의 삶을 통해 해소코자 함이지요."

대충 둘러대는 말이긴 했지만 실제 이런 내용들은 무요의 깨닫고 느낀 바도 적지 않게 담겨 있는 말이었다.

그 말에 중년 백의인들은 충분히 납득한다는 듯 고개를 끄덕였다. 그리고 말없이 있던 왼쪽에 앉은 백의인이 입을 열었다.

"모르는 사람이 보았다면 개방으로 착각하겠습니다그려. 하하, 물론 지금의 개방은 이런 모습이 아니지만 말입니다."

"하하, 그렇지요."

제갈호와 무요가 맞장구를 쳤고 백의인이 다시 말했다.

"하하… 아실지 모르겠소이다만 자칫 잘못하다간 요즘 개방을 사칭하는 진개방으로 오인될 가능성도 있겠소이다."

느닷없이 튀어나온 진개방이라는 말에 제갈호와 무요의 얼굴이 찰나적으로 꿈틀했다. 아직 강호에 진개방이 알려졌다고 보긴 힘들었는데 그다지 특이한 점이 없는 이들 두 중년인이 진개방을 거론했다는 점은 매우 뜻밖이었다. 하지만 제갈호와 무요는 상대방이 무슨 의도로 그런 말을 꺼냈는지 아직 잘 모르는지라 얼른 안색을 바로하고 태연하게 물었다.

"진개방이라는 곳도 있습니까?"

다행히 중년의 백의인들은 제갈호와 무요의 짧은 변화를 눈치 채지 못한 듯싶었다.

"사실 우리가 여기에 온 이유는 말씀드린 진개방과 관련이 있답니다. 아직 강호인들 중에 많은 사람들이 진개방이라는 존재를 알지 못하고 있지요."

"진개방이라… 진짜 거지들의 모임이라는 말씀이십니까? 허허, 이름도 특이하군요. 그런데 진짜 거지들과 살인청부와 무슨 관련이 있소이까?"

제갈호가 너스레를 떨며 은근슬쩍 묻자 오른쪽에 앉은 백의인이 방문의 목적을 뚜렷이 밝혔다.

"그렇소이다. 우리는 개방인이 아니지만 현 개방의 노위군 방주님과는 친분이 있지요. 얼마 전에 노 방주님과 이야기를 나누었는데 상당히 힘들어했습니다. 알고 보니 그 원인은 진개방이라는 곳 때문이었지요. 그들은 자신들이 진정한 개방이라고 외치며 무리들을 규합하고 있습니다. 참으로 안타까운 일이 아닐 수가 없지요. 정도를 걷는 개방을 사칭하다니… 그렇지 않습니까? 진소림사라는 것이 나온다면 어떻겠습니까? 아니면 진무당파라던지……."

제갈호와 무요가 약속이라도 한 듯 동시에 고개를 끄덕여 동의한다는 뜻을 밝혔다.

"우리는 그 말을 듣고 노 방주께 왜 가만있냐고 물었답니다. 그랬더니 거대 방파인 개방에서 그런 조그만 움직임에 민감하게 반응한다는 것이 강호인들로부터 우습게 보일지도 모른다고 하시더군요. 그래서 지금은 단지 예의 주시하고 있을 뿐이라고 합다. 하지만 그 뒤에 소식을 듣자 하니 진개방은 소수의 무리지만 사실 무공이 뛰어나고 대수롭게 넘길 무리들이 아니었습니다. 그래서 저희는 개방의 노 방주님 모르게 청막으로 찾아온 것이지요. 그분께 많은 도움을 얻었는데 이렇게라도 힘이 되어드리고 싶었답니다. 사이비 무리들을 굳이 드러내 놓고 죽일 필요가 있겠습니까? 우리는 진개방의 방주를 청막에 의뢰하여 없애고자 함입니다."

사실 이 말은 제갈호와 무요의 입장에서는 입을 뜨악하고 벌릴 만한 내용이었지만 지금은 그렇게 하고 싶어도 그럴 수 없는 자리였다. 마음 같아서는 뒤로 돌아서 '허거걱' 소리를 내지르고 다시 정면을 보고 싶을 정도였다.

"으음… 진개방의 방주라……."

제갈호는 괜히 진지한 척 고개를 끄덕였지만 머리는 부산하게 움직이느라 정신이 없을 지경이었다.

'이놈들은 대체 뭐 하는 놈들이란 말인가? 개방? 천선부? 혈곡? 당가가 진개방의 분타가 되었다는 소식이 전해진 것일까? 지금 개방의 정보력은 형편없는 것으로 알고 있었건만… 어떻게 한담… 방주님께 먼저 말씀을 드려야 할까, 아니면 어느 정도까지는 알아본 후에 보고를 드려야 할까?'

짧은 시간이었지만 이것저것 머리를 굴리던 제갈호는 일단 능파와 능혼에게 도움을 요청해야겠다고 생각했다.

"이 문제는 제가 판단할 문제가 아닌 듯싶습니다. 두 분께서도 청막에서 청부를 받지 않는 부류에 대한 규칙을 알고 계시겠지요? 큰 걸림은 없을 것 같습니다만 어쨌든 윗분들께 문의해 봐야 할 것 같습니다. 이곳에서 잠시만 기다려 주십시오."

제갈호가 나가는 모습을 보며 두 백의인은 약간 언짢아하긴 했지만 그렇다고 드러내 놓고 표시를 내진 않았다.

제갈호가 능파와 능혼에게로 들어갈 때 두 사람은 대머리에 뚱뚱한 체구의 중년인을 패고 있는 중이었다.

퍼퍽퍼퍽!

"으억, 왜 그러시는 거예요… 살… 어억……!"

왜 그러냐고 물어도 살려달라고 해도… 잘못했다고 해도 능파와 능혼은 아무런 대꾸도 없이 그냥 패기만 할 뿐이었다. 심지어 제갈호가 안으로 들어왔지만 힐끔 쳐다보고 손 한번 흔들어주는 것이 고작일 뿐 계속 패는 데만 열중했다.

퍼퍼퍼퍽… 퍼퍼퍽……!

귀퉁이에 몰려 온몸을 움츠리고 얻어맞고 있는 대머리중년인은 온갖 비명을 지르다가 간신히 한마디 비명을 질렀다.

"으아악! 앞으로… 으억… 다시는 청부하지 않을게요… 으게……!"

능파와 능혼의 손과 발이 비로소 멈추고 환하게 웃었다.

"하하하! 고 녀석, 진작에 그리 말할 것이지."

"또 이런 짓 하면 아예 목을 분질러 놓을 테다!"

한마디로 무대포 작전이었다. 대게 이럴 경우엔 '청부하지 않겠다고 말해! 어서~'라고 다그치면 못 이기는 척하며 그러겠다고 하는 것이 상식이랄 수 있었다. 하지만 능파와 능혼은 그냥 아무 생각 없이 우선 패고 보는 것이다. 그러다 운 좋게 그 말을 하게 되면 그때부터 때리지 않으니 맞는 이로서는 무의식적으로 청부를 하지 않겠다라고 말하면 좋은 일이 생긴다는 것을 마음에 새기게 되는 것이다. 아주 원시적인 방법이긴 하지만 마음 깊이 각인시키는 또 다른 획기적인 방법이랄 수도 있었다.

대머리가 눈물을 뚝뚝 흘리며 나가자 능혼이 뺄쭘하게 선 제갈호를 보고 물었다.

"자갈… 무슨 일이냐?"

자갈이란 과거 불귀도—지금은 걸인도가 되었지만—에서 처음 자갈이라고 불리워진 후 일행 속에서 기분 좋을 때면 이름보다는 자갈이라 불리워지게 된 제갈호의 별명이었다.

"그게 말입니다……."

제갈호는 두 사람에게 아까 두 백의인에 대해 들었던 것과 추측되는 바를 설명했다. 능파의 눈에 퍼릇퍼릇 살기가 돋아났다.

"뭣이 어찌고 어째! 이런 싸가지없는 놈들을 봤나. 내 이 자식들의 껍질을 벗겨 버려야겠다!"

자신의 생명보다 귀한 지존의 목을 청부했다는 사실은 능파와 능혼에게는 용납할 수 없는 일이었다. 하지만 둘 중 그래도 침착한 능혼이 능파를 만류하며 말했다.

"형님, 먼저 그놈들의 정체가 무엇이며 누구의 사주를 받은 것인지 자세히 알아보는 것이 좋겠습니다. 그 후에 묻어도 늦진 않을 테니까요."

막무가내인 능파도 그 정도는 충분히 이해할 수 있었다.

"좋다. 먼저 그놈들을 제압하고서 밤에 고문하도록 하자. 일단 지존께는 비밀로 하고."

이미 시간은 꽤나 흘러 해가 저물고 있었기에 어차피 오늘 모든 사람들을 다 해결할 순 없어 내일까지 이어져야 할 형편이었다. 약 천 명 정도 되는 인원에서 그나마 절반가량인 오백여 명이 돌아간 것만도 대단한 것이라 할 만했다.

능파와 능혼, 그리고 제갈호는 4조의 전각을 나와 3조의 전각으로 들어갔다. 그곳엔 무요가 어색하지 않게 두 백의인들과 이야기를 나누고 있었다.

"오래 기다리게 해서 죄송합니다. 두 분 장로님을 모시고 왔습니다."

두 백의인들이 여유로운 자세로 고개를 돌려 인사를 하려 할 때 능파와 능혼이 주먹을 뻗어 턱을 강타해 버렸다. 무공 초식이고 뭣이고가 없었다.

퍽! 퍽!

"으억~"

"컥……!"

외마디 비명 소리와 함께 탁자에 튕겨 나동그라진 두 사람의 혼혈을 제압한 능파가 무요에게 말했다.

"이놈들을 보이지 않는 곳에 일단 처박아두어라. 조금 후 자세히 손을 봐줄 테니 말이다."

다행히 각 전각마다에는 지하 밀실들이 갖춰져 있는지라 무요는 뒤쪽으로 가 바닥을 들추었다. 거기엔 지하로 이어지는 계단이 나왔고 제갈호와 무요가 곧바로 한 사람씩 들고 아래로 옮겨놓았다.

"자식들, 호랑이 굴로 찾아와서 호랑이를 어떻게 잡는 게 좋겠냐고 물어보면 호랑이가 그냥 멍청하게 있을 줄 알았나 보지? 미친놈들같으니라구. 퉤~"

능파가 두 백의인이 지하로 사라져 가는 것을 보며 침을 바닥에 뱉었고 능혼과 함께 4조의 전각으로 향했다.

사실 이 두 백의인은 개방 방주 노위군의 직속 친위대인 십이밀 중 두 사람이었다. 콧수염이 난 자의 이름은 수여막이었고 또 한 사람의 이름은 공초환이었다. 이들은 노위군의 명을 받들어 청막의 힘을 빌려 강호에 소문나지 않게 표영을 제거할 마음으로 찾아온 것이었는데, 그만 재수가 없으려니 표영이 먼저 와서 청막을 접수한 후에 오게 되어 결국 이런 지경에 처하게 되고 만 것이었다.

12장
절정의 고문술

절정의 고문술

밤이 되었다. 그동안 살인을 요청하러 왔던 천여 명 중에 대충 절반 가량이 청부에 대한 마음을 접고 돌아갔고 이제 그 절반만이 남게 되었다. 표영은 이들도 어차피 마음을 모두 돌이켜 각기 집으로 보내야 할 사람들이라고 생각했기에 좋은 잠자리를 제공해 주도록 힘썼다. 그리하여 그들 모두에게 그전 청막의 살수들이 거했던 처소에서 편히 밤을 지내도록 배려해 주었다.

그렇다고 해서 청막의 살수들이 잠잘 곳이 없어진 것은 아니었다. 이미 표영의 명을 따라 두 달 전부터 찬 이슬을 맞으며 밤을 보내는 훈련을 한 터라 별달리 서운하거나 아쉬운 마음 같은 것은 갖지 않았다.

표영은 대략 상황을 정리하고 다른 날보다 일찍 잠들었다. 1조에 배치된 사람들, 약 백여 사람의 사연을 들으면서 새로운 마음가짐과 깨달음을 느낀 탓이었다. 무언가를 깨닫고 마음으로 담아둔다는 것은 크게 심력을 쏟게 되는 것이기에 그것이 몸과 마음에 온전히 체득되느라 깊은 잠에 빠진 것이다. 다른 이들도 상황은 마찬가지였다. 오랜만에 너무도 많은 손님들이 찾아온 것인데다가 그들을 통제하고 살피는 것으로도 피곤함을 느낀 살수들 역시 깊은 잠에 빠졌다.

실제 무공을 익힌다든지 수련을 하는 것이 매우 힘든 일이라 생각되겠으나 실제로 꼭 그런 것만은 아니라 할 수 있었다. 사실 가장 힘든 것은 사람과 사람이 만나고 부대끼는 것이라 할 수 있었다.

하지만 그런 전체적인 분위기 속에서도 당당히 깨어 모종의 의욕을 불태우는 이들이 있었다. 그들은 어서 속히 깊은 밤이 되기만을 기다렸던 능파와 능혼, 그리고 제갈호와 무요, 지문환이었다.

2조의 전각 밑에 위치한 지하 밀실은 과거부터 고문실로 사용되고 있었던 터라 방음이 매우 훌륭하게 되어 있어 고문을 하기엔 안성맞춤이었다. 여러모로 백의를 걸치고 나타난 개방의 두 밀사인 수여막과 공초환은 재수가 없는 셈이었다.

지하 밀실의 일렁이는 횃불에 나타난 능파와 능혼의 얼굴은 분노의 마지막 선을 넘어 오히려 담담하기까지 했다. 그것은 보는 이로 하여금 예리한 칼날이 잠잠히 서 있는 것 같은 느낌을 주었다. 그렇기에 제갈호는 물론이거니와 지문환과 무요는 뒤쪽에 떨어져 일단 구경하는 것으로 만족해야만 했다.

능파와 능혼은 이미 어떤 방법으로 고문을 할 것인지 서로 이야기가 된 듯 바닥에 아무렇게나 혼절해 있는 두 사람의 혼혈을 풀어주었다.

"으으윽……."

"으음……."

깊이 잠들었다가 일어난 사람처럼 수여막과 공초환은 눈을 비비며 이곳이 어떤 곳인지를 살폈다. 아까 얻어맞은 턱에서 얼얼한 느낌이 전해지자 비로소 그들은 후닥닥 일어나려 했다.

"왜 우리에게 이러는… 읍……."

수여막의 말이 채 다 끝나기도 전에 능파와 능혼은 두 사람의 아혈을 찍어버려 소리 내지 못하게 했고 이어 연달아 가슴과 옆구리, 그리고 허리 쪽으로 손을 빠르게 움직여 기가 운행될 수 없도록 만들어 버렸다.

온몸이 저릿해지는 느낌과 함께 말도 못하게 된 두 개방인들은 바닥으로 쓰러지면서 눈을 부릅떴다. 하지만 그렇게 노려본다고 능파와 능혼이 염두에 둘 위인들이 아니잖는가. 그저 그런 노려봄은 매만 벌 뿐이라 할 수 있었다. 바닥에 모로 누운 채 능파와 능혼을 노려보며 수여막과 공초환은 나름대로 각오를 다졌다.

'대체 무슨 수작을 부리려고 하는 것일까. 이제 본격적으로 고문을 하겠지? 그래, 와라. 해보란 말이다.'

'방주께서 우리를 보내신 것도 만에 하나 좋지 않은 일이 발생하여 이처럼 고문을 받게 되더라도 믿을 수 있기 때문이었다. 우린 그만한 훈련이 되어 있는 사람이니라.'

둘은 자신만만했다. 어떤 고문이 몸에 임한다 해도 단 한 마디도 하지 않을 자신이 있었던 것이다. 그들이 마음으로 이를 악물 때 드디어 능파와 능혼이 움직였다. 그 움직임은 뭔가 특별한 것은 없었다.

퍼퍼퍼퍽… 퍼퍽! 퍼퍽……!

지켜보는 제갈호와 지문환, 그리고 무요는 고개를 갸우뚱거렸다.

'뭐지, 별거 아니잖아?'

'고문은 내가 끝내주는데… 쩝쩝…….'

'무공은 뛰어나도 고문 방법에 대해서는 잘 모르시나 보군.'

그만큼 능파와 능혼의 움직임은 동네 양아치들이 다른 패거리를 발로 걷어붙이는 것과 다를 바가 없어 보였다. 의문스러운 것은 맞고 있는 수여막과 공초환도 마찬가지였다.

'이거 왜 이러는 걸까? 우리랑 장난하자는 건가?'

'아무리 혈을 봉쇄하여 기로써 몸을 보호하지 못하도록 만들었다고 해도 우리가 이 정도로 고통스러워할 것이라 생각한단 말인가?'

이들이 이런 생각을 한 까닭은 발에 맞을 때마다 고통이 밀려들기보다는 도리어 근육이 풀리고 시원스러움을 느꼈기 때문이었다. 발길질은 절묘하게도 뼈마디는 단 한 번도 가격하지 않고 근육을 타격했는데 뭉친 몸을 풀어주는 안마를 받는 듯한 기분이었다. 약 일 식경(30분)에 걸쳐 근육을 풀어주는 발길질이 계속되자 수여막과 공초환은 별의별 생각이 다 들었다.

'이건 특별한 배려인가? 이곳에 온 다른 사람들도 이런 식으로 다른 장소에서 안마를 받고 있을까? 괜히 분위기만 살벌하게 하고 사실은 몸을 풀어주려고 하는 것이란 말인가?'

'아무렴, 이들이 우리를 괴롭힐 일이 없잖은가. 뭔가 다른 속셈이나 계획이 있는 것이겠지. 이런 식으로 깜짝 놀래켜 줄 요량인지도 모르고 말이야.'

퍼퍼퍽… 퍼퍼퍽……!

소리는 요란하게 울려 퍼졌지만 그다지 고문이라는 입장에서 바라볼 때는 전혀 효과적이지 못한 방법이 아닐 수 없었다. 뒤쪽에서 지루하게 바라보고 있던 지문환은 점점 답답해지기 시작했다. 아무래도 고문에 대해서는 자신이 나서야 할 것만 같았던 것이다.

퍼퍼퍽… 퍼퍼퍼퍽……!

연속적으로 이어지는 신바람나는 발길질 속에 지문환이 슬그머니 능파 곁으로 다가와 말했다.

"저… 능 장로님! 고문이라면 제가 그래도 꽤 경험이 많아 제 손에서 입을 열지 않은 사람이 없었습니다. 저한테 한번 맡겨주시면 안 되겠습니까?"

그 말에 능파는 행동을 멈추지도, 그렇다고 돌아보지도 않고서 말했다.

"대머리! 너는 잠자코 지켜보기만 해. 조금 있으면 네놈들이 해야 할 일이 생길 테니까 말이다."

그 말에 지문환은 머리를 박박 긁으며 깨갱 하고 뒤로 물러날 수밖에 없었다.

"아하하, 그렇게 하겠습니다."

이 대화를 통해 수여막과 공초환은 자신들이 생각했던, 혹시나 했던 황당한 상상이 말 그대로 황당한 상상에 불과했음을 제대로 알게 되었다. 지금 맞고 있는 것이 아픈 것은 아니었지만 분명 고문은 확실하다는 점이다.

잠시 후 능파와 능혼은 걷어차는 것을 멈추었다. 수여막과 공초환은 한숨을 내쉬며 이제 아혈을 풀어주고 본격적으로 정보를 캐물을 것이라 생각했다.

'후후… 근육이 시원하게 풀리긴 했다만 이런 식으로 내 입이 열릴 것이라고 기대했다면 오산도 아주 큰 오산이다, 단순한 놈들 같으니라구.'

절정의 고문술

'그래, 와라. 어쩌면 지금까지는 준비 운동에 불과했을지도 모르지. 이제부터 나의 인내력이 얼마나 강한지 보여주도록 하마.'

하지만 수여막이 생각했던 것과는 달리 능파와 능혼은 아혈을 풀어 주지도 않았고, 그 어떤 정보도 물어보거나 다그치지 않았다. 대신 두 사람은 씨익씨익 웃으면서 발꿈치를 들고 발목을 회전시키며 발을 풀었다.

'뭐야, 저것들 또 발길질하려고 그러나?'

'내공을 실어 때리지 않는 것은 혹시 우리가 맞아 죽을까 염려한 터일 것이고 아까처럼 때린다고 해봤자 그 정도는 참을 수 있는 것이건만 괜한 시간 낭비 하고 있구나.'

두 사람은 능파와 능혼이 발을 푸는 동작을 보고 정말 한심한 놈들이라고 생각했다. 하지만 정작 능파와 능혼의 웃음에는 그들이 생각하는 것 이상의 공포가 담겨 있음을 그들은 예측하지 못했다. 물론 예측했다고 해도 무슨 뾰족한 수가 있는 것은 아니겠지만 말이다.

발목을 가볍게 돌려 긴장을 푼 후 능파와 능혼은 한 명씩 각기 발길질을 가하기 시작했다. 이번에도 뭐 특별할 것이 없는 그저 그런 움직임이었다. 하지만 아까와 다른 것은 분명 있었다. 그건 두 가지 정도였는데 첫째는 더욱 발이 경쾌하게 움직였다는 점이었고 두 번째로는 뼈 부러지는 소리가 타격음에 이어 계속 들려온다는 점이었다.

퍼퍼퍽. 뚜득. 뚜득.

즉, 능파와 능혼은 발로 뼈를 자근자근 부러뜨리고 있는 것이다. 뼈가 어찌나 많이, 그리고 제대로 부러지는지 뼈 부러지는 소리가 무슨 가락을 이룬 것처럼 지하 고문실을 울렸다.

뼈가 한 군데만 부러져도 그 고통을 감당하기 힘든데 지금 목 언저리 아랫부분에서부터 발끝까지 죄다 부러지는 있는 판이니 수여막과 공초환으로서는 거의 실신 일보 직전에 이르렀다. 하지만 이들은 아혈이 찍혀 있는 고로 아무 소리도 낼 수 없는지라 간헐적으로 몸을 꿈틀거리며 입을 붕어처럼 뻐끔거리며 고통스러워했다.

"……."

"……."

그들의 그러한 모습은 크게 비명을 내지르는 것보다 더 보기 민망했고 더 고통스럽게 보였다. 그렇지 않은가. 사람은 너무 화가 나면 말이 나오지 않는 법이고, 너무 웃겨도 숨이 넘어가듯 웃음소리가 나지 않게 되는 법이다. 그와 마찬가지로 너무 고통스러워서 비명이나 울음이 터져 나오지 않는 그 정적인 순간이 계속 이어지는 것 같은 모습은 연민까지 느끼게 할 지경이었다.

제갈호는 그 광경을 지켜보면서 수여막과 공초환이 입을 벌리며 허우적거릴 때 자신도 모르게 입이 벌어지는 것을 의식치 못했다. 한편 고문에 일가견이 있는 지문환과 무요는 또 다른 입장에서 입을 쩍 벌렸다. 그들은 왜 아까 발길로 걷어찼는지를 알아차린 것이다.

'지금 이 순간 뼈가 잘 부러지고 잘 빠져나오도록 아까는 주변 근육을 부드럽게 풀어주었던 게로구나. 허허… 거참…….'

고문이라면 일가견이 있다는 그도 감탄을 금치 못했다. 그는 앞으로 어떻게 될지 몰랐지만 뭔가 대단한 것이 기다리고 있을 거라 예감했다.

무요도 나름대로 감탄에 빠졌다.

'발이 나갈 때마다 뼈가 어긋나는 소리가 나는데 대체 어쩌려는 것일까. 아예 온몸의 뼈를 가루처럼 뽀사 버릴 작정이란 말인가?'

퍼퍼퍽… 퍼퍼퍽……!
뚜드득… 뚝뚝…….
"……."
"……."

발길질은 언제 끝날지도 모를 만큼 집요하게 수여막과 공초환의 몸을 가격했고 그때마다 뼈가 부러졌다. 손가락이며 발가락까지 남아난 곳이 없을 지경이었다.

두 사람은 그런 가운데 그저 다른 건 몰라도 비명이라도 실컷 질러 보고 싶다는 소박한 마음을 품었다. 고통도 고통이지만 아무 말도 못 하고 입을 크게 벌리고 허우적대는 것은 심장이 터져 버릴 것만 같은 답답함을 안겨준 것이다.

뚜뜨득… 뚜뜨득…….

영원히 끝나지 않을 것 같던 뼈 부러뜨리기가 끝을 맺었다. 어느새 수여막과 공초환의 입가엔 거품이 보글보글 끓어올라 있었고 눈도 절반쯤은 돌아가 있는 것이 그들이 겪고 있는 고통의 무게가 어느 정도인지를 가늠할 수 있을 것 같았다.

"자, 이제 뼈가 부러졌으니 뼈를 맞춰줘야겠지?"

"그럼요, 형님. 당연한 말씀 아니십니까. 하하하."

능파와 능혼은 아주 즐겁다는 듯 서로를 보며 껄껄거렸다. 그리고 웃음을 띤 채로 능파가 지문환을 보고 말했다.

"자, 대머리와 무요는 이놈들의 뼈를 맞춰주어라. 하나라도 빠뜨리면 곤란해. 알겠지?"

지문환과 무요가 잽싸게 달려와 수여막과 공초환의 몸을 살폈다. 가까이서 바라보니 팔이 돌아가고 다리가 괴이하게 꺾인 것이 멀찌감

치에서 봤던 것보다 더욱 황당하기 그지없었다.

'이렇게 부러뜨려 놓고 바로 뼈를 맞추라니… 거참……'
'이거 장난이 아니네, 정말.'

두 사람은 서둘러 뼈를 맞추기 시작했다. 뼈를 맞추는 것도 고문으로 치자면 대단한 고문이었다. 어긋난 것을 다시 원상태로 돌려놓는 것이니만큼 뼈가 부러진 것만큼의 고통이 다시 밀려들었다.

"……"
"……"

둘은 다시 입을 쩌억 벌린 채 어그적거렸고 눈을 바라보니 검은 눈동자는 거의 보이지 않고 흰자위만 바들바들 떨며 드러났다.

다시 일 식경(30분) 정도가 지나 뼈가 다 맞춰졌고 꺾였던 팔과 다리며 빠진 어깨와 부러진 손가락, 발가락이 원래의 자리를 찾았다.

물론 제자리로 찾아놓은 것일 뿐 뼈가 바로 붙는 것이 아니기에 조금만 건드려도 난리가 날 지경이었다. 정성스레 뼈가 맞춰지고 어느 정도 안정을 찾자 수여막과 공초환은 한숨을 돌렸다.

'정말 힘들었다. 그런데 이놈들은 대체 왜 이러는 것일까? 뭘 물어보려면 아혈을 풀고서 물어볼 것이지 아예 물어볼 생각은 하지도 않고 뼈를 부러뜨리고 또 뼈를 정성껏 맞춰주니 이해할 수가 없구나.'

'이렇게 뼈를 정성스럽게 맞춘 것으로 보아 뭔가 오해가 있었다고 생각하고 이제 끝내려는 것일까?'

이런 생각들은 그들의 작은 소망이 담겨 있는 것이었다. 하지만 안타깝게도 그들의 소망은 그저 꿈에 불과했다. 다시 능파와 능혼이 아까처럼 발목을 빙글빙글 돌리며 발을 풀어주고 있었기 때문이다.

'허거걱! 뭐, 뭐냐?'

'저 새끼들이 또 왜 저러는 거야, 부러뜨릴 게 뭐가 있다고…….'

수여막과 공초환은 겁먹은 눈동자를 이리저리 굴리며 설마설마를 속으로 외치고 있었고 뒤편으로 물러선 지문환과 무요, 그리고 제갈호는 의문스런 시선을 던졌다.

'왜 발을 푸는 것일까?'

지켜보는 세 명 중 고문 경험이 제일 많은 지문환은 비로소 뜻을 간파하고 자기도 모르게 숨을 들이켰다.

"헉……!"

'계속할 생각인 게야… 계속할 생각이라구…….'

정말 황당하기 그지없는 일이 아닐 수 없었다. 지문환의 예상은 그대로 맞아떨어졌다. 능파와 능혼은 다시금 수여막과 공초환의 뼈를 향해 발을 내지르며 고스란히 다시 부러뜨리고 있는 것이다. 아까와 똑같은 힘을 기울인 듯했으나 지금의 고통을 어찌 처음과 비교할 수 있겠는가. 살짝만 건드려도 이를 악물어야만 하는 아픔이건만 그대로 다시 부러뜨리고 있으니 말이다. 사실 능파와 능혼의 발길질은 뼈를 부러뜨린다기보다는 명확하게 표현하자면 뼈를 다시 흐트러뜨리고 있다고 해야 옳았다.

퍼퍼퍽… 퍼퍽… 퍽퍽……!

"……."

"……."

다시금 수여막과 공초환은 그 어떤 함성과 비명보다 더 처참한 침묵의 비명을 내질렀다. 그들의 얼굴은 지옥의 사자를 만나 불구덩이에 빠지는 사람들처럼 일그러졌다. 어느 정도 고통은 예상하고 있었지만 상상보다 더한 고통이었다.

'그래도… 씨발… 그래도 난… 참아내고 말겠다…….'
'개새끼들… 무슨 말이라도… 물어보며… 쉬엄쉬엄하면 안 되냐…….'

수여막과 공초환은 나름대로 고통 중에 각오를 다졌고 능파와 능혼은 한가로운 자태(?)로 발을 놀리며 뼈를 제자리에서 이탈시켰다. 뒤쪽에 있는 세 명 중 정파인으로서 이런 광경을 처음 본 제갈호는 자신도 모르게 고통받는 두 사람의 얼굴 표정에 동화되어 입을 쩍 벌리곤 인상을 쓰고 있었다.

다시금 뼈를 온전히 흐트러뜨린 후 동작을 멈춘 능파가 지문환을 바라보며 눈짓을 보냈다. 지문환은 그 뜻이 무엇인지 잘 알고 있었다. 뼈를 맞추라는 말인 것이다.

"네, 갑니다."

지문환과 무요가 다시 날듯이 달려와 허겁지겁 뼈를 맞췄다. 이번에는 처음보다 더 힘들었다. 더 벗어났고 더 부러진 곳이 발생한 것이다. 그래도 두 사람의 손은 매우 정교해 뼈들을 원래의 자리로 돌아오게 했다. 물론 그 순간도 수여막과 공초환에게 고통은 찾아왔다.

"……"

"……"

가끔 어떤 뼈들은 부러져 날카롭게 쪼개진 것도 있었는데 그것들의 일부가 살에 박힌 경우가 있었기에 다시 원래대로 하는 과정에서 형용하기 힘든 고통이 찾아든 것이다. 거의 다시 부러지는 고통보다 더 아프게 느껴질 정도였다. 지문환과 무요는 뼈를 다 맞추고 누워 있는 두 사람을 바라보았다. 그들의 눈가로는 하염없이 눈물이 흘러내렸고 이미 눈은 팅팅 부어 있었다. 게다가 입가엔 끊임없이 거품들이 피어

올라 부글거리고 있었다.
 지문환이 작은 목소리로 두 사람에게 속삭였다.
 "쯧쯧. 이놈들아, 어서 모든 것을 실토하는 게 신상에 좋을 거야. 안 그러면 영영 병신이 되고 만다구."
 지문환의 말은 생각해서 한 말이었지만 수여막과 공초환에겐 염장을 지르는 말이 아닐 수가 없었다.
 '이 새끼야, 지금 장난하냐! 아혈을 찍어 말 한마디 하지 못하게 하고서 무슨 헛소리를 지껄이는 것이냐!'
 '정말 큰일이다. 이 새끼들, 완전히 미친놈들이잖아?'
 하지만 능파와 능혼이 아혈을 짚고서 아무런 말도 물어보지 않고 냅다 고문을 해댄 것에는 나름대로 깊은 뜻이 숨겨져 있었다.
 그때 능파와 능혼이 다시금 접근했다.
 "자, 좋아좋아. 정말 분위기 좋구나. 이 모든 것은 다 너희들을 위한 것이니 그렇게 인상 쓸 필요 없다. 사실 아픈 만큼 성숙해진다는 말은 고금을 통틀어 진정한 진리라고 할 수 있거든. 크크크."
 "그럼요, 옳으신 말씀이십니다. 의원들도 한결같이 그런 말을 하지 않습니까? 뼈가 부러진 다음에 다시 붙으면 그 뼈는 더욱 튼튼해진다고 말이죠. 의원들은 그런 말을 할 때 꼭 이런 비유를 들죠. 비 온 후에 땅이 더욱 굳는다라고 말입니다. 하하하."
 수여막과 공초환은 정말 암담했다. 다시 또 뼈를 부러뜨릴, 아니, 뼈를 흐트러뜨리려고 하는 것이다. 이 정도의 고통을 주었으면 대충 아혈을 풀어주고 물어봐야 하고, 그렇게 되면 여러 가지 준비해 놓은 변명의 보따리를 풀어놓을 텐데 그런 기회 자체가 주어지지 않는 것이 답답하기 그지없었다.

바로 그것이었다. 능파와 능혼이 아혈을 짚고서 무작정 때리기만 한 것은 어줍잖은 변명을 들으며 시간을 낭비하고 싶지 않았기 때문이다. 이미 능파와 능혼 두 사람은 고문에 대해 통달한 상태였기에 마음을 다 헤아리고 있었던 것이다.

또다시 능파와 능혼의 발이 움직였고 세 번째로 뼈들의 분단과 이산이 시작되었다. 수여막과 공초환은 이번에는 어찌나 고통스러운지 온 얼굴의 주름이란 주름을 다 구겨가며 침묵의 비명을 내질렀다.

"……."

"……."

인간의 얼굴에 저리도 많은 주름이 잡힐 수 있는가라는 감탄사가 절로 나올 만한 광경이 아닐 수 없었다. 때리고 있는 능파와 능혼의 얼굴에도 맞고 있는 두 사람과는 비교할 수 없었지만 주름이 잡혔다. 하지만 그 주름은 활짝 웃느라고 생긴 주름일 뿐이었다.

수여막과 공초환이 흐물흐물해질수록 능파와 능혼의 얼굴은 환히 밝아졌다.

"낙지가 되어라. 어서 빨리 낙지가 돼~"

"껄껄껄껄!"

능파는 이제 새로 급조해서 만든 '낙지 노래'를 부르면서 발길질을 가했고 능혼은 능파의 가락에 맞춰 껄껄거렸다.

세 번째 뼈들의 분단과 이산이 있은 후 전과 동일하게 지문환과 무요가 쏜살같이 달려와 분단되고 이산된 뼈들을 상봉시켜 주었다. 그때도 온 얼굴 가득 주름을 만든 것은 물론이었다.

수여막과 공초환은 모든 뼈가 다시 제자리를 찾은 후 마음으로 간절히 기원을 올렸다.

'모든 것이 삼세판이라고 했습니다. 이제 세 번이 지났으니 그만 할 때도 되었지 않습니까?'

'제발 아혈을 풀게 하고 무슨 말이라도 좀 물어보게 해주십시오! 정말 이 새끼들은 미쳤단 말입니다!'

누구를 향한 기원인지는 몰라도 그들의 기원은 정말 간절했다. 그들의 마음속 기원이 하늘에 닿았음인가. 곧 이어 놀라운 소리가 능파의 입에서 터져 나왔다.

"이 정도 했으면 됐다. 이제 그만 하도록 하자. 저들도 똑같은 사람이 아니더냐."

진중하기 그지없는 목소리였고 짙은 회의가 담겨 있는 목소리였다. 능혼이 고개를 끄덕였다.

"형님, 우리가 너무 심했던 것 같습니다. 치료라도 해줘야 하지 않을까요?"

"음, 그래야겠지."

그 오고 가는 말들은 그 자리에 있는 모두를 당황스럽게 만들었다. 하지만 그 목소리의 떨림을 보아 진정 사실인 듯싶었다. 능파가 지문환을 보며 말했다.

"뼈가 잘 붙을 수 있는 약을 몸에 발라주고 원기를 북돋아주도록 해라. 우린 잠깐 바람 좀 쐬고 오겠다."

"이런 일은 하면서도 기분이 그리 좋지 않죠."

능파와 능혼이 한마디씩 하고 밖으로 나가자 모두들 얼이 나간 표정으로 둘이 사라진 곳을 바라보다가 김빠지는 소리를 토해냈다.

"허허… 거참……."

"알 수가 없네… 쯥……."

그러나 제갈호의 황당함에 두 사람이 어찌 비할 수 있겠는가.

'저럴 리가 없는데… 저 양반들이 머리에 충격을 받았나……?'

이제까지 같이 지내오며 살핀 능파와 능혼이 할 수 있는 말이 결코 아니었다. 원래 저 두 사람은 아까 같은 대화는 하지 못하는 사람들이 아닌가 말이다.

'또 무슨 짓을 하려고 저러나…….'

지문환과 무요는 능씨 형제가 나간 후 서둘러 두 사람을 치료했다. 능파와 능혼의 행동에 대해 의문이 가득했지만 일단 하라고 하는 대로 하지 않을 순 없었다. 청막에는 훌륭한 내상약과 외상약이 많이 겸비되어 있었다. 살수라는 일 자체가 생명을 담보로 하는 일이므로 몸에 어떤 상처가 날지 모르는지라 치료약에 대한 부분도 상당 부분 발달하게 된 것이다.

수여막과 공초환은 드러누워 치료를 받으며 스스로가 그렇게 자랑스러울 수가 없었다. 아까는 정말이지 단 한시라도 세상에 있고 싶지 않았지만 상상을 불허하는 인내를 발휘한 결과 이렇게 고문이 멈추고 벗어나게 된 것이다. 비명 소리도 지르지 못하고 입을 쩍쩍 벌리고 얼굴 가득 온갖 주름을 잡았던 것이 결코 헛되지만은 않았던 것이다.

'하늘이 우리를 도우시는구나.'

'그저 감사할 따름이지. 그런데 과연 이놈들은 뭐 하는 놈들이기에 우리를 괴롭힌 것일까?'

무슨 약을 바른 것인지 온몸이 상쾌해지는 것을 느끼며 수여막과 공초환은 한껏 여유를 찾았다. 그러자 마음 깊이 대체 왜 이런 고통을 당했는지에 대해 생각하게 되었다. 하지만 나름대로 머리를 굴려보아도 뚜렷이 잡히는 것은 없었다.

절정의 고문술 173

'우리가 말한 것이라고는 진개방에 대한 것뿐이잖는가. 거참.'

'진개방은 소수의 무리들이고 그 거지 같은 놈들과 청막이 관련을 맺고 있을 리는 없……'

거기까지 생각한 공초환은 눈동자를 떼구루루 굴려 지문환과 무요, 그리고 제갈호를 바라보다가 얼굴이 경직되었다.

'아니, 그렇다면 이놈들이 혹시… 모두들 진개방 놈들?'

약간 말이 안 되는 가정이었지만 이것이 사실이라면 진개방의 힘은 생각했던 것보다 더욱 막강한 것이라는 뜻이었다.

'그럴 리 없어. 아무렴, 청막이 어디 동네 건달들의 조직도 아니고 어찌 진개방 따위에게 무릎을 꿇겠는가.'

그로선 되도록이면 부인하고 싶었기에 자꾸만 아닐 것이라고 스스로에게 세뇌시켰다. 하지만 그러면 그럴수록 왠지 더욱 그럴 것이라는 생각이 한구석에서 치고 일어났다.

'젠장… 어쨌든 찜찜하니 몸을 어느 정도 움직일 수 있게 되면 속히 이곳을 떠나야겠다. 다행히 머저리 같은 녀석들이 강하게 나오다가 마음이 약해져 물러섰으니 대충 핑계를 댄 후에 빠져나가야지.'

그런 생각으로 통박을 신나게 굴릴 때 어느덧 지문환과 무요는 외상약을 다 바르고 끝으로 내상약인 치우환을 입에 넣어주었다. 치우환이 목을 타고 넘어갈 때 뜨거운 열기가 목을 관통하고 내려가는 것을 느낄 수 있었는데 그것만으로도 이것이 보통 물건이 아님을 짐작할 수 있었다.

'이렇게 귀한 것까지 주는 것을 보니 확실히 오해로 판명된 것이 분명하다.'

수여막과 공초환이 안도의 한숨을 쉬고 있을 때 밖에 바람 쐬러 갔다 온다던 능파와 능혼이 다시 안으로 들어왔다. 그러자 지문환이 얼른 고개를 숙였다.

"말씀하신 대로 조치했습니다."

능파가 어깨를 두들겨 주며 고개를 끄덕였다.

"수고했다."

그리고 두 사람은 수여막과 공초환 앞에 이르렀는데 이상하게도 발목을 빙글빙글 돌리는 것이 아닌가. 아직까지 수여막과 공초환은 아혈이 풀리지 않은 상태인지라 '왜 그러십니까?' 라든지, 혹은 '어디 발이 아프십니까?' 라고 물을 수도 없었다. 하지만 마음속으로는 설마 또 패기야 하겠는가라고 생각했다. 그것은 지켜보는 지문환과 무요도 마찬가지였다.

'설마… 외상약과 내상약까지 먹이라고 해놓구서 또다시 패기야 하겠어…….'

그러나 제갈호는 손으로 턱을 어루만지며 고개를 가로저었다.

'두들겨 패고도 남을 사람들이지… 암, 그렇고말고… 함께 지내오며 방주로부터 시작해서 모두가 정상인 사람이 있었냐구…….'

여러 사람이 각기 냉철한 판단력으로 예상해 보았지만 안타깝게도 제갈호의 생각이 제대로 맞아떨어졌다.

"자, 다시 한 번 시작해 볼까?"

"좋지요."

능파와 능혼이 활기 차게 말을 주고받으며 밟아버릴 기세를 보였다. 그 광경에 수여막과 공초환의 눈이 황당함에 겨워 동그랗게 변했다. 그 눈동자는 이렇게 말하고 있었다.

―뭐 대체 이런 경우가 다 있냐! 씨발, 믿을 수 없어…….

그랬다. 정말 믿을 수가 없었다. 그것은 지문환과 무요도 마찬가지였다. 막 발을 뻗으려 할 때 지문환이 얼른 물었다.

"장로님들… 저기… 말씀하신 대로 약을 다 발라놓았고 아까 말씀하시길 이렇게 패서는 안 된다고 하셨지 않습니까? …에? …아… 저는 그냥 궁금해서……."

능파와 능혼이 노려보자 지문환은 말끝을 흐렸다. 그러나 능혼은 화를 내거나 전혀 기분 나빠하지 않는 듯 도리어 크게 웃음을 터뜨리며 답해주었다.

"아하, 아까 그 말? 그거야 농담이지. 하하. 뭘 그런 것 가지고……."
"자자! 아우야, 잔소리할 거 없다. 얼른 밟아주자."

그 뒤로 지하 고문실에는 타격음과 뼈마디 어긋나는 소리만이 들릴 뿐 다시 고요함에 빠졌다. 제일 황당하기로는 역시 수여막과 공초환 두 사람이었다.

둘은 극도의 허탈감에 젖었다. 그 허탈감이 얼마나 컸던지 두 사람은 아까처럼 침묵의 비명도 내지르지 못했고 온 얼굴을 찌푸리지도 않았다. 그저 발에 채이는 대로 몸을 꿈틀대며 두 눈에서 하염없이 눈물을 쏟으며 어두컴컴한 천장만을 멍하니 바라볼 뿐이었다.

지금으로써는 고통도 그다지 크게 느껴지지 않았다. 허탈감이 고통을 넘어버린 것이다.

'나는 대체 누구일까? 나는 무엇일까? 나는 왜 이곳에서 이렇게 맞고 있는 것일까?'

'내 몸은 그저 고깃덩어리에 불과하단 말인가? 정말 살기 싫다…….'

하지만 두 사람이 어떤 심적 갈등을 겪든 그런 것까지 능파와 능혼이 배려할 사람들은 아니었다. 그저 정성스레 맞춰놓은 뼈들을 다시 멀리 떨어뜨리면 되는 것이다.

네놈들은 누구고 어떤 놈의 명령을 받고 청부를 하게 되었느냐 따위는 물어볼 생각도 없었다. 아직도 해가 뜨기까지 시간은 충분했고 밤은 생각보다 훨씬 길었다.

그때까지가 네 번째로 뼈마디들의 이산과 상봉이 이루어졌고, 그 후로 다시 세 번의 뼈마디들의 이산과 상봉이 있었다. 그리고 그렇게 여덟 번째 뼈마디가 부러질 즈음에 수여막과 공초환은 급기야 한계에 이르렀다. 사실 한계에 이른 것은 진작부터였다. 하지만 말을 하고 싶어도 아혈을 찍어놓고 말할 기회를 안 주니 사실을 사실대로 실토하고 싶어도 그럴 수 없어 안타까울 따름이었다.

그렇게 되자 두 사람은 다른 방법을 강구해야만 했다. 말할 기회를 안 주니 자신들이 알아서 해야 하는 것이다. 그들은 5번째부터 시도를 했지만 그때까지도 의지는 확고한 편이 못 되었다. 하지만 8번째가 되었을 때 수여막과 공초환은 초인적인 힘을 발휘하기에 이른 것이다.

이미 온몸을 움직일 수 없게 된 상태이고 손가락뼈가 너덜거릴 지경에 빠졌지만 불굴의 의지를 발휘하여 바닥에 글자를 쓰기 시작한 것이다.

이 광경을 생각해 보고 떠올려 보자!

손가락 뼈마디가 다 부러진 상태에서 글자를 바닥에 써 내려가는 광경을 말이다. 그것은 진정 초인적이라 할 만했다. 두 사람은 혼신의 힘을 기울여 자신들의 정체와 누구의 부탁을 받고 이 자리까지 오게 되었는지를 적어가기 시작했다. 그것은 능파와 능혼이 기다려 왔던 행동이었다. 처음부터 아혈을 찍어놓지 않고 입을 열어놓았다면 그들이 하는 말의 진위를 간파하기 힘들었을 것이지만 지금 이런 상황에서 바닥에 써 내려가는 내용은 절대 거짓일 리가 없었다.

땀을 삐질삐질 흘려가면서, 손가락은 덜덜 떨리면서도 온 정성을 다해 써 내려가고 있는 것이다. 그 광경은 지켜보는 제갈호조차도 두 손을 꼭 움켜쥐고 응원을 하게 할 정도의 깊은 성의가 담겨 있는 모습이었다.

지금 이 순간 부러진 손가락으로 써 내려가는 수여막과 공초환의 마음엔 오직 한 가지 생각뿐이었다.

'이들과 함께하는 한 제대로 죽을 수도 없을 것이다. 오직 사실대로 말해야 한다. 오직… 사실대로만……'

두 사람에게는 방주 노위군의 얼굴과 그동안 십이밀로서 스스로 자랑스러워했던 마음 따윈 존재하지 않았다. 이 순간 제일 중요한 것은 알아볼 수 있도록 똑바로 글을 써야 한다는 것뿐이었다. 바닥엔 한 자 한 자 놀랄 만한 내용이 기록되기 시작했다.

우리는… 개방의 노위군 방주의 비밀 집단인 십이밀 중 두 사람으로 수여막과 공초환입니다…….

수여막이 어렵게 거기까지 쓰고 뒤를 이어 공초환이 써 내려갔다.

방주는 강호에 진개방이 나타난 것을 알고 은연중에 죽이고자 청막으로 우리를 보냈습니다.

다시 그 뒤는 수여막이 이었다.

노 방주는 사실 그의 사부였던 엽지혼 전 방주님을 모해하고 현재 방주 자리를 차지했으며 스스로 그에 대한 강박 관념에 사로잡혀 있습니다.

그렇기에 혹시 엽지혼 방주님의 또 다른 제자가 나타나 정통성을 주장할까 두려운 것입니다.

거기까지 힘겹게 적어 나간 두 사람은 슬픈 눈동자로 능파와 능혼을 바라보았다. 이러다 손가락을 영영 쓰지 못할까 두려우니 제발 말로 하게 해달라는 뜻이었다.

능파와 능혼은 워낙 예상치 못했던 말들인지라 머뭇거리지 않고 혈도를 풀어주려 지풍을 날렸다.

슈슉—

바람 소리 같은 것이 지나치자 수여막과 공초환은 아혈과 마혈이 풀리는 것을 느끼며 참담한 가운데서도 다시 한 번 상대의 고매한 무공에 감탄하지 않을 수 없었다.

"헉헉……"

"으윽……"

신음 소리조차 낼 수 없었던 상태가 풀리자 두 사람은 작은 소리로 고통을 표시했다. 둘은 입이 열리자 서로 누가 먼저랄 것도 없이 고급 정보를 말하기에 바빴다.

절정의 고문술 179

그들의 말에는 현재 개방의 상황과 노위군의 심리 상태, 그리고 심지어 노위군이 방주로 등극하면서 반대한 세력들을 반구옥에 가둬두었다는 것까지 상세히 말했다. 그런 부분들은 나름대로 정보력이 뛰어나다고 생각해 왔던 지문환에게도 너무도 충격적이라 쉽게 믿어지지 않을 정도였다. 그건 제갈호도 마찬가지였다. 그런 엄청난 일이 어찌 강호에 알려지지 않고 이루어질 수 있단 말인가라며 의구심을 품었다. 하지만 아무리 봐도 두 사람이 입가에서 침을 질질 흘리는 것도 개의치 않고 따따 읊어대는 것을 보면 거짓은 아닌 것 같았다.

수여막이 개방에 관해 어지간한 내용을 다 말한 후 나름대로는 멋진 말로 마지막을 장식했다.

"저는 사실 진개방에 대해 얼마나… 호감을 가졌는지 모른답니다. 단지 노 방주의 협박에 못 이겨 이곳에… 오게 된 것일 뿐입니다."

그는 마음으로 이미 이들이 진개방 사람들이거나 혹은 밀접한 관계를 맺고 있는 이들이라고 생각했기에 지극한 아부를 떨었다. 혹자는 말하길 너무 치졸하고 남자답지 못한 사람이라고 말할지 모르나 그렇게 말하는 사람들은 수여막처럼 온몸의 뼈가 흩어졌다 모였다를 8번 정도 한 후에서야 비판할 자격이 있을 것이다. 고문에 강하기로 자부했던 수여막이 이 정도로 변했으니 가히 그 고통이 얼마나 컸을지도 대충 짐작할 수 있는 것이다.

수여막의 아부에 이어 그에 뒤질세라 공초환도 서둘러 입을 열었다.

"저도 마찬가지입니다. 진개방이 최고입니다. 진개방 만세~"

그는 팔이 부러져 제대로 손을 들 순 없었지만 두 팔을 치켜든 것보다 더 감동 어린 얼굴로 만세를 외쳤다. 그런 모습을 지켜보다가 제갈호가 능파와 능혼에게 다가가 귓속말로 속삭였다. 그러자 능파와 능혼이 고개를 끄덕였고, 이윽고 수여막과 공초환을 보고 말했다.

"가상한 마음이 좋구나. 너희 둘은 날이 샌 후에 방주님을 뵙게 될 것이다. 그때 너희는 아까 했던 이야기를 자세히 방주님께 고해야 할 것이다. 알겠느냐?"

"네, 명심하겠습니다!"

수여막과 공초환이 힘을 주어 동시에 대답했다. 그리고 두 사람은 속으로 생각했다.

'진정 이곳이 진개방의 소굴이었구나. 호랑이 굴로 들어와 호랑이에게 호랑이를 잡아달라고 부탁을 한 꼴이니… 거참……'

'대체 진개방의 방주라는 자가 누구길래 당가를 접수하고 어느새 최고의 살수 조직이라는 청막을 수하로 만들어 버렸단 말인가. 대단한 일이 아닐 수가 없구나. 어쩌면 그가 개방의 방주가 된다면 개방은 아마도 가장 강한 조직이 될 수 있을지도 모른다.'

나름대로 생각에 잠겨 있을 때 능혼의 차가운 음성이 고막을 파고 들었다.

"너희 몸이 왜 이런가에 대해 방주님께서 혹시라도 물으신다면 어떻게 대답해야 할지 알고 있겠지? 만일 이 밤에 있었던 고문에 대해 말한다면 진짜 고문이라는 것이 뭔지를 보여주도록 하겠다."

"네."

어찌나 싸늘한 말인지 수여막과 공초환은 하마터면 오줌을 지릴 뻔했다. 그리고 또 생각했다. 방주라는 작자가 그리 악독한 인간은 아닌가 보다라고 말이다.

'하지만 씨팔… 부하들은 너무 독하잖아……'

이른 아침이 되어 수여막과 공초환은 들것에 실려 표영에게로 옮겨지게 되었다. 나름대로 최선을 다해 응급조치를 취했다고는 해도 여러 차례 부러지고 탈골된 뼈가 알아서 후닥닥(?) 붙을 리는 만무한 일이었다. 옅은 신음 소리를 내며 1조의 전각에 들어가며 두 사람은 조금의 설레임과 함께 작은 두려움을 품었다.

'진짜 거지들의 두목이라 이거지……. 진개방의 방주는 뭔가 달라도 다르지 않을까? 몸은 이 지경이 되었어도 기대되는 것은 어쩔 수가 없구나.'

공초환도 두 눈을 지그시 감고 생각했다.

'수하들이 저 정도인 걸 보면 방주의 무공은 대체 어느 정도일까?'

두 사람은 생김새와 무공 실력, 그리고 풍겨 나오는 기운 등을 상상해 보며 기대감을 증폭시켜 나갔다. 하지만 실제적으로 보자면 이들은 이미 표영을 본 터였다. 단지 표영과 진개방주를 연결시키지 못하고 있을 뿐이었다. 어제 낮에, 즉 처음 청막에 오게 되었을 때 표영이 조를 나누며 짧게 지도하는 모습을 보였고 그들도 그 모습을 보았었다. 하지만 그들은 당시 표영의 의복이나 외양이 그다지 튀어 보이지 않은 탓에 중간급 정도의 젊은 지도자 정도로만 치부했을 뿐이었다.

그들이 들어섰을 때 표영은 탁자 옆 맨바닥에 팔을 베고 누워 있었다. 수없이 많은 밤을 보냈지만 표영에게 지난밤은 특별한 시간이었다.

비천신공은 그 특성상 비천함에 처하며 사람의 도를 알고 깨달음이 더해지면 그 기운이 커지게 되는데 그에 따른 현상이 바로 깊은 잠에 빠지는 것이라 할 수 있었다. 표영은 어제 여러 사람들의 아픈 사연을 듣고 적지 않은 깨달음을 얻어 심력을 크게 소모하여 깊은 잠에 빠졌고 아침이 돼서 일어났을 때는 그 어느 때보다 상쾌한 기분을 느낄 수 있었다. 지금은 그 상쾌한 기분을 즐기며 천장을 보고 발을 까닥대고 있는 중이었다.

능혼이 문을 열고 들어오며 허리를 숙이며 말했다.

"방주님, 이른 아침부터 죄송합니다. 개방에서 온 두 사람이 긴요히 전해드릴 말이 있다고 하여 찾아뵙게 되었습니다."

"어? 개방?"

느닷없이 개방에서 찾아왔다는 말에 표영이 벌떡 몸을 일으켰다. 그런 모습을 문 앞에서 지켜보던 수여막과 공초환은 황당함에 빠져 허우적거렸다.

'뭐, 뭐냐… 저 거지새끼가 방주란 말인가?'

'뭐 이런 경우가 다 있는 거야.'

그들로서는 실망이 이만저만이 아니었다. 개방의 십이밀로 지내며 가장 마음에 들었던 것은 무림인으로서 자세(?)가 나온다는 점이었다. 거지 차림을 하지 않아도 되었고 또한 비밀 조직이라는 점은 마음에 자부심을 안겨주었다. 그렇기에 표영의 외양은 그들에겐 입을 쓰게 하는 모습이 아닐 수 없었다. 하지만 그렇더라도 어쩌겠는가. 조금이라도 언짢은 기색을 드러냈다간 이번엔 아예 온몸에서 뼈를 추려낼지도 모르는 일이니 말이다.

아니나 다를까 능파가 한소리 쏘아붙였다.

"방주님께 인사드리지 않고 뭘 그리 멀거니 바라만 보고 있는 것이냐? 귀한 옥체를 대하는 것만으로도 영광으로 생각해야 할 것이다!"

그 말에 수여막과 공초환이 서로 뒤질세라 표영에게 인사를 올렸다. 물론 드러누운 상태였지만 목소리는 지극하기 그지없었다.

"개방 방주 노위군의 비밀 조직인 십이밀 중 칠밀인 수여막 진개방 주님을 뵙습니다."

"하늘 아래 살며 진개방주님을 뵈올 수 있다는 것은 소인으로선 천 번 만 번 하늘에 감사해야 할 일입니다. 저는 십이밀 중 구밀인 공초환이라고 합니다."

거창한 인사에 표영이 손을 내저었다.

"아… 그런 괴상한 말들은 필요없고, 개방인들로서 무슨 말을 하려고 왔소이까?"

수여막과 공초환은 표영이 방주의 신분이면서도 하대를 하지 않자 곤혹스럽다는 듯이 말했다.

"말 놓으십시오. 저희는 보잘것없는 사람에 불과합니다."

"그렇습니다. 심히 불편하기 짝이 없습니다."

"하하, 그래도 그렇지, 어찌… 혹시 진개방인들이라면 모를까 그대들은 아직까진 개방인들이 아니오?"

수여막과 공초환이 서둘러 답했다.

"절대 그렇지 않습니다. 저희는 이제부터 진개방의 일원이 되길 원합니다."

"부디 거둬주십시오."

둘은 자신들이 살아남을 수 있는 길은 오직 이 길뿐임을 잘 알고 있었다. 아니, 살아남는 것을 바란다는 것도 지나친 사치일지 모른다. 그저 고문을 더 이상 받지 않았으면 하는 바램만이 간절할 뿐이었다.

"그대들은 정말인가?"

"그렇습니다."

"하하, 좋아좋아. 너희는 내게 무엇을 알려주려고 함이냐?"

그때부터 두 사람은 자신들이 알고 있는 내용들을 자세히 설명하기 시작했다. 거기엔 표영이 그동안 심증으로만 갖고 있던 사부의 죽음에 대한 이야기도 구체적으로 드러났다. 그리고 노위군이 방주로 등극하는 과정에서 반대했던 이들이 갇히게 되었고, 그들이 반구옥에 갇혀 짐승만도 못한 대우를 받고 있다는 말도 들었다. 더불어 노위군은 혈곡과도 밀접한 관련을 맺고 있다는 것도 듣게 되었다.

두 사람이 말한 것은 지난 새벽에 말했던 것보다 더욱 상세했기 때문에 그 자리에 있는 다른 이들도 놀라움을 감추지 못했다.

표영은 사부의 죽음에 대한 이야기를 들을 때는 얼굴이 어두워지며 두 눈을 지그시 감았고 그 뒤 반구옥에 대한 내용을 들을 때는 눈을 빛냈다. 그리고 모든 이야기가 끝났을 때 표영은 의자에서 벌떡 일어나 두 사람에게 다가갔다.

"고맙다. 너희들이 없었다면 더 많은 시간을 허비해야 했을 것이다."

표영은 두 사람의 어깻죽지를 잡고 흔들며 연신 장하다는 말을 했다. 수여막과 공초환으로서는 바스러진 뼈가 잡히자 말로 할 수 없는 고통을 느꼈지만 혼심의 힘을 다해 참아냈다.

'으으윽……'

'겨, 견뎌야 해……!'

표영의 말이 이어졌다.

"오늘까지 청막의 모든 청부를 해결하고 곧바로 우리는 반구옥으로 가도록 한다."

표영은 반구옥에 갇힌 이들을 구하고 이젠 개방과 정면 승부를 해야겠다고 생각했다.

'그곳에 가면 사형을 볼 수 있을까?'

사부가 들려주었던 대사형에 대한 이야기가 머리에 떠올랐다.

13장
구출

구출

 표영은 그동안 함께 다녔던 일행들만 데리고 망창산 정상으로 향했다. 산을 오르는 표영의 발걸음은 경쾌하기 그지없었는데 그 변화가 눈에 띨 정도라 능파를 비롯한 모두는 은근히 놀라워했다. 특별히 새로운 무공을 익힌 것도 아니고 그렇다고 무공을 연마한 것을 본 적이 없건만 점점 더 강해지고 있음을 느꼈기 때문이다.
 표영의 이러한 변화는 이번에 청막에서 청부를 해결하는 과정에서 많은 것을 깨달았기 때문이었다.
 근본 표영의 무공의 근간이 되는 비천신공은 비천한 삶 속에서 인생을 알고 사람의 도를 깨우치면서 내공이 조화를 이루고 무공의 깊이를 헤아리게 된다. 그런데 이번에 각지에서 온 여러 삶의 모습을 통해 인간적으로도 성숙하게 된 것이다. 그렇기에 땅을 스치듯이 나아가는 발걸음은 누가 보기에도 고매하기 그지없어 보일 정도였다.

청부에 대한 문제를 해결하고 나서는 지문환을 불러 다시 한 번 확실히 산서 분타주로서 역할을 잘 해낼 것을 명했고 부를 때까지는 거지 수련에 온 힘을 기울여 훌륭한 모습으로 변화되어 있어야 한다고 이야기해 놓았다.

그 말에 지문환이 강한 어조로 답한 것은 당연한 것이었다. 하지만 훌륭한 모습으로 변화되라는 말에는 잠깐 동안 얼굴이 어두워진 것도 사실이었다. 말이 훌륭한 모습이지 실제로는 확실한 거지로 탈바꿈하라는 말임을 잘 알고 있었기 때문이다.

또한 개방의 십이밀로 모진 고문을 받고 진개방으로 돌아선 수여막과 공초환은 표영으로부터 회선환(때독)을 선사받고 산서 분타의 일원이 되었으며 일단은 부상을 치료하는 데 힘을 쏟았다.

표영이 산을 오르며 살짝 눈을 들어 꼭대기를 바라보며 중얼거렸다.

'이제 얼마 남지 않았구나.'

그리고 오기 전 수여막이 들려준 말을 떠올렸다.

"노위군은 망창산 정상에 뇌옥을 만들어놓고 반구옥이라 불렀습니다. 반구옥이라 함은 말 그대로 '자신을 반대하는 개 같은 무리를 가두는 곳'이라는 뜻입니다. 그는 정기적으로 반구옥을 방문했는데 그 까닭은 저희도 알지 못하고 있습니다. 그는 매번 그의 대사형을 만났는데 나올 때는 늘 어둡거나 화난 표정이 되었습니다. 일단 그곳 정상에 오르시게 되면 근처 풀숲에 뇌옥으로 들어갈 수 있는 밧줄이 말뚝에 박혀 있습니다. 그 밧줄을 타고 밑으로 내려가면 절벽 중간쯤에 동굴이 있고 그곳이 바로 반구옥입니다. 경비는 다섯 명 정도입니다. 지형이 워낙 험하고 누구도 그곳에 뇌옥이 있을 것이라 생각지 않기에 굳이 많은 사람이 필요하지 않다 여긴 것입니다."

'노위군이라는 위인은 집요한 놈인 것이 분명해. 아니면 어찌 절벽에 뇌옥을 만들어놓을 생각을 했단 말인가.'

표영은 노위군을 사형으로 인정하고 있지 않았다. 그는 방의 배반자이며 사부님의 원수에 불과했다. 표영은 노위군을 죽인다고 해서 사부님이 살아나실 것이 아님을 잘 알고 있었다. 또한 사부도 복수에 대한 부탁 따위는 한 적도 없었고 오히려 마음으로 아파했음을 잘 기억하고 있었다. 그렇기에 죽일 필요까진 없다고 생각했지만 정작 얼굴을 보게 되면 마음에 살심이 일지 않으리란 보장을 하긴 힘들었다.

'일단 노위군에 대한 문제보다 대사형과 형제들을 구하는 데 힘을 기울이도록 하자.'

지금으로써 제일 중요한 건 반구옥에서 그들을 구출해 내는 일이었다. 그들은 불의에 타협하지 않고 꿋꿋이 자신의 신념을 지킨 사람들이었다.

어느덧 망창산 정상에 오른 일행은 불어오는 바람을 맞으며 절벽가에 섰다. 산 정상인지라 바람이 거세게 불어와 옷자락을 날렸다.

'바로 이곳에 사형이 있단 말이지.'

사부로부터 말로만 들었던 사형이 가까이에 있다고 생각하니 뭔지 모를 기대가 가슴을 타고 올라왔다.

그때 능파가 밧줄을 발견하고서 실제로 밑에 반구옥이 존재하는지를 살피기 위해 밧줄을 쥔 채로 허공으로 몸을 띄웠다. 그가 몸을 날린 것은 밑으로가 아니라 수평이었는데 그건 아래의 지형을 관찰하기 위함이었다.

그의 몸이 절벽을 벗어나 황망한 허공 중에 이르렀고 줄이 팽팽하게 당겨질 때 그 작은 반동을 이용해 다시 지면으로 돌아왔다.

"녀석의 말대로 동굴이 있습니다."

"좋다. 내려가도록 하자."

첫 번째로 내려갈 이는 능파였다. 능파는 아까 동굴이 과연 있는지 확인하였고, 그때 대충 어느 정도 위치에 동굴 입구가 있는지 살펴본 터였다. 그는 밧줄의 길이를 쭉쭉 펼치며 어느 정도에 이르러야 동굴로 바로 들어갈 수 있는지 가늠해 보았다. 곧 이어 그는 밧줄의 어느 한 부분에 표시를 남기고 지체없이 절벽 아래로 몸을 날렸다.

끝을 알 수 없는 벼랑인지라 그러한 능파의 행동을 보통 사람이 보았다면 입을 쩍 벌리고서 다물지 못했을 것이다. 그만큼 무모하게 보일 정도로 능파의 뛰어내림은 태연자약했던 것이다. 하지만 그 자리에 있는 어느 누구도 능파가 잘못될 것이라 걱정하는 사람은 없었다.

능파가 몸을 던진 후 밧줄은 곧바로 팽팽하게 당겨졌다. 그로 인해 능파의 몸이 허공에서 작게 출렁였고 그 반동을 타고 그의 몸은 동굴 안으로 빨려들듯이 들어갔다.

그 다음부터는 같은 방법을 동원하여 내려섰는데 능혼이 뒤를 이었고 표영, 그리고 제갈호, 교청인 순으로 동굴 안으로 내려섰다.

표영이 반구옥에 발을 디뎠을 때는 입구 근처에서 경계 근무를 서던 두 명의 개방인들은 모두 바닥에 쓰러진 후였고 안쪽에 있던 세 명도 혈도가 짚인 채 허물어져 있었다. 그리 힘들이지 않고 능파가 제압했을 것은 보지 않아도 뻔한 일이었다.

"이거 너무 쉽게 끝나 버렸는걸? 수여막의 말이 거짓은 아니었군. 그래도 그렇지, 이렇게 경계가 허술해서야 원."

표영으로서는 일이 너무 쉽게 풀리는 듯하자 기분이 좋기도 하면서 한편으로는 허탈한 느낌도 들었다. 그때 능파와 제갈호 등이 쓰러진 개방인들의 허리춤을 뒤진 후에 표영에게 말했다.

"방주님, 열쇠를 찾았습니다."

표영이 고개를 끄덕이고 천음조화를 시전하여 외쳤다.

"개방의 영웅들을 구하기 위해 진개방에서 왔으니 문이 열리더라도 놀라지 마시길 바랍니다."

크나큰 소리는 아니었지만 가까이에 있는 사람이나 멀리 있는 사람이나 다 동일한 크기의 음성으로 들을 수 있는 고매한 수법이었다. 이 정도면 되었겠다 생각하고 표영이 수하들에게 명했다.

"좋다. 문을 열도록."

열쇠 꾸러미는 총 세 개였다. 뇌옥의 수는 30호실까지 있었는데 각 꾸러미마다 10개씩 세 개로 나누어져 관리되고 있었다. 특별히 능파 등에게 있어 열쇠가 없다고 해서 문을 열 수 없는 것은 아니겠으나 열쇠를 찾았음에도 굳이 문을 부술 필요는 없는 것이었다. 안에 있는 이들이 놀랄 수도 있고, 괜히 힘을 낭비할 건 없었으니 말이다.

제갈호가 잡은 열쇠 꾸러미는 1호에서 10호실까지의 열쇠였고 능혼이 11호에서 20호까지, 그리고 능파가 21호에서 30호까지의 열쇠를 쥐고서 각기 뇌옥의 번호를 파악하며 문을 열기 위해 나아갔다.

표영은 제갈호의 뒤에서 1호실에 문이 열리길 기다렸다.

'이들이야말로 진정한 개방인들이 아니겠는가.'

표현하지는 않았지만 지금 표영의 마음은 어린아이처럼 설레었다. 또 한편으로는 문이 열리게 되면 떠나간 사부가 환하게 웃으며 반겨줄 것만 같기도 했다.

찰칵.

제갈호가 1호실에 열쇠를 꽂고 문을 열었다. 삐끄덕 소리와 함께 안이 드러났는데 어두워서 곧바로 내부의 사정을 파악하긴 힘들었다. 문이 열리고 내부를 바라본 순간은 매우 짧았는데 바로 그 순간 강력한 힘이 문 앞에 서 있는 제갈호의 가슴을 강타했다.

슈욱—

퍼억!

제갈호로서는 전혀 예상치 못한 상황이었고 밀려드는 공격이 상상외로 강력해 그만 가슴에 장력을 얻어맞고 뒤로 날아가 버렸다. 그의 몸은 동굴 벽에 심하게 부딪쳤고 동굴 벽면의 가루들이 부서져 내리며 몸도 나뒹굴었다. 그것으로 끝난 것이 아니었다. 숨 한번 몰아쉴 여유 없이 이번에는 표영의 심장을 노리고 살수가 전개되었다.

"우리는 구해주러 온 것이오! 읍……."

미처 자세한 것을 설명할 시간조차 없었다. 장력의 기세는 가히 살인적이었고 대화로 해결한답시고 그대로 있다가는 심장에 구멍이 날 것은 자명한 일이었다. 급박함 속에서 표영은 상대의 공격이 지척에 이르렀음을 보고 몸을 틀었다.

퍼펑!

"으윽!"

표영의 어깨가 뒤로 확 밀려가며 몸이 비틀거렸다. 그나마 심장을 피할 수 있었다는 것이 다행이라면 다행이었다.

'내가 분명히 구해주러 왔다고 미리 말했는데도 불구하고 어찌 이런 살수를 전개한단 말인가? 사람의 말을 알아듣지 못할 정도로 그동안 분노가 쌓였던 것일까?'

하지만 표영은 곧바로 자신의 생각이 빗나가도 한참이나 빗나갔음을 깨달았다. 그 상대는 자신이 알고 있던 사람이었고 결코 반가운 사람이 아니었기 때문이다.

'이런! 이 늙은이는……'

그는 바로 이진구의 숙부인 개방의 집법장로 이요참이었던 것이다. 이요참은 이진구 동굴 사건으로 인해 표영을 죽이려고 했던 이였다.

표영은 수여막이 들려주었던 말을 떠올렸다.

"반구옥 안에 갇혀 있는 개방인들은 모두 내력을 상실한 상태입니다. 그렇기에 그곳에서 스스로 탈출한다는 것은 불가능하고 적은 인원으로도 관리함에 있어 크게 염려하지 않는 것입니다."

하지만 표영이 그 말을 떠올린 것은 이미 늦어버린 후였다. 이요참의 신형이 흔들하는 순간 표영의 아혈과 마혈을 찍었고 등 뒤로 돌아 목 부근에 손가락을 세운 것이다. 표영은 입 언저리가 마비되고 동시에 몸이 굳어짐을 느꼈다.

'이런 제기랄! 어쩐지 너무 쉽게 일이 진행된다 했더니만 이런 암수가 있을 줄이야.'

지금까지의 상황은 꽤 긴 시간이 흐른 것처럼 여겨지지만 실제로는 거의 찰나와 찰나가 연결된 것과 같이 짧은 시간들이었다. 그렇기에 능파와 능혼이 재빨리 달려와 손을 쓰려고 했을 땐 이미 상황은 종료돼 버린 후였다.

능파가 이요참을 향해 벼락같이 소리쳤다.

"죽고 싶은 거냐! 어서 그 손을 놓지 못해!"

차라리 자신의 목숨을 내놓을지언정 지존의 몸에 상처라도 나는 것을 원치 않는 그가 아니던가. 그의 목소리엔 그가 얼마나 분노하고 있는지 잘 나타나 있었는데 쩌렁쩌렁 울리는 소리에 동굴 천장에서 돌가루가 우수수 떨어졌다.

한쪽에서는 교청인이 혼절해 있는 제갈호를 바로 눕히고 몸을 살피고 있었고 능파의 곁에 선 능혼은 능파보다는 조금 냉정한 신색으로 싸늘하게 말했다.

"네가 무슨 생각으로 그런 짓을 하는지 모르겠으나 방주님과 우리가 여기 온 것은 너희를 구해주러 온 것이니 두려워하거나 경계심을 가질 필요 없다. 어서 방주님을 놓아라."

말이야 이렇게 했지만 만일 순순히 놓아준다 해도 아예 반 죽여놓을 작정이었다. 하지만 지금은 어쨌든 달래야만 했다.

하지만 능파와 능혼의 협박과 회유에도 불구하고 이요참의 얼굴엔 득의한 미소만이 가득 피어 있을 뿐이었다. 그는 아직 표영을 알아보지 못했다. 그로선 과거 표영이 구지경외자로 명성을(?) 날리고 있을 때 확실히 죽였다고 생각했기에 참혹스러울 정도의 거지였지만 구지경외자가 진개방의 방주로 나타났음은 생각지도 못했던 것이다. 단지 그는 문젯거리인 진개방의 방주를 자신이 제압했다는 것이 그저 기쁠 따름이었다.

"헛소리 집어치우고 얌전히들 있어라. 나는 이곳에서 너희를 기다린 지 오래다. 요즘 강호에 진개방이라는 쓰레기들이 나돌아다닌다고 하여 노부가 청소를 해주려고 한다. 죽을지 살지도 모르고 겁도 없이 이곳까지 오다니 간덩이가 부어도 단단히 부었구나."

그는 거만함을 가득 실은 채 말했지만 마음 한편으로는 방주 노위군에 대해 감탄했다.

'정말 기묘하구나. 어찌 방주는 진개방의 무리가 이곳으로 올 것이라 예상했을까? 만일 내가 이곳에 없었다면 개방은 곤욕을 치르게 되었을 것이다.'

이요참은 처음에 방주가 반구옥에 잠시 가 있으라고 했을 때 솔직히 기분이 좋지 않았었다. 더욱 기분이 좋지 않았던 건 그곳에서 진개방의 무리들이 올지도 모른다고 한 말 때문이었다. 그가 생각하기에 그건 아무리 좋게 생각해 보려 해도 터무니없는 말에 불과했기 때문이다. 그래서 이요참은 방주의 말을 거절할 수 없었고 혹시나 하는 마음으로 1호실에서 기다리고 있었던 것이다. 그런데 놀랍게도 느닷없는 침입으로 경계조들이 다 쓰러지는 소리가 들렸고, 이어 진개방의 무리가 구하러 왔다는 말에 정신을 차리자 이와 같이 공격에 성공하게 된 것이었다.

'방주는 신통력이 생긴 것일까? 그저 놀라울 따름이다.'

"허튼수작은 부리지 않는 것이 좋을 거야. 난 사실 세상에 미련이 없는 사람이거든."

이요참은 진개방의 방주도 방주지만 정작 무서운 놈들은 노려보고 있는 두 늙은이라는 것을 간파했다. 그들을 제어해 놓지 않으면 여차하면 상황은 돌이킬 수 없게 돼버릴 것은 분명했다.

"나는 사실 이 세상에 살고 싶은 마음이 별로 없다. 그렇기에 지금 죽어도 여한이 없는 사람이거든. 하지만 네놈들이 뛰어다니는 것은 그렇게 기쁘지 않아. 그러니 내 성질 건드리지 않는 게 좋을 것이다. 기분 상하면 여기서 죽여 버리면 그만이거든. 하지만 난 지금 당장에 죽일 생각 따위 없다. 그러니까 너희들은 내 말을 곱게 듣는 것이 좋을 것이다. 어떠냐, 여기서 너희 방주가 죽는 꼴을 보고 싶으냐, 아니면 후사를 기약하겠느냐?"
　잔인한 미소를 흐릿하게 흘리며 이요참은 말을 이었다.
　"지금부터 내가 하는 말을 잘 들어라. 내가 네놈들에게 주려고 하는 것은 한 시진 정도 내공을 사용하지 못하게 하는 소진단이라는 것이다. 하하, 그런 표정 짓지 마. 독약은 아니니까 말이야. 이것을 복용하겠다면 너희들의 냄새 나는 방주를 죽이진 않겠다. 하지만 네놈들이 먹지 않겠다면 나도 뭐 어쩔 수가 없이 여기서 그냥 확 밀어버릴 수밖에 없어. 어떠냐?"
　능파와 능혼는 답답했다. 말하는 모양새로 봐선 소진단을 복용하고 나면 분명 약속을 저버릴 인간으로 보였다. 하지만 두 사람에게는 선택의 여지가 없었다. 온몸을 제압당한 표영으로서는 이요참의 잔악한 성품을 알기에 절대 그 말대로 따라서는 안 된다라고 말하고 싶었지만 아혈이 찍힌 고로 그저 눈만 벌겋게 변할 따름이었다.
　능파와 능혼이 고개를 끄덕였다.
　"좋다. 너의 말을 믿어보도록 하마."
　"하하, 시원시원해서 좋군."
　이요참은 품에서 세 개의 환약을 꺼내 던졌다. 능파와 능혼, 그리고 교청인이 소진단을 입 안에 털어넣었다. 이젠 허튼짓을 하지 않기만을 바래야만 하는 입장이었다.
　세 사람의 안색이 벌겋게 변했고 이요참은 득의의 미소를 지었다. 그건 약효가 발휘되고 있음을 알리는 것이었다. 능파 등은 단전에서 기가 모이지 않음을 느끼고 불안한 가운데 이요참의 행동을 주시했다.

이요참은 소진단의 효과가 나타나면서 마음이 여유로워졌다. 그는 표영을 붙잡고 있던 손을 놓고 천천히 거닐었다.

"네놈들이 진개방이라 이거렷다. 바보 같은 녀석들. 무지 순진한 놈들이로구나. 이봐, 강호란 그리 호락호락 곳이 아니야. 내가 먹으라고 했다고 허겁지겁 먹으면 어떻게 하나. 이래서 조직을 만들어도 오래 못 가는 거야. 하하하."

역시 이요참은 기대와는 달리 신의를 저버리는 말을 서슴없이 내뱉었다. 능파와 능혼 등은 분노에 젖어 사나운 안색으로 노려보았다.

"어허허, 이거 너무 노려보는군. 눈빛으로 내 몸에 구멍이라도 낼 참인 건가? 하하하, 너무 염려하지 말라구. 내 직접 너희들에게 이 녀석이 절벽에서 어떻게 뛰어내리는지 보여줄 테니까 말이야. 어때? 재밌을 것 같지 않아? 그 다음엔 너희들을 차근차근 요리해 줄 테니 잠자코 기다리도록 해."

그때 표영은 눈을 지그시 감고 막힌 혈도를 풀고자 노력했다. 이번 청막의 일로 인해 많은 진보를 보인 표영이었기에 그전과는 달리 힘이 넘쳐 났다. 단전에서 뻗어 나가지 못하던 기운들이 막힌 혈도를 때리며 뚫기 위해 발버둥쳤다.

'오른손만이라도 제대로 움직일 수 있도록 해야만 한다.'

오른손만 움직일 수 있어도 방심하는 상대를 제압할 수 있을 것이고 몸의 모든 혈도를 타동시킬 수 있는 것이다.

'조금만… 더 조금만 더…….'

최선을 다해 표영이 혈도를 뚫으려 할 때 이요참은 낄낄거리며 표영의 얼굴을 툭툭 치더니 말했다.

"이봐, 자나? 이제 갈 시간이야. 하하."

밑을 바라보니 안개가 아스라이 중간에 피어 있는 것이 그 끝이 보이지도 않았다.

"어때? 멋지게 한번 날아보는 거야. 넌 거지라 얽매이는 것도 없을 테니 혹시 날 수 있을지 모르지 않느냐?"

이요참이 표영을 밀어 떨어뜨릴 듯이 말하자 능파와 능혼, 그리고 교청인이 달려들었다. 하지만 세 사람 모두는 이요참에게 상대가 되지 않았다. 내력을 끌어올릴 수도 없는지라 속도나 기세가 전혀 예리하지 못했기에 이요참이 날린 발길질에 모두들 나동그라지고 말았다.

"알았어, 알았어. 너희들도 천천히 손봐줄 테니 염려하지 말아라. 혹시 알아? 이렇게 높은 곳에서 떨어지고 나서 기연이라도 얻을지 말이야. 또는 아리따운 아가씨가 보게 되어 구한다면 그것도 재밌지 않겠어? 카카카카! 그러니 너무 열내지 말라구."

웃겨 죽겠다는 듯 이요참은 껄껄거렸지만 그의 눈만은 전혀 웃고 있질 않았다. 오히려 더욱 잔인함을 드러냈고 빨리 죽여 버려야겠다는 생각을 하고 있는 것처럼 보였다.

"흐흐, 잘 가라."

이요참은 끝내 표영을 벼랑으로 밀어버렸다. 하지만 그때 표영은 허공 중에 밀쳐지면서 오른손을 한 바퀴 돌리며 이요참의 어깨를 잡았다. 전혀 예상치 못한 상황이었기에 이요참으로서는 당황하지 않을 수 없었다. 표영의 몸이 이미 밖으로 떨어진 상태에서 이요참의 몸을 잡자 이요참도 몸이 흔들하면서 함께 떨어졌다. 하지만 이요참은 그 급박한 순간에 힘을 다해 절벽의 끝자락을 잡고서 대롱대롱 매달리게 되었다. 그리고 표영은 어깨를 잡고 있다가 떨어지는 순간 손이 미끄러지면서 아슬아슬하게 이요참의 발목을 쥐고 매달렸다.

이요참으로서는 어떻게 손을 움직일 수 있었는가에 대한 의문을 가지기에 앞서 어서 빨리 밑에 거추장스럽게 매달려 있는 놈을 떨어뜨리고 올라가야 한다고 생각했다.

그는 오른손으로 절벽 끝자락을 잡고 왼손을 아래로 향해 표영에게 장력을 발출했다. 표영은 다급한 김에 얼른 오른손에 힘을 주어 붙잡고 있던 이요참의 발목을 방패 삼아 장력을 막았다.

펑!

"으윽!"

이요참이 뻗은 장력은 표영이 아닌 스스로의 발목을 강타하게 되었고 그는 그 충격에 주르륵 밀려나며 붙잡고 있던 손을 놓치고 말았다. 약 2장(6.5미터) 정도 미끌어져 가다 홈이 파진 구덩이에 손이 걸려 다시 절벽에 매달린 이요참은 분노가 일었다. 표영은 오른손이 혈도가 풀린 후 나머지 혈도를 풀으려 했지만 발목을 잡고 있느라 혈을 풀지 못했다.

이요참은 아까의 우를 범하지 않기 위해서 이번에는 허리춤에서 단도를 꺼냈다. 그는 발을 세차게 흔들어 요동 치게 하여 좌우로 표영의 몸이 흔들리게 한 다음에 가장 시야에 크게 들어오는 그때를 따라 단도를 날렸다. 정확히 시차와 운동 방향을 계산하여 날린 것이라 표영으로서는 목이 꿰뚫릴 형편이랄 수 있었다. 그때 표영은 잡고 있던 손에 힘을 주어 이요참의 몸을 아래로 잡아당겼다. 그러자 단도는 아슬아슬하게 머리 위를 스치고 지나갔고 두 사람의 몸은 절벽 아래로 다시금 하염없이 떨어져 내렸다.

"으아악!"

두 사람이 떨어져 내릴 때 조금 정신을 차린 능파와 능혼 등은 동굴 입구 쪽에서 밑을 내려다보며 아무런 생각도 할 수 없었다. 구름이 아스라이 펼쳐진 가운데 그 어떤 모습도 찾아볼 수 없었다.

'이럴 순 없어……'

'이리도 허무하게 죽을 분이 아니시다. 아무렴, 당연하지!'

'어떻게……'

교청인의 눈에서 눈물이 샘솟듯이 흘러내렸다. 아무리 생각해 봐도 그 상태로 떨어졌다면 살아날 가능성은 없어 보였다. 주위의 사물들마저 죽어버린 듯 고요하기 그지없었다.

한참 동안 떨어져 내리던 두 사람은 다행스럽게도 넝쿨에 걸리게 되었다. 하지만 워낙에 떨어지는 속도가 빨랐던지라 바로 멈춰지지 않았다. 넝쿨에 몸이 걸리면서 속도가 줄어든 것은 다행스러웠지만 반대로 몸이 이리저리 뒤틀리며 절벽에 거세게 부딪치는 것은 피할 수 없었다. 그렇게 요동 치며 서네 번째 넝쿨에 걸릴 즈음에 표영과 이요참은 중도에 대롱대롱 매달리게 되었다.

표영이 길게 한숨을 내쉬며 막힌 혈도를 풀고서 이요참을 돌아보았다. 이요참은 조금 아랫부분에서 넝쿨이 발목을 휘어감고 있었고 머리를 아래로 한 채 빙글빙글 돌고 있었는데 아무런 움직임도 없는 것으로 보아 혼절한 것으로 보였다.

"이 후레자식 같으니라구!"

지금 분노한 마음 같아서는 넝쿨을 잘라 버리고 추락하는 모습을 보고 싶었지만 차마 그렇게 할 순 없었다.

"나중에 너도 이진구처럼 따로 고통을 안겨주마."

표영은 위를 바라보았다. 구름이 하늘을 가리고 있었고 도대체 어느 정도 올라가야 뇌옥에 이르게 될지 알 수가 없었다. 이번에는 밑을 바라보았다. 까마득했다. 대략 떨어지던 상황을 기억해 보건대 아무래도 올라가는 것이 더 빠를 것 같았다. 표영은 넝쿨을 잡아당겨 이요참을 끌어 올리고 다시 넝쿨로 이요참을 등에 업은 상태에서 묶었다. 업고 올라갈 참인 것이다.

중간 정도를 힘겹게 올라갔을 때였다. 그때서야 비로소 정신을 차린 이요참은 얼떨떨했다.

'이 거지 녀석이 날 구한 것인가?'

표영은 인기척이 나는 것으로 이요참이 깨어난 것을 알았다. 하지만 아무 말도 없이 그저 꾸준히 절벽을 타고 오르기만 했다. 설마 하니 이렇게 올라가고 있는데 뒤에서 공격을 할 리는 없다고 생각했기에 마음만은 여유로웠다. 이요참의 머리는 복잡하게 돌아갔다.

'나는 이놈을 죽이려고 했었다. 하지만 이놈은 나를 죽일 수 있었음에도 불구하고 이렇게 업고 올라가다니······.'

그의 얼굴이 벌겋게 달아올랐다.

'절대로 용납할 수 없다! 이런 녀석에게 도움을 받다니······.'

다른 사람 같으면 뭔가 고마움을 느낄 법도 하건만 도리어 이요참은 창피하게 생각했다. 그는 어쩔 수 없는 후레자식이었던 것이다.

'죽여주마!'

이요참은 가슴에 지니고 다니는 단도를 꺼내 지체없이 표영의 등판에 칼을 찔렀다.

"으윽!"

표영으로선 황당하기 그지없는 일이 아닐 수 없었다. 이건 정말 해도 해도 너무한 일이었다. 이미 이요참은 칼을 꽂음과 동시에 함께 묶여 있던 넝쿨을 자르고 몸을 날려 옆으로 이동해 절벽을 잡은 상태였고, 표영은 등에 칼이 꽂힌 채 고통스런 신음을 발하며 주르르 미끄러졌다. 얼마나 미끄러지며 내려갔을까. 표영은 고통 중에도 이대로 죽을 수는 없다고 생각했다.

"으아악!"

괴성을 지르며 있는 힘껏 손가락을 절벽에 박았다.

뚜드득.

생사가 걸려 있는 문제였기에 혼신의 힘을 기울인 것이었고 손가락이 절벽에 박혔다. 하지만 떨어지던 가속력 때문에 뼈마디가 부러지는 것은 어쩔 수 없었다. 표영은 혹시나 자신이 살아 있다는 것을 알게 되면 쫓아와 죽일지도 모른다는 생각에 멀리 아스라이 떨어지는 비명 소리를 내질렀다.

"으아아……!"

그 비명 소리는 큰 소리로 울려 망창산 전체를 휘감으며 희미하게 사라졌다. 깊이 숨을 들이마신 표영은 분노가 들끓었다. 하지만 지금으로써는 어찌해 볼 수 없는 노릇이었다.

"자비를 받을 만한 그릇이 못 되는 놈에게 너무 귀한 자비를 베풀고야 말았구나."

눈을 들어 이요참을 보니 어느새 시야에서 사라진 후였다. 반구옥으로 올라가고 있음이 분명했다. 능파 등은 일시적이지만 내공을 상실한 터라 이요참이 올라가게 되면 살아나기는 힘들 것이었다. 지금 상태로는 처참한 최후를 맞이할 수밖에 없으리라. 가슴이 찢어지듯 아파왔다. 하지만 지금 표영은 아무것도 할 수 없었다. 그저 성한 한

손으로 몸을 빼내 약간이라도 몸을 편하게 둘 수 있는 곳에 기대고 있는 것이 전부였다.

이요참은 성큼성큼 올라가 반구옥 입구에 이르렀다. 방금 전 처참하게 울려 퍼진 비명 소리가 그 어떤 음악보다 달콤하게 귓가를 간지럽혔다.

'거머리같이 질긴 놈은 이제 끝이로군. 후후.'

이제 남은 것은 내공을 상실한 병신들만 처치하면 끝나는 것이었다.

'그건 식은 죽 먹기보다 더 쉬운 일이지.'

이요참이 거의 반구옥에 이르렀을 때 능파와 능혼 등은 진기를 회복하기 위해 힘쓰고 있었다. 하지만 소진단은 의외로 강력한지 전혀 힘을 끌어올릴 수가 없었다. 참담하기 그지없었다. 그리고 그때 망창산을 울리는 처절한 비명 소리가 귓가를 파고들었다. 그 소리는 능파와 능혼, 그리고 교청인을 절망으로 몰아갔다. 그래도 혹시나 하는 기대를 걸고 있었건만 방주는 끝내 돌아올 수 없는 길을 가버린 것이다. 어느 누구도 아무 말도 꺼낼 수가 없었다.

"하하하, 친구들, 잘 있었나?"

모두의 상념을 깬 것은 이요참의 목소리였다.

"방금 전 좋은 소리 들었지? 자자, 이제 자네들도 하나둘 그 뒤를 이어야 하지 않겠어?"

조롱이 가득 섞인 말에 능파와 능혼, 교청인이 일제히 이요참에게 달려들었다.

"죽여 버리고 말겠다, 이 개자식아!"

하지만 내력을 일으키지 못하는 상태에서의 공격은 그다지 위력적이지 못했다. 바람처럼 휘도는 이요참의 발길질에 모두는 낙엽처럼 떨어지며 바닥을 굴렀다.

"하하, 마음은 가상하지만 이 세상일이 마음만 가지고 될 일이 아니잖아. 나이도 먹을 만큼 먹은 것 같은데 그렇게 생각이 모자라서야 쓰나."

이요참은 바닥에서 꿈틀대는 세 사람을 차례로 가격하며 말을 이었다.

"너무 보채지 말라고. 내가 다 알아서 죽여준다니까. 나도 꽤 성실한 사람이란 말이야. 알겠어? 날 한번 믿어봐."

모욕을 받으며 능파는 입술을 깨물었다.

'화(火)를 이끌어 생(生)을 결하고 모든 것을 비우도록 하자. 지존이 없는 삶이 내게 무슨 의미가 있단 말인가. 이제 더 이상 망설일 것도, 미련을 가질 것도 없다.'

능파가 생각한 것은 화인생공대법이었다. 이것은 위급한 상황에서 몸 안의 모든 잠재된 힘을 한순간 이끌어내는 것으로 그 위력이 가히 폭발적이랄 수 있었다. 순간 엎드려 있던 능파의 몸이 추위에 떠는 사람마냥 부들부들 떨었다. 이요참이 그 광경에 피식 하고 웃었다.

"무서운 거야? 허허, 사람은 어차피 한 번은 다 죽게 마련인데 뭘 그리 무서워해? 내가 보기엔 살 만큼 산 것 같은데 너무 집착하면 보기 흉하다니까."

하지만 능파는 차츰 몸을 일으켰는데 얼굴이 검게 변했고 눈빛은 야차를 연상케 할 만큼 잔혹스러웠다. 그 모습은 보는 것만으로 경악스러웠는데 그중 능혼의 놀람은 더욱 컸다.

"형님, 어떻게!"

능혼은 무엇을 하려고 하는지 안 것이다. 그리고 화인생공대법을 어떻게 형님이 알고 있는지 이해할 수가 없었다. 사실 이백 년 전 마교 내에서도 이 대법의 연성은 금지되어 있었고 어느 누구도 보는 것이 허락되지 않았기 때문이다. 잠재된 힘이 나타나면 폭발적인 힘을 보이지만 시전자는 최소한 무공을 잃게 되고 여차하면 목숨을 잃게 되며 같은 동료들도 알아보지 못할 정도로 폭주하기 때문이었다. 능혼도 대법의 현상만 알고 있을 뿐 직접 본 것은 처음이었다.

이요참도 본능적으로 결코 좋은 현상이 아니라는 것을 인식했다.

"그래, 소원이라면 네놈부터 먼저 죽여주마."

그는 쌍장을 앞으로 쭉 내밀며 능파의 가슴을 가격했다.

퍼펑!

순전한 파괴적 힘만이 실린 공격이었다. 하지만 이미 능파는 몸 안에 감당 못할 큰 힘이 돌고 있었던지라 오히려 공격한 이요참의 몸이 반탄력에 의해 뒤로 주르르 밀려났다.

"아니!"

이요참은 팔이 얼얼해지고 몸에 아직도 진동이 오는 것을 느끼며 새로운 작전이 필요하다는 것을 느꼈다.

'저놈은 지금 이성을 잃은 듯하니 정면으로 승부해서는 안 된다. 현란한 초식으로 어지럽히며 공격해야겠다.'

생각을 정리한 이요참은 경공을 발휘해 능파의 몸 주위를 돌았다. 능파는 매서운 손놀림으로 잡으려 했으나 아슬아슬하게 놓쳤고 그 틈을 타 이요참은 공중으로 솟아오르며 그의 머리를 공격했다. 헛손질을 한 그 틈을 타고 목 언저리를 공격하고자 함이었다. 하지만 그것은 이요참의 희망 사항일 뿐이었다.

　어느샌가 능파의 손이 기이하게 꺾이면서 달려드는 이요참의 가슴을 움켜쥐더니 안으로 파고들었다. 이때 이요참의 손은 거의 능파의 목에 닿았지만 그보다 더 먼저 능파의 손이 이요참의 가슴을 후비고 있었기에 그는 힘없이 능파의 목을 어루만지는 것으로 만족해야만 했다.

　"으으윽!"

　고통스런 신음이 이요참의 입에서 새어 나왔고 그 뒤를 이어 능파가 잔혹한 음성을 흘렸다.

　"너를 가루로 만들어주마."

　말은 그뿐이었지만 심장을 멎게 할 만큼이나 섬뜩한 말이 아닐 수 없었다. 이요참은 무슨 말을 하고 싶었으나 가슴에 구멍이 뚫리고, 여전히 능파의 손이 안에 박혀 있는 고로 그저 신음과 김빠진 소리만을 낼 뿐 다른 말을 하지 못했다.

　능파는 이요참을 들고서 반구옥의 입구에 서더니 양손에 힘을 주고 허리를 부러뜨려 버렸다. 처절한 비명이 동굴 안을 가득 메웠다.

　"으아아아악~"

　거기에서 끝난 것이 아니었다. 그냥 밑으로 던져 버리면 끝날 일이었지만 능파는 그렇게 쉽게 죽이지 않으려 했다. 능파는 이요참의 양다리를 붙들고 머리를 아래로 오게 한 다음에 옆 벽면에 메다꽂았다. 머리통이 터지며 피가 사방으로 튀었지만 그것이 얼마나 끔찍한 것이라는 것을 능파는 인식하지 못했다. 그저 그의 머리 속에는 자신이 가장 소중하게 생각하고 있는 이를 없애 버린 이에 대한 복수만이 담겨 있을 뿐이었다. 그렇게 약 오십여 차례를 휘두르게 되었을 때 이요참의 몸은 너덜너덜해져 버리고 말았다. 그 끔찍스런 광경에 교청인이 고개를 돌리며 눈물을 흘렸고 능혼도 길게 한숨을 내쉬었다.
 휘릭.
 능파는 형체를 알아보기 힘들게 되자 비로소 절벽 아래로 던지고서 멍하니 밖을 바라보았다. 이윽고 그는 눈이 서서히 풀리면서 바닥으로 허물어졌다. 대법이 발휘된 시간이 지나 힘이 소진돼 버린 것이다.

 절벽 중간에 머물러 있던 표영은 위에서 무엇인가 큰 물체가 떨어지는 것을 볼 수 있었다. 그것은 절벽의 울퉁불퉁하게 솟아난 곳을 들이받으며 떨어져 내렸는데 여러 개로 나누어지더니 그중 하나가 표영이 머문 곳 근처 뻗어난 가지에 꽂혔다. 그것은 놀랍게도 이요참의 목이었다. 목 아랫부분이 가지에 정확히 꽂혔는데 이요참의 얼굴은 참혹하게 일그러져 있었다.
 표영으로서는 한편으로는 다행이라는 생각이 들었지만 또 한편으로는 이요참의 이러한 최후가 마음을 씁쓸하게 했다.
 '이렇게 또 하나의 생명이 가는구나.'
 단지 그가 죽지 않았다면 더 많은 사람이 죽었을지도 모른다는 것으로 위안을 삼을 따름이었다.

14장
초대장

초대장

"이젠 좀 나아진 듯싶구나. 다들 아무 일 없어야 할 텐데……."

표영은 절벽에서 추락하는 것을 막느라 손가락이 부러지고 등에 도상을 입은 상태에서 나흘 간을 절벽의 중간 지점에서 보내야만 했다. 그리고 지금 어느 정도 손가락이 움직일 만한 상황에 이르게 되어 절벽을 올라야겠다고 생각했다.

한 팔 한 팔 뻗으며 올라갈 때마다 오른손에서 통증이 밀려들었지만 수하들을 빨리 만나야 한다는 일념에 혼신의 힘을 기울였다. 올라가는 길은 간단하지만은 않았다.

떨어질 때 심호흡 몇 번 정도 할 거리라도 막상 올라가려 할 때는 무척이나 길고 먼 길일 수밖에 없었다. 그렇게 약 반 시진 정도가 지나서 표영은 반구옥의 입구 근처까지 오를 수 있었다.

"앗! 방주님!"

표영을 제일 먼저 발견한 것은 능혼이었다. 그는 능파의 몸을 돌보고 있었는데 인기척을 느끼고서 밖을 내다보다가 표영을 보고 기쁨의 함성을 지른 것이었다.

표영은 눈을 들어 살피며 모두들 무사한 것을 보고 마음을 놓았다. 그리고 뒤쪽에 있는 참담한 몰골에 퀭한 눈을 한 여러 사람들이 보였는데 표영은 그들이 바로 감옥에 갇혀 있던 개방의 의인들임을 알 수 있었다.

참으로 다행스러운 것은 능파의 상세가 그리 생명에 지장을 줄 정도는 아니라는 점이었다. 하지만 아무런 대가도 없이 생명을 보전한 것은 결코 아니었다.

능파는 무공을 잃어버리고 만 것이다. 무림인에게 있어 가장 소중한 것이 무엇이냐라고 묻는다면 '나의 생명이다' 라는 대답보다도 '나의 무공이다' 라고 말하는 사람이 더 많을지도 모른다. 능파에게 있어서도 무공은 소중한 것이었다. 하지만 능파는 자신의 무공 혹은 생명보다도 지존이 더 소중했기에 아무 후회도 없었다.

지존과 함께 있을 수 있다는 것만으로도 나는 만족스럽다.

이것은 그가 가진 진솔한 마음의 표현이었다.

표영은 개방인들과 함께 반구옥을 빠져나온 후 여유를 갖고 사형을 찾았다. 장산후는 이미 표영이 올라오기 전 일행들로부터 대략적인 설명을 들은 터라 크게 놀라지는 않았다. 표영은 장산후의 초췌한 모습 속에서 사부의 그림자를 보았다.

'좋습니다, 사부님. 이제부터 시작입니다. 모든 것을 본래대로 돌려놓겠습니다.'

표영은 마음속으로 굳게 다짐했고 그 울림은 장산후의 마음으로도 전해졌다.

천선부의 부주 오비원은 자신의 거처로 들어와 오른쪽 벽면을 가볍게 밀었다. 그러자 벽면이 옆으로 스르르 밀리면서 또 하나의 벽이 모습을 드러냈다. 이중 벽으로 구성된 안쪽에는 한 폭의 그림이 훌륭한 화가의 솜씨로 그려져 있었다.

그림은 약 십육칠 세로 짐작되는 소년이 검을 들고 기수식을 취하는 모습을 담고 있었다. 소년의 동작은 그저 벽화임에도 불구하고 어찌나 역동적인지 금방이라도 검이 쭉 뻗어 나갈 것만같이 보였다.

오비원은 자리에 앉아 탁자 위에 마련된 찻잔에 차를 따른 후 느릿하게 벽화를 바라보았다.

'잘 지내고 있는 게냐. 보고 싶구나.'

오비원의 눈에는 어느덧 아련한 그리움이 가득 들어찼다. 그리고 방금까지 아무 움직임도 없이 고정되어 있던 소년은 오비원의 눈에서 검무를 펼쳤다. 가히 환상적인 몸놀림이었다. 숫구쳐 오르는가 싶으면 어느덧 검은 수평으로 뻗으며 예리한 빛을 뿌렸고 잔뜩 웅크렸다가 펼치며 일곱 방위를 점하며 찔러가는 검은 위력적이었다.

오비원은 연신 고개를 끄덕이며 소년의 검술에 흡족한 미소를 지었다. 하지만 그 미소에는 묘하게도 아련한 슬픔이 깔려 있었다.

'너를 쫓아냈지만 네가 앞에 있다면 지금은 후회하고 있다 말해 주고 싶구나.'

벽화에 그려진 소년은 오비원의 넷째 아들 오유태였다. 오비원에게는 4남 3녀의 자식이 있었는데 그중 오유태는 네 명의 아들 중 막내로 제일 어렸지만 무공을 깨우침에 있어서는 천재적인 자질을 갖추었었다.

첫째부터 셋째 아들도 결코 자질이 떨어지는 것은 아니었지만 넷째에 비하자면 달빛과 반딧불의 차라 할 수 있었다. 하지만 지금 그의 곁에 넷째 아들 유태는 벽화로만 남아 있을 뿐이었다.

벽화는 오비원이 아들의 놀라운 성취에 기쁨을 이기지 못하고 붓을 날려 그린 것으로 당시의 흥분이 고스란히 배어 있었다.

'그래, 그때 녀석을 그렇게 보내는 것이 아니었어. 지금쯤 손자 녀석도 꽤나 컸겠구나.'

그가 그저 벽화만을 바라보며 아들을 그리워함은 아직까지도 자존심이 살아 있기 때문인지도 몰랐다.

오유태가 천선부에서 종적을 감추게 된 것은 아버지 오비원에 의해 영구히 천선부에서 추방되었기 때문이다. 과거, 오비원은 오유태의 자질에 감탄하며 그에게 장래 천선부의 희망을 걸었었다. 그러나 오유태가 스무 살의 나이가 되었을 때 연설하라는 여인을 만나게 되면서 일은 틀어지기 시작했다. 그녀는 평범하기 그지없었지만 오유태는 깊은 사랑에 빠졌다. 곧 오비원도 그 사실을 알게 되었고 연설하가 어느 한구석 빼어난 점이 없음을 보고 후사를 생각하여 혼인을 반대하게 되었다.

오비원의 반대에 오유태는 납득할 수 없었다. 그녀는 마음이 누구보다 따뜻했고 그녀와 함께 있으면 봄 햇살을 쬐는 듯 포근함을 느꼈었다. 그는 후사를 이음에 있어서 사랑하는 사람과 함께하였을 때 비로소 사랑스럽고 귀한 자녀를 낳을 수 있다고 생각했다. 늘 순종적이기만 하던 아들의 반발에 오비원의 분노는 대단했다.
그리고 급기야…

"정 그렇게 고집을 피우겠다면 내 눈앞에서 당장 사라져 버리거라! 그리고 영원히 내 앞에 나타날 생각 하지 말아라! 너는 지금 이 순간부터 내 아들이 아니다!"

눈을 감았다 뜬 오비원의 귓가로 당시 분노에 휩싸여 폭언을 퍼부었던 자신의 말이 윙윙거리며 울리는 듯했다. 이제 천수가 얼마 남지 않은 이때 인생에 있어 가장 후회되는 일은 바로 넷째 아들을 모질게 쫓아내었던 일이다.
'벌써 이십 년이나 지났구나.'
지금은 어디서 어떻게 살고 있는지조차 알지 못했다. 그동안 찾지 못한 것은, 아니, 찾지 않은 것은 그래도 막연히 남아 있는 한 가닥 자존심 때문이었다. 하지만 이젠 그것 역시 아무것도 아님을 그는 깨닫고 있었다.
"아……."
오비원은 엷게 탄식을 발하며 상념에 잠겼다. 잠시 후 그의 상념은 바깥에서 들려온 한 목소리에 의해 깨어졌다.
"속하 동추입니다."
오비원은 소맷자락을 휘저어 젖혀두었던 벽면을 원상태로 복구시킨 후 답했다.
"무슨 일이냐?"

"진개방에서 청출표국을 통해 부주님께 전한다며 서신을 보내왔습니다."

"진개방?"

오비원은 '어디서 들었더라' 라는 식으로 작게 중얼거리다가 곧바로 진개방이 무엇을 뜻하는지 알아차렸다.

"오호, 진개방에서 이젠 서신까지 내게 보내오다니… 들어오라."

동추가 공손히 건넨 봉투의 겉면에는 진개방 방주 친서라는 글귀가 적혀 있었다. 오비원의 입가에 빙그레 웃음이 걸렸다. 그럴 수밖에 없는 것이 겉봉지에서부터 꼬질꼬질 땟자국이 묻어 있었기 때문이다. 참으로 진짜 거지다운 서신이 아닐 수 없었다.

원래 초대장이라 함은 나름대로 품격을 갖춰 초대받는 이로 하여금 꼭 참석하고 싶은 마음이 들도록 만들어지는 것이 기본이겠으나 그가 보고 있는 초대장은 상식을 벗어난 형태를 갖추고 있었다. 종이는 너덜너덜했을 뿐만 아니라 여기저기 새까만 얼룩으로 더럽혀진 것이 초대를 하겠다는 것인지 아니면 기분을 잡치게 해서 절대 오지 못하도록 하겠다는 것인지 구분하기 힘들었다.

혹시 배달 사고일지도 모른다 생각할 수 있겠지만 청출표국에서는 떠나면서 오해가 있을까 싶어 말을 남겨두고 간 상태였다.

"미리 말씀드리고 떠납니다. 서신을 보시고 오해없으시길 바랍니다. 더럽더라도 그건 저희가 잘못 배달한 것이 아니라 원본이 그렇다는 것을 알아주십시오. 저희도 이런 경우는 250년 표국 역사상 처음 있는 일입니다."

하지만 천선부주 오비원은 이제껏 받아본 어떤 초대장보다도 반가왔다. 아까까지 넷째 아들 생각에 우울했던 마음이 사그라드는 기분이었다. 차근차근 글을 읽어가는 그의 표정은 더욱 기쁨으로 번져 갔다.

진개방 방주 표영이 천선부주에게 알립니다. 금번 중추절을 맞아 개방의 진정한 후인이 누구인지를 판가름할까 하니 부주께서는 비록 바쁘시더라도 발걸음해 주시길 부탁드립니다. 진개방에 대해 말씀드리자면 진짜 거지들의 방파로서 현재 방주로 있는 노위군의 죄를 묻고자 하니 공증인의 입장이라 여겨주시면 감사하겠습니다. 장소는 호북성 운암 지역에 위치한 진모산 백일봉 정상이고 때는 중추절 정오이니 잊지 말고 오시길 거듭 부탁드립니다.

진개방 방주 표영.

서신을 다 읽은 오비원은 껄껄껄 웃음을 터뜨렸다. 참으로 광오한 발상이 아닐 수 없었다. 이런 생각을 했다는 것도 대단한 것이었지만 실제로 서신을 보냈다는 것이 더욱 놀라울 따름이었다.

"가야지, 암… 그렇지 않아도 자네가 어떻게 생겼나 보고 싶었으니까 말이야. 그뿐인가. 다른 문파 사람들도 가도록 도와주겠네. 껄껄껄."

화단으로 나와 뒷짐을 지고 거니는 오비원의 얼굴엔 소년의 호기심 같은 것이 잔뜩 어려 있었고 그리움과 근심에 주름졌던 얼굴은 오랜만에 기쁨으로 주름지어졌다.

진개방의 초대장은 혈곡에도 전해졌다. 개운하게 목욕을 하고 나온 혈곡의 곡주 단천우는 수하가 건넨 서신을 받아 들었다. 단천우가 눈을 치켜뜨고 수하를 바라보았다. 그 눈빛의 뜻은 '이런 걸 나에게 주는 이유가 뭐냐. 너 정말 죽고 싶은 거냐' 정도의 내용이 담겨 있었다.

"청출표국에서 전해진 것으로 누군가의 장난으로 생각하고 뜯어보았습니다만 이 서신은 진개방이라는 곳에서 보낸 것으로 확인되었습니다."

총관 소명하의 말에 단천우가 이맛살을 찌푸렸다. 진개방이라는 말은 그에게 있어 이젠 천선부 다음으로 싫어하는 단어가 되었기 때문이다. 짜증스럽게 서신을 펼쳐 읽은 단천우가 읽기를 마치고 얼굴이 울그락불그락해졌다. 그 내용은 천선부에 보낸 것에 혈곡이라는 이름만 달라져 있을 뿐 내용은 그대로였다. 하지만 그것을 받아들이는 입장에서 천선부와 혈곡은 다를 수밖에 없었다. 혈곡은 자기 밥을 뺏길지도 모른다는 염려가 있었으니 말이다.

"이 미련한 노위군 녀석, 대체 일을 어떻게 하길래 그깟 진개방이라는 놈들을 아직까지 처리하지 못했단 말인가! 그런 놈에게 뭔가를 기대했다는 것이 부끄럽기만 하다. 아으윽… 속 터져!"

하지만 중추절 때 가지 않을 수도 없었다. 자칫 개방의 전대 방주인 엽지혼을 살해한 일을 노위군이 일방적으로 혈곡에 뒤집어씌울 수도 있었기에 상황 변화를 봐가며 대응해야 했기 때문이다.

"죽일 놈 같으니라구… 이번 일이 정리되면 노위군 네놈의 목은 내가 직접 따주마."

서신에 전해져야 할 곳 중 빠져서는 안 되는 곳은 개방이었다. 표영은 노위군에게 보내는 서신만큼은 직접 친필로 작성하여 보냈는데 글을 다 읽은 노위군의 분노는 상상을 초월하는 것이었다. 그로선 설마 하니 이런 식으로 나올 줄은 생각지 못했던 것이다.

노위군에게 전달된 서신의 내용은 다음과 같았다.

나 진개방 방주 표영이 반역자 노위군에게 전하노라. 그대가 왜 반역자라는 말을 들어야 하는지는 자세히 설명하지 않아도 본인 스스로가 가장 잘 알고 있으리라 믿는다. 헛된 망상에 젖어 극악무도한 패악을 저지른 그대가 있어야 할 자리는 방주의 위치가 아님을 알라. 지금 이 순간부터 그대는 개방의 방주가 아닌 한 명의 반역자이며 패역한 죄인임을 명심하고 그 죄를 만천하에 고하고 용서를 구해야 할 것이다. 중추절을 기해 천선부와 혈곡을 비롯한 각대문파에서 참여할 것이고 그들이 바로 증인이 되어줄 것이다. 그날 본인은 너의 솜씨를 먼저 보도록 하겠다. 그때까지는 네가 행한 모든 죄를 드러내지 않을 테니 살고자 한다면 최선을 다해 대결에 임해야 할 것이다. 만일 그대가 이 글을 보잘것없이 여겨 무시한다면 강호 무림인들로부터 비웃음을 들어야 할 것이고 스스로 죄를 인정하는 또 다른 행동이 될 뿐일 것이다. 그대는 중추절 정오 진모산 백일봉을 기억해야 할 것이다.

진개방 방주 표영이 고함.

노위군의 눈에서 불꽃이 일었다. 당장 눈앞에 표영이 있다면 아마도 씹어 먹으려 들었으리라. 그렇지 않아도 노위군은 반구옥에 가둬둔 이들의 탈출로 고심하고 있던 터였다. 그들이 입을 여는 날 자신은 자칫 무림공적으로 몰릴 수도 있는 것이다. 하지만 서신을 읽고 나니 한줄기 희망이 보였다.

'오냐! 소원이라면 너의 입이 열리기 전 널 찢어 죽여주마!'
 그는 우사신공의 힘을 믿었다. 우사신공의 창시자 오뇌무가 들으면 놀랄 것이다. 노위군은 도저히 이룰 수 없다는 신공의 7단계까지 이르게 된 것이다.

 이 외에 구대문파에 대해서도 서신은 전해졌다. 각대문파들은 황당하다 여기며 그냥 넘어가려고 했지만 천선부주 오비원이 참석한다는 말이 전해지면서 그들은 가지 않을 수 없게 되었다.

15장
결전

결전

"하~ 나는 방주님께서 부르시지 않으면 어쩌나 얼마나 마음 졸였는지 모른다네."

"에잇, 친구, 설마 방주님께서 우리가 죽는 것을 그저 수수방관하시겠는가."

만첨과 노각은 걸인도에서 벗어나 진모산 백일봉을 향해 힘차게 발걸음을 재촉하며 이야기를 나누었다. 그들 앞에는 손패가 달리고 있었고 뒤로는 해적에서 진개방의 일원이 된 방원들이 따르고 있었다.

이들이 진모산으로 향하고 있는 것은 표영이 표국을 통해 보낸 서신을 받았기 때문이었다. 오랜만에 강호로 나오게 된 이들은 마치 새로운 세상을 바라보듯 활기 찼고 어린아이들이 유원지에 놀러 나온 것처럼 들떠 있었다. 하지만 약 100여 명에 이른 거지 떼들이 이동을 하다 보니 간혹 마을을 지나칠 때면 하릴없이 동네에 모여 있는 할아버지, 할머니들의 기이하게 바라보는 눈초리를 피할 순 없었다.
"요새 거지새끼들은 아주 떼로 몰려다니는구먼."
가장자리에 앉은 할아버지가 말을 꺼내자 줄줄이 말을 쏟아내기 시작했다.
"하긴 힘이 없으면 세력이라도 있어야겠지. 그래야 밥이라도 한술 더 뜰 테니까 말이야."
"그래도 그렇지 저놈들은 너무 몰려다니는구먼. 저것들이 아주 메뚜기 흉내를 내려고 저러나."
"거참, 자네 말 잘했네. 저런 놈들이 구걸을 한다고 휘젓고 다니면 정말 메뚜기가 논을 훑고 지나가는 것과 다를 바가 없겠구먼."
"말 잘했다니! 그럼 이 늙다리야, 내가 언제 말을 잘못한 적이라도 있었더란 말이냐?"
"아이, 이 영감탱이가 칭찬을 해도 지랄이야."
원래 할 일이 없고 시간이 남아돌면 사사로운 것에 목숨을 거는 법이다. 그렇게라도 해야 삶의 자극이 생기고 활력도 일어나는 법이니까 말이다. 그런 관점에서 노인들의 말싸움은 삶의 한 부분이었다.
"하여튼 이 주책바가지들 늙어도 싸우는 건 여전하다니까. 거지만도 못한 것들 같으니."
"뭐야, 새끼야!"
"내 나이가 몇 살인데 지금 새끼라고 부르냐? 죽고 싶냐!"
동네 노인들이 한바탕 욕지거리를 해가며 티격태격할 사이 걸인도를 떠나온 손패와 만첨, 노각 일행들은 부지런히 진모산을 향했다.

진모산으로 향하는 진개방인들은 손패 일행뿐만은 아니었다. 약

20여 명에 이르는 구당가인들, 즉 진개방 사천 분타주 당문천과 지타주 등도 서신을 받았는지라 부지런히 발걸음을 재촉했다. 하지만 발걸음과는 달리 당문천은 연신 짜증 섞인 음성을 뱉었다.

"정말 가기 싫다, 가기 싫어."

그는 솔직한 심정으로 눈곱만큼도 가고 싶은 마음이 없었다. 각대문파의 장문인이나 대표자격으로 오는 이들을 대면해야 한다는 것이 쪽팔렸기 때문이다. 정말이지 서신에 해독에 대한 말만 없었더라도 나중에 맞을지언정 진모산에 오르진 않았을 것이다.

"아, 씨팔. 정말 머리 아프네."

지금까지는 강호에 소식이 많이 전해지지 않았지만 이번 일로 인해 온 천하에 당가가 거지가 되었다는 소문이 퍼질 것은 분명했다. 그는 걸인도에서 특별 수련을 받고 영약 복용부터 모든 과정까지 수료했지만 아직까지 체면은 다 버리지 못하고 있었다. 솔직히 체면까지 온전히 벗어던지려면 적어도 2년 정도는 수련해야 했기에 당문천에겐 아직 무리였다.

약간 뒤쪽에서 달음질하며 당문천의 말을 들은 지타주 당추가 속으로 중얼거렸다.

'그래도 개밥을 먹을 때 항상 일등을 놓치지 않으신 분이 엄살은. 후후.'

그건 당추만의 생각은 아니었다. 다른 지타주들도 속으로는 분타주 당문천이 누구보다 성실히 거지 생활에 적응해 가고 은근히 이번 모임도 기대하고 있음을 잘 알고 있었던 것이다.

이처럼 사천 분타의 진개방인들의 발걸음은 중추절이 되기 전에 진모산에 도착하기 위해 열심히 달려갔다.

중추절이 되기 삼 일 전에 표영을 위시한 진개방원들은 진모산의 중턱 평지에 자리를 잡았다. 이때는 아직 어떤 문파에서도 공식적으로 모습을 드러내지 않고 있었지만 삼 일밖에 남지 않았음을 감안할 때 산 아래 마을에는 도착해 있을 것으로 짐작되었다.

표영은 앞에서 서성거리며 자리에 아무렇게나 퍼질러 앉아 있는 수하들을 바라보았다. 다른 문파 같으면 앉아서 장문인이나 방주의 말을 경청할 것 같으면 자세를 흐트러뜨리지 않고 대형을 갖출 테지만 역시 진짜 거지 방파답게 드러누워 있는 거지부터 시작해서 삐딱하게 나무에 기대고 앉은 거지 하며 형형각각의 모습으로 어지럽혀져 있었다.

'후후, 수련들을 열심히 하는지 많이 자연스러워졌구나.'

다른 지도자가 보았다면 불호령을 쳤겠지만 표영은 도리어 흡족스러웠다. 표영은 이미 확인하였지만 혹시나 오지 못한 사람이 있는지 살핀 후 고개를 끄덕였다. 와야 할 사람은 거의 온 듯싶었다.

사방에 퍼질러져 있는 이들은 늘 함께하는 능파 등과 걸인도에서 온 손패 일행, 구당가인들, 그리고 구청막인들이었다. 한편 반구옥에서 구출된 개방의 영웅들은 쇠약해진 몸과 정신 상태였기에 이번 모임에는 참석시키지 않았다. 표영은 반구옥의 개방인들을 동원하여 노위군의 만행을 알릴 수도 있었지만 이요참의 악랄함과 노위군의 잔악함을 직접 보고 겪은 터라 정면으로 승부할 마음을 가진 터였다.

표영이 어슬렁거리면서 입을 열었다.

"그동안 각 지역에서 참다운 거지로서의 사명을 다하느라 매우 즐거웠으리라 생각한다. 험험."

표영은 말을 해놓고도 조금은 미안한 구석이 있는지 헛기침을 하고서 다음 말을 이었다.

"방의 형제들은 지금부터 내가 하는 말을 잘 새겨듣도록 하라. 이번 백일봉에서의 모임은 강호에 개방의 역사를 새롭게 쓰는 중대한 결전이 될 것이다. 나는 일단 그와 겨루어 천하인들 앞에 무릎 꿇린 후 비로소 그의 죄를 물을 생각이다. 그러나 고수들 간의 대결에 있어서 승부는 알 수 없는 법이다. 하지만 승패의 결과가 어떻게 난다 하더라도 누구도 그 대결에 끼어들어서는 안 됨을 명심하라."

진개방원들은 역시 진정한 거지답게 연신 뒹굴거리며 답했다.

"네에~"

"알았습니다요~"

이런 행동과 대답은 과거 진개방 초기 때는 볼 수 없는 간덩이 부은 행동이라 할 수 있었지만 표영은 이번에 모인 방의 형제들의 모습을 보고 흡족함을 느껴 모든 면에서 자연스럽게 행동하도록 명한 터였다. 이들은 절도나 기개를 뿜어내는 대신 빈둥거리거나 뒹굴거리며 발가락을 까닥이는 절정에 이른 거지의 모습을 보여주었다.

표영이 다시 말을 이었다.

"자, 그럼 이 시간은 서신에 약속한 대로 해독약을 주도록 하겠다."

그 말에 빈둥대던 모두가 흥분된 몸짓으로 벌떡 자리에서 일어서며 자신의 귀를 의심했다.

'독의 발작 기간을 연장하는 것이 아니라 해독을 해주겠다는 것인가?'

'설마 방주가 미친 건 아니겠지?'

'방주가 죽을 때가 된 것인가? 저렇게 마음이 착한 건 아닌

데…….'

그들은 마음을 졸이며 바짝 긴장했다. 언제나 마음 한구석에 꺼림칙하게 남아 있던 독이 아니었던가. 그들은 혹시라도 기일이 차지 않아 독이 발작이라도 하면 어떻게 하나 얼마나 노심초사했는지 모른다.

'제발 해독만 해준다면 얼마나 좋을까!'

하지만 또 한편으로는 마음을 비우는 것도 잊지 않았다. 그들이 볼 때 표영은 헛소리하기를 밥먹듯이 하고 엉뚱한 소리를 지껄이는 것이 취미라 할 정도로 괴상한 말을 잘하는 방주였다. 언제 그랬냐는 듯이 느닷없이 웃어 젖히며 '하하, 좋아하긴. 당연히 농담이지. 하하하' 라고 말할 만한 위인이라 생각했기 때문이다.

"꿀꺽~"

다음에 이어질 표영의 말을 기다리며 모두는 마른침을 삼켰다. 표영은 여유로운 미소를 짓곤 우측 방향으로 손을 쭉 뻗고서 말했다.

"저기 보이는 바위 안쪽에 해독약을 놓아두었으니 너희는 한 알씩 복용하도록 해라. 독으로써 독을 제압하는 방법을 택한 것이니 많이 먹는다고 좋아지는 것이 아님을 명심해야 할 것이다. 자, 가라~"

표영의 말이 끝나기가 무섭게 모두는 나는 듯이 달려갔다. 그들은 서로 먼저 가려고 서로를 밀치고 잡아당기며 혹은 너무 서두르다 자빠지면서 한바탕 난리를 피웠다.

만일 이들이 표영이 강제로 먹게 한 것이 독이 아니라 몸에서 벗겨 낸 때라는 사실을 안다면 그 심정은 어떠할까. 또한 지금 죽기 살기로 달려가 먹으려 하는 것도 동일한 때라는 것임을 안다면? 단언하긴 힘들지만 아마도 세상에 살고 싶지 않으리라.

표영은 뿌연 흙먼지를 일으키며 달려가는 수하들을 보며 마음으로 굳게 다짐했다.

'이건 영원한 비밀로 간직하도록 하자. 후후.'

이미 수하들은 때를 말아서 만든 해독제를 먹겠다고 아우성을 쳤다.

"내가 먼저 먹을 거야. 쌰~"

"누구냐! 누군데 뒤에서 잡고 난리야!"

"이 새끼들아, 너흰 위아래도 없냐!"

"야, 임마! 너, 하나씩만 챙겨! 거기 호주머니에 한 개 더 챙기는 새끼, 너 죽을 줄 알어~"

"누굴 보고 욕하는 거냐? 당경, 이 새끼 죽고 싶어!"

"앗! 분타주님, 죄송합니다. 그래도 하나만 가져가셔야죠."

"알았어, 자식아. 눈은 빨라 가지고."

"이건 또 누구 발이야? 발로 밟지 좀 마. 해독제가 다 으스러지잖아!"

"개밥도 먹은 놈이 그거 가지고 야단이야. 박박 긁어서 먹으면 될 거 아냐!"

"네놈 신발에도 묻었잖아. 거기 서지 못해! 야! 어딜 가!"

"최고의 맛이다. 최고야~ 우후~"

"산해진미가 무엇이더냐. 으하하하!"

세상에 많은 보물이 있고 간직하고 싶은 것들이 많지만 이들 진개방인들처럼 더러운 때를 서로 먹겠다고 아우성치는 모습은 찾아보기 힘들 것이다. 그들은 매캐한 냄새가 코를 찌르고 입 안 가득 텁텁함을 느끼며 이빨 사이에도 끼었지만 그 어떤 향수보다 더 향기롭게 느꼈고 어떤 음식보다 맛있게 쩝쩝거렸으며 또 맛있는 고깃살이 이빨에 낀 것보다 더 기쁘게 때를 혀로 핥으며 빼냈다.
 그 모습을 지켜보던 표영은 흡족한 미소를 지으며 느리게 박수를 쳤다.
 "훌륭하다, 훌륭해. 우리 진개방의 미래는 아침 햇살처럼 천지를 깨울 것이다. 하하하!"

 중추절 정오가 가까워 오자 초대받은 강호인사들은 속속들이 백일봉으로 향했다. 그들은 솔직히 이곳까지 오면서도 반신반의하며 믿음이 가질 않았었다. 하지만 산 밑 마을에서 대기하면서 생각지도 못했던 각대문파의 장문인과 고수들이 모여든 것을 보고 놀라움을 금치 못했다. 그리고 지금 오르는 길에서도 초대받은 이들의 면면을 확인하고 다시 한 번 놀랐다.
 "헉! 내 눈이 틀리지 않았다면 저기 저 대사는 바로 중원오대고수 중 한 명인 소림사의 각봉 대사가 아닌가?"
 종남파의 장문 뇌백혼의 눈이 부릅떠지며 중얼거린 소리였다. 그는 옆에 대제자 등비가 있음에도 불구하고 놀람을 숨기지 않았다. 그럴 수밖에 없는 것이 대체 무슨 일이기에 중원오대고수들이 움직이는지 그로선 당황스럽기까지 했던 것이다.
 그는 원래 천선부주 오비원이 참석한다는 말을 듣고 밑져야 본전이다는 생각으로 올라가는 길이었는데 실제로 각봉 대사를 직접 보게 되자 생각을 달리 먹었다.
 '서신이 워낙 추접해서 우습게 여겼건만 이 일은 내가 생각했던 것보다 훨씬 심각한 일인가 보구나.'

놀람은 거기에서 멈추지 않았다. 그의 눈에 이번엔 혈곡의 곡주 단천우가 타고 다닌다는 가마인 혈륜거가 보인 것이다. 혈륜거는 온통 핏빛으로 물들어 있어서 산을 올라가는 기세가 마치 불덩이가 솟구치는 듯 보였다. 더욱이 혈륜거를 들고 이동하는 네 명이 뛰어난 경공술과 함께 핏빛 의복을 입은 터라 불덩이라는 느낌은 더욱 강하게 들었다.

'혈곡에서까지… 이해할 수가 없구나. 이거 개방의 문제가 아니라 아예 큰일이 벌어지는 것은 아닌지 모르겠는걸.'

종남장문 뇌백혼으로서는 불안감까지 느낄 지경이었다.

그러한 놀람은 비단 뇌백혼만 가지고 있는 것은 아니었다. 그 자리에 초대받고 올라가는 사람들은 서로가 서로를 보며 놀라워했다.

"저긴 무당파의 운경 도장과 칠옥삼봉 중 최고의 기재라는 표숙이 아닌가?"

"오호~ 공동파의 황보, 황엽 장로까지……."

"오대파의 도암산인이다."

그들 모두는 결코 헛된 걸음이 아니었음을 다행으로 생각했을 뿐만 아니라 대수롭지 않게 생각했던 백일봉의 모임에 바짝 긴장했다. 하지만 올라갈 때의 그 흥분에 비하자면 백일봉에 오른 후에 받은 심적 충격은 상당한 것이었다.

"뭐, 뭐냐, 이건!"

"허거걱!"

"으음……."

"진짜 거지잖아!"

그들이 힘찬 발걸음을 디딘 후 어느 누구 할 것 없이 경악과 탄성을 발했다. 그 까닭은 예상하는 전혀 다른 광경이 펼쳐져 있었기 때문이다. 이처럼 대단한 고수들이 모여드는 분위기라면 살을 파고드는 듯한 팽팽한 긴장감과 진중함이 펼쳐질 것이라 생각했지만 놀랍게도 그곳에서 기다리고 있는 것은 한가롭게 뒹굴거리거나 구석에서 잠을 자고 있는 거지들이었기 때문이다.

십 년이 넘도록 노위군 아래 놓인 개방은 거지 방파임에도 불구하고 전혀 거지다운 구석이 없었던지 무림인들 대부분은 이렇게 처참한(?) 거지를 구경해 보지 못한 터였다. 무언가 거창한 것을 기대했건만 그건 그저 기대에 불과한 것만 같았다.

'이름이 왜 진개방인지 이제야 알겠군.'

그들이 맥이 풀려 대충 자리를 잡으려 할 때였다.

휘리릭.

옷자락 나부끼는 소리와 함께 산 아래에서 한 사람의 신형이 솟구쳐 올라오더니 크게 외쳤다.

"표영은 어디에 있느냐!"

사람들의 시선이 목소리 쪽으로 쏠렸다. 거기엔 얼굴 가득 정기가 흐르는 젊은 검객이 서 있었는데 백의를 입고 검 한 자루를 등에 멘 모습이 방금 하늘에서 내려온 신선 같은 풍취를 보여주고 있었다.

이윽고 젊은 검객의 정체를 알아보았는지 작게 중얼거리는 소리가 들렸다.

"무당의 일옥검수 표숙이로군."

사람들이 중얼거린 대로 그는 칠옥삼봉 중 가장 뛰어난 기재인 표숙이었다. 이번 서신은 무당파에도 전해졌는데 표영이 보낸 것을 알고 표숙이 사부와 함께 온 것이었다. 표숙으로서는 흑조단참 상문표로부터 표영의 소식을 전해 들었던 터라 크게 염려하진 않았지만 마침 기회가 닿게 되자 사부님께 간청하여 사부와 함께 무당의 대표로 참석하게 된 것이었다.

그때 표영은 바위 위에 걸터앉아 있다가 무림인들이 속속들이 올라오는 것을 보고 인사를 나누고자 자리에서 일어나려던 상황이었다. 느닷없이 자신의 이름이 불려지며 바라보니 형이었다.

"형~"

표영이 반갑게 외치며 미끄러지듯이 달려가자 표숙은 일순 어리둥절했다. 표영의 몸이 워낙 추접해 웬 쓰레기더미가 빠른 속도로 덮쳐오는 듯한 착각에 빠져 버린 것이다. 하지만 곧바로 표숙은 상문표가 전해주었던 말을 떠올렸다.

"동생은 대단한 고수더군. 게다가 함께하는 수하들의 무공은 나로서도 판단이 어려울 정도로 뛰어났다네. 휴우, 그때 생각만 하면 지금도 땀이 나는군. 하지만 진개방을 표방하고 다니다 보니 아마도 자네가 직접 보게 되더라도 곧장 알아보긴 힘들 것 같으이."

그때는 대수롭지 않게 생각했었던 표숙이었다. 오히려 너무 심하게 말하는 것이 아닌가 하고 기분이 언짢기까지 했었다.

'이 녀석이 영이란 말인가?'

아직 얼떨떨해할 때 표영이 그 더러운 손으로 반갑게 두 손을 꼭 잡았다.

"설마 형이 직접 올 줄은 몰랐는걸."

"네가 정말 내 동생 영이 확실한 거냐?"

표영이 활짝 웃었다.
"하하하, 무당파에선 요즘 농담도 가르치나 봐? 하하하."
그제야 동생이 확실하다는 것을 안 표숙이 너털웃음을 터뜨렸다.
"허허, 근데 이 녀석아, 이건 너무 더러운 것이 아니냐?"
하지만 바로 표숙은 말문이 막혔다.
"모르는 소리. 두목이 본을 보여야 체계가 잡히는 법이거든. 아직도 한참 부족하다구."
"허허허."
표숙과 표영 형제는 잠시 동안 오랜만에 만난 정을 나누었고 그것을 지켜보는 이들은 전혀 예상치 못한 관계에 멍청한 표정으로 구경하기 바빴다. 특히 제갈호와 교청인은 설마설마 했었던 두 사람 관계가 실제로 형제로 드러나자 더욱 어이가 없었다.
'당시 방주의 맨 얼굴을 봤을 때 닮았다고 느낀 건 제대로 본 것이었군.'
'그런데 어찌 형제가 하는 짓이 저리 다를 수 있을까? 거참.'
표영은 표숙과 대충 집안 이야기를 나눈 후에 초대를 받고 찾아온 무림 각대문파 대표들과 일일이 인사를 나누었다.
"진개방 방주 표영이라고 합니다. 잘 부탁드립니다."
"나는 무당의 운경이라고 하네. 반갑군. 허허."
가까이에 있는 운경 도장으로부터 시작해서 표영은 정겨운 미소와 함께 손을 내밀었다. 대부분에 사람들은 어지간하면 악수를 하고 싶은 마음은 없었지만 과감하게 건넨 손길을 거부하긴 힘든 노릇이었다.
"공동파의 황엽이네."

황엽은 떨떠름한 표정을 지으며 끝내 손을 건네지 않았고 표영도 그리 대수롭지 않게 넘겼다. 황엽이 악수를 하지 않고 무사히 지나가자 그때부터는 모두 말로만 인사를 나누었다.

비중있는 인물 중 아직까지 오지 않은 이는 천선부주 오비원과 개방의 노위군 정도였다. 그런 가운데 혈곡의 곡주 단천우는 혈륜거에서 내려 황금장포에 휩싸인 채 표영을 노려보았다. 지금 하는 짓으로 봐서는 분명 자신에게도 인사를 건넨다고 올 것이 분명했다.

'저런 보잘것없는 놈에게 노위군이 절절거렸단 말인가? 더럽고 어리숙해 보일 뿐인 것 같은데 말이야. 그나저나 내게 가까이 오지 못하도록 해야겠다.'

단천우는 추잡하기 그지없는 표영이 가까이 오는 것은 자신의 명성에 흠을 내는 것이라 생각했다. 오직 자신과 비길 수 있는 자는 천선부 오비원밖에는 없다고 여기는 그였다. 단천우는 얼굴 가득 냉막한 기운을 흘렸다. 이것은 그의 장기 중 하나로 이렇게 하게 될 때 수하들도 하나같이 두려운 마음에 접근하지 못하곤 했다.

'후후, 녀석. 간이 오그라들어 차마 다가오지도 못하겠지.'

하지만 그런 장담은 표영을 몰라도 너무 모른 데서 비롯된 것이었다. 수없이 많은 나날 동안 싸늘한 냉대를 받으면서도 꿋꿋이 구걸을 해오던 표영이 아니던가. 어지간한 눈치에는 표영은 눈썹 하나 까닥하지 않는 철면피 중의 철면피인 것이다. 표영이 반가움에 가득한 얼굴로 날듯이 단천우에게 달려왔다.

'뭐, 뭐냐, 이 새끼……'

단천우는 흠칫하지 않을 수 없었고 표영은 밝게 웃으며 말했다.

"하하, 이쪽이 바로 혈곡에서 오신 분들이신가 보군요. 멀리서 핏빛 가마만 봐도 혈곡인 것을 짐작할 수 있었답니다. 오~ 여기 가마에 새겨진 글귀는……."

표영은 혈륜거 중앙에 새겨진 날아갈 듯한 기상이 어린 글귀를 보며 감탄사를 발했다. 거기엔 단천우의 별호인 진령악제(嗔靈惡帝)가 적혀 있었다.

"가만 보자… 그러니까… 진… 룽… 악… 아하하, 아하하, 좋은 말이로군요."

단천우가 황당함에 젖어 등줄기에서 식은땀을 흘렸다. 무섭다거나 긴장해서가 아니었다. 해도 해도 너무하단 생각 때문이었다. 아무리 거지새끼라도 그렇지, 이건 너무 무식한 놈이었던 것이다. 어린아이들도 다 읽을 만한 자신의 별호를 엉터리로 말할 뿐만 아니라 끝 자는 아예 무슨 자인지 읽지도 못한 것이다. 그는 솔직한 심정으로 이 자리에서 당장 때려죽이고 싶었다.

'정말 대책이 안 서는 놈이로구나. 너의 얼굴을 기억해 두마. 하긴 잊어먹기도 어렵겠다만.'

단천우는 혹시나 손을 내밀면 자기는 냉정하게 한마디 쏘아붙이고 끝낼 생각이었다. 하지만 표영은 무척이나 반갑다는 듯 불쑥 단천우를 껴안으며 말했다.

"하하하, 앞으로 잘 부탁드리겠습니다."

단천우가 피하지 못한 것은 전혀 예상치 못한 데다가 표영의 동작이 무척이나 빨랐기 때문이었다.

"으읍!"

그보다 더 그를 곤혹스럽게 한 건 냄새였다. 보통 아무 데서나 맡을 수 있는 땀 냄새가 아니었다. 적어도 100년 정도 땀을 흘린 후에 음지에서 말린 듯한 냄새라고나 할까. 단천우는 코가 썩는 것 같아 급히 숨을 멈췄다.

표영은 악취로서 진개방의 힘이 얼마나 대단한지를 보여주며 기선 제압에 성공했다. 그 모습을 지켜보며 모두는 하나같이 웃어야 할지 울어야 할지 모르는 표정으로 변해 버렸다. 사파의 최고봉이라 하는 혈곡의 곡주에게 저런 식으로 태연자약하게 행동함이 자신감에서 나온 것인지 아니면 단순히 간댕이가 배 밖으로 잠시 외출한 것인지 구분할 수 없었던 것이다.

'저 방주라는 작자는 생각이나 하고 사는 걸까? 내가 보기엔 아무 생각도 없는 것 같은데⋯⋯.'

'아무리 그래도 대단한 건 사실이구나. 중원오대고수 중 이인자라 할 수 있는 단천우에게 저렇게 대담하게 나설 수 있는 사람이 몇 명이나 있겠는가.'

일옥검수로 명성을 날리는 표영의 형 표숙의 경우엔 동생의 행동을 보고 상문표가 전해준 말이 거짓이 아니었음을 깨달았다.

'진령악제 단천우의 눈빛을 정면으로 받으며 태연히 행동한다는 것은 어지간한 무림인들도 어려운 일이다. 영이의 무공이 내가 생각한 것 이상일지도 모르겠구나.'

한편 수모 아닌 수모를 당하게 된 단천우는 화를 내야 하는 것이 당연했지만 분위기가 묘하게 흘러가는 것이 꼭 화를 내거나 해서는 안 될 것만 같았다. 그는 무엇 때문에 그런가 하고 멍청하게 서서 생각했지만 뚜렷이 그 이유를 알 수 없었다. 하지만 그가 그런 느낌을 갖게 된 것은 사실 표영과 진개방의 수하들이 전혀 긴장하거나 진중함이 없이 행동했기 때문이었다. 쉽게 말하자면 세상만사 뒹굴거리는 것이

최고다라는 듯한 모습들이 은근히 주변을 압도해 버린 것이었다.

단천우가 어이없음과 황당함이 뒤범벅된 상태에서 어리둥절해할 때 사람들이 웅성거리기 시작했다. 그것은 처음 아주 작은 소리로 시작되었는데 점점 커졌고 이윽고 서로 인사를 나누는 상황이 벌어졌다.

"저기… 저 사람 당가의 가주가 아닌가?"

"설마… 그런 일이 있을 수 있겠나? 할 일이 없어도 그렇지, 어떻게 거지 노릇을 하겠냔 말이네."

"아니야, 저기 좀 봐. 그 옆에는 당경 장로 같은데……"

"저, 정말이군!"

당문천은 급기야 자신을 알아보고 다가오는 강호고수들을 보며 눈이 뻘겋게 충혈되었다.

'올 것이 오고야 말았구나. 끙~'

하지만 이미 꽤나 많은 시간 거지 생활을 했고 나름대로 모질게 마음을 먹고 있었던 터라 과거 처음 진개방에 들어오게 될 때의 절망감 정도는 아니었다.

"하하하, 반갑소이다."

사람들을 향해 인사를 건넨 당문천의 얼굴 옆으로는 어느새 굵은 땀방울이 맺혔다.

중인들의 놀람은 거기에 그치지 않았다. 제갈호와 교청인이 칠옥삼봉 중 제일인 표숙에게 자신들을 드러냈기에 사람들은 제갈세가의 후계자로 꼽히는 제갈호와 남해검파의 무남독녀가 진개방의 수하로 되어 있음에 어리둥절하기만 했다. 도대체 어떻게 돼먹은 이기에 이런 사람들을 데리고 다닌단 말인가? 게다가 거지 노릇을 서슴없이 할 수 있도록 만들고 있으니 말이다.

　초대받은 모두가 진개방의 면모를 들여다보며 놀랄 때 일단의 무리가 불쑥 백일봉 정상으로 모습을 드러냈다.

　그들은 수수한 옷차림의 천선부주 오비원과 두 호법이었고 한쪽은 현 개방 방주 노위군과 일곱 장로였다. 오비원의 얼굴은 평온함이 가득했고 노위군의 얼굴은 분노와 냉정함이 깃들여 있었다.

　이들이 백일봉에 오름으로 인해 이제 모든 준비는 끝난 셈이나 다름없었다.

　"이것은 진개방과 개방의 대결이기도 하지만 그전에 나와 노위군과의 대결이다. 혹여 이 자리에서 내가 쓰러져 죽는다 하여도 어느 누구도 방해하는 일이 있어서는 안 될 것이다. 나는 한 사람의 무림인이고 싶다."

　이어 표영은 초대받은 이들을 둘러보며 말했다.

　"여러분들께도 부탁드리겠습니다."

　장엄한 기운이 서린 말이었다. 하지만 표영의 무공에 대해 알고 있었기에 진개방인들 중 어느 누구 하나 심각하게 생각하는 사람은 없었다. 오히려 이 말은 노위군의 목이 날아가더라도 다른 사람이 관여해서는 안 된다는 말을 돌려서 한 것이라 여겼다.

　"방주님의 말씀을 따르겠습니다."

　능파가 진개방원들을 대표해 답했고 바로 이어 천선부주 오비원이 고개를 끄덕이며 말했다.

　"멋지군. 나도 보장함세. 자, 모두들 들으시오. 이곳에 있는 누구도 이 대결을 가로막지 않아야 할 것이오. 진개방 방주의 친형인 일옥검

수도 마찬가지임을 잊지 마시게."

표숙은 걱정이 되었지만 천선부주의 말에 동의하는 뜻으로 고개를 숙여 답했다.

두 사람이 마주 섰고 가볍게 목례를 나눈 후 표영이 신형을 날렸다. 표영의 신형은 취팔선보였으며 양손으로 전개함은 파옥권이었다. 파옥권은 옥을 깨뜨리는 권법이라 하여 이름 붙여진 것인데 여기서 말하는 옥은 가식을 두르고 선한 척 가장하여 옥처럼 보이게 하나 실제로는 보잘것없는 사람을 깨뜨린다는 뜻이었다.

쉬식.

주먹이 뻗어가는 기세가 공기를 가르는 것이 매우 위협적이었다. 이때 표영은 무공이 가히 능파와 능혼의 실력에 조금 못 미치는 수준이었다. 아직까지 비천신공을 온전히 터득하지 못했고 만성지체의 틀을 온전히 깨지 못한 상태임을 생각할 때 대단한 것이라 할 만했다.

주위에서 지켜보는 각대문파의 무림고수들도 처음 뻗는 한 수를 보고 그저 겉에서 보여지는 모습과는 전혀 다른 실력을 갖추고 있음을 깨달았다. 더불어 자신이 만약 저런 공격을 받는다면 어떻게 막을 것인가 생각해 보았는데 거기 모인 이들 중 약 7할 정도가 난색을 지었다.

하지만 더욱 놀라운 사실은 그 매서운 공격이 진행되고 있음에도 노위군이 전혀 움직이고 있지 않는다는 점이었다. 그는 그저 입가에 비웃음을 머금은 채 주먹이 뻗어오는 것을 바라볼 뿐이었다. 이윽고 거의 표영의 주먹이 지척에 이르게 되었을 때 노위군의 신형이 뒤로 주르르 물러났다. 하지만 그 정도의 변화는 표영도 감안한 상태였기에 더욱 신법을 가속하면서 주먹을 교차해 가며 따라붙었다.

그때였다. 노위군의 몸이 갑자기 앞으로 튕겨지더니 표영의 주먹 사이를 헤집었다. 그건 마치 연기와 같은 움직임이었는데 표영이 열여섯 번의 변화를 주며 노위군을 향해 주먹을 날렸고 그중 다섯 개가 적중했다. 허나 표영도 대가를 치러야만 했다.

퍼펑!

주먹을 고스란히 맞으며 달려온 노위군의 장력에 가슴을 얻어맞고 뒤로 나가떨어진 것이다. 표영은 등이 땅에 닿음과 동시에 반사적으로 몸을 일으키긴 했지만 약간 어리둥절했다.

'이건 대체 어떤 무공이란 말인가. 게다가 전력을 기울인 파옥권에 다섯 번을 맞고도 흔들림없이 장력을 뻗어오다니…….'

표영은 별 대수롭지 않게 생각하고 있다가 낭패를 당한 것이었다. 놀란 것은 표영뿐만이 아니었다. 관전하는 이들 중 몇 명을 제외하고는 아예 노위군이 어떻게 움직여 표영을 날려 버렸는지조차 보지 못했다.

'개방의 무공이 저렇게 대단했던가!'

그들 중 혈곡의 곡주 단천우의 눈은 다른 사람보다 더욱 커졌다. 그가 노위군에게 우사신공을 준 것은 이처럼 대단한 고수로 성장하라고 한 것이 아니라 알아서 주화입마를 당하라는 것이었다.

'제길! 지금으로 봐선 제대로 우사신공을 익힌 것 같은데… 어떻게 익힐 수 없다는 우사신공을 익힐 수가 있었단 말인가!'

그는 어쩌면 호랑이를 키우고 있었는지도 모른다는 생각에 등골이 서늘해졌다. 잘못 본 것이 아니라면 노위군의 무공은 자신과 비교해도 손색이 없는 것이었다.

표영은 내상을 입진 않았지만 상대를 얕잡아보는 마음을 버리고 크게 심호흡을 했다.

'좋다. 강룡십팔장으로 상대해 주마.'

표영은 강룡장과 가장 잘 어울리는 낙엽부영을 시전하며 달려들었다. 노위군의 입가가 실룩였다.

'황룡유희인가?'

노위군은 강룡십팔장을 대하자 자신을 인정하지 않은 사부가 원망스러웠다.

'기껏 이런 애송이가 무엇이 그리 대단하다고 몰래 키워오셨단 말이오, 사부. 당신이 기대한 제자가 어떻게 죽어가는지 잘 지켜보시오.'

노위군은 연쌍비로 몸을 움직이며 우사신공 중 혼돈장을 펼쳤다. 이것은 언뜻 비춰지기엔 개방의 취팔선권과 비슷해 보이도록 개조한 것이었는데 그 위력은 취팔선권과 비할 바가 아니었다.

슈슉~ 슉~

두 사람의 신형은 번개와 같이 움직이며 교차했다. 가끔 팔이 부딪치거나 정면으로 힘이 충돌할 때는 잠시 떨어졌다가 다시금 어우러졌다. 순식간에 백여 초가 넘어가고 이백여 초가 지나면서 승기는 노위군 쪽으로 기울어져만 갔다.

"위험해, 위험해."

능파가 떨리는 가슴을 붙잡고 작게 중얼거렸다. 그는 비록 무공이 전폐되었으나 보는 눈까지 없어진 것은 아니었다. 그가 보기에 지존은 조만간 위태로운 상태를 맞이할 터였다. 가슴이 터질 것만 같았다.

"아~"

그는 달려들어 지존을 구하고 싶었지만 도저히 그렇게 할 수 없었다. 비단 무공을 상실하였기 때문은 아니었다. 단지 그것뿐이라면 능혼이 움직여 도울 수도 있는 것이다. 하지만 그는 일전을 치르기 전 지존이 했던 말을 잊지 않고 있었다.

"나는 한사람의 무림인이고 싶다."

'승패의 결과가 어떻게 나오든 지존께선 한 사람의 무림인의 모습을 보이길 원하셨다.'
능파는 생각했다. 자신은 물론이거니와 누구도 지존의 자존심을 건드릴 수 있지 않다는 것을 말이다.
"끝이다!"
노위군의 확신에 찬 음성이 나옴과 동시에 타격음이 이어졌다.
슉— 퍼펑!
"으으윽!"
표영은 노위군이 날린 주먹에 의해 복부를 가격당하고 나가떨어졌다.
"우웁… 푸헉!"
표영은 가슴이 울렁거리며 입으로 피분수를 뿜어냈다. 내장 쪽이 타격을 입어 핏덩어리가 연신 목을 타고 올라왔다. 더불어 복부에 받은 타격이 너무 커 단전에 기가 흩어지고 있었다. 충분히 자신을 가졌건만 명백한 패배였다.
표숙이 놀라 눈에 불을 켜고 몸을 떨었다. 동생은 너무도 고통스러워했고 그것을 지켜보는 형이 마음은 더욱 찢어질 것만 같았다. 왜 아까 천선부주의 말에 동의했는지 원망스러웠고, 동생이 왜 관여하지 말라고 했는지 답답하기만 했다.

표영은 주먹조차 쥐어지질 않을 만큼 몸에 아무 힘도 남아 있지 않았다. 덜덜 떨리는 몸짓으로 비칠거리며 구석에 있는 바위에 등을 기대고 거친 숨을 몰아쉬었다. 이제 가까이 다가선 노위군이 손가락만 튕긴다 해도 표영은 마지막을 맞을 터였다. 흐릿한 시선에 노위군의 광기 어린 눈동자가 보였고 그것마저 점점 어두워지며 표영은 조용히 눈을 감았다. 눈을 감자 마음에 모아두었던 지난 추억들이 보이기 시작했다. 아버지, 어머니, 그리고 정겨웠던 사부, 능파와 능혼, 비에 흠뻑 젖어 원망스러운 눈으로 바라보던 교청인도 보였다. 너무 힘이 들어 누군가에게 기대고 싶었다.

'그래, 교청인. 넌 아직 두 번이나 목욕할 차례가 남아 있었지.'
"피식."

노위군의 옅은 비웃음이 귓가에 파고들자 표영은 추억에서 벗어났고 이번에는 장산후 사형이 들려주었던 노위군에 대한 말을 떠올렸다.

"내가 15살이 되었을 때였어. 그때 사부는 눈이 맑은 아이를 데리고 오셨다네. 약간은 두려움에 질린 얼굴이 안쓰럽기도 하고 왠지 귀엽게 보였지. 그 아이가 바로 7살이 된 노위군이네. 사부님은 얼마나 그 아이를 아끼고 사랑해 주셨는지 모르네. 오히려 내가 시샘이 날 지경이었으니 말일세. 하지만 원래 자식을 낳아 길러도 그렇다고 하더군. 첫째가 태어나면 첫째가 제일 이쁘지만 막상 둘째가 태어나면 첫째보다는 둘째가 더 사랑스럽다고 말일세. 난 첫째로서 어느 땐 노위군이 얄밉게 보일 때도 많았지. 하지만 그 애는 사부님이 자신을 얼마나 아끼는지를 알지 못하는 것 같았어. 그리고 언제부턴가 그 녀석은 변하기 시작했지."

'그래, 사부님은 누구의 소행이었는지 처음부터 알고 있었던 거야. 하지만 믿고 싶지 않으셨겠지. 그래서 현실을 받아들일 수 없어 정신 착란이 일어났던 거야. 후후, 그랬었구나. 이 녀석은 그런 것은 꿈에도 모르고 있겠지?'

표영은 마지막 숨을 거두는 순간에도 복수에 대해서만큼은 입을 다무셨던 사부를 그려보았다. 사부는 그때까지도 마음에 노위군을 담아 놓고 계셨던 것이다.

광기에 사로잡힌 노위군이 우수를 높이 쳐들었다. 능파와 능혼 등 진개방의 수하들의 눈에 절망이 감돌았다. 일옥검수 표숙은 부릅뜬 눈에서 눈물이 흘러내렸으나 닦을 생각도 하지 못하고 등에 멘 검을 검집째 풀고 왼손에 거머쥐었다.

'어머니, 이 숙을 용서하십시오.'

무림인으로서 결투를 벌이는 것이기에 이렇게 참담히 지켜만 봐야 하지만 그 후에는 자신의 목숨도 없는 것으로 생각할 참이었다.

그때 표영이 힘겹게 눈을 뜨고 꺼져 가듯 말했다.

"바보 같은 녀석… 넌 아직 멀었어. 후후."

모든 것을 체념한 듯 혹은 세상 모든 것에 초탈한 듯한 말투였다. 하지만 특별할 것 없이 보인 표영의 한마디 말에 노위군의 손이 그대로 멈췄다. 그의 마음은 곧바로 먼길을 돌아 과거로 향했다.

"바보 같은 녀석아, 넌 아직 멀었어. 후후. 알겠느냐?"

사부였다. 나무 그늘에 기대앉아 타구봉으로 땅을 두드리며 세속을 초탈한 모습과 목소리로 말하고 있었다. 그 속에는 애정이 듬뿍 담겨 있음을 노위군은 보았었다.

'아, 사부님.'

놀랍게도 표영이 자포자기한 심정으로 무심결에 던진 말과 분위기는 과거 엽지혼이 노위군에게 무공을 가르치며 했던 것과 너무도 흡사한 것이었다. 노위군은 비록 우사신공을 익히며 오로지 사악한 마음만을 간직하고자 했지만 잠재된 마음에 남아 있던 엽지혼의 따스함이 이성을 뚫고 파고들었다. 광기에 번뜩이던 그의 두 눈이 차분히 가라앉더니 손이 가만히 내려왔다. 절체절명의 순간에 불어닥친 뜻밖의 변화에 모두의 시선이 노위군에게로 향했다.

순간, 노위군의 눈에서 눈물 한 방울이 맺히더니 볼을 타고 흘러 신발로 떨어졌다. 한 방울의 눈물이 떨어지는 것은 매우 짧은 시간이었지만 바로 앞에서 보는 표영의 눈에는 아주 긴 시간처럼 느껴졌다.

"바보 같은 녀석."

다시 한 번 사부의 음성이 머리를 울렸다. 그와 동시에 노위군은 양손을 들어 머리를 감싸더니 괴성을 지르기 시작했다.

"으아아아악!!"

느닷없는 괴성에 모두 놀랄 때 노위군은 머리카락을 다 쥐어 뜯어 버릴 듯 힘주어 잡으며 짐승처럼 울부짖었다.

"아아악… 아아악!"

그가 갑작스러운 행동에 두 장로가 달려나와 부축했다.

"고정하십시오, 방주님!"

하지만 이미 노위군은 이성을 상실한 상태였다. 그건 억지로 선한 마음을 억누르고 악한 마음으로만 달려가서 7단계를 이룬 우사신공이 산산조각나면서 나타난 현상이었다. 표영이 한 말로 인해 마음속 깊이깊이 숨겨두고 인정하고 싶지 않았던 죄책감이 온몸을 휘감았다. 사부가 아니었다면 노위군은 어릴 적에 굶어 죽었거나 보잘것없이 골목을 떠도는 부랑자가 되었을 것이다. 둑이 터지듯 밀려드는 인간적인 감정들로 인해 악한 마음 구조로 완성된 우사신공이 허물어지고 있었다.

퍼퍼펑! 펑!

"으억!"

"커억!"

노위군은 도움을 주러 온 장로들에게 치명적일 수 있는 장력을 날렸고 무방비 상태에 있던 둘은 피를 토하며 나가떨어졌다.

"아니야! 사부~ 그대는 위선자일 뿐이다! 난 당신을 저주해! 그럼 당연하지! 난 영원히 당신을 저주할 거다!"

노위군은 온몸으로 살기를 뿌리며 아무도 없는 공간을 향해 삿대질하며 외쳤다. 그런 모습은 누가 보더라도 정상이 아님을 알아차릴 수 있는 것이었다.

천선부주 오비원은 노위군이 두 명의 수하를 향해 실수를 전개하자 곧바로 조치를 취하려고 하다가 이어 소리 지르는 말에 주춤했다.

'천상신개 엽 방주가 위선자라니! 게다가 그는 사부를 왜 저주한단 말인가!'

취중 부지불식간에 진담을 말하게 되고 광기에 사로잡히게 되면 잠재된 의식이 외부로 표출됨을 오비원은 잘 알고 있었다.

'어쩌면 엽지혼의 실종에 대한 비밀을 알 수 있을지도 모르겠구나.'

오비원은 다른 이들이 혹시나 나설까 봐 손을 쳐들고 움직이지 말라는 신호를 보냈다.

노위군의 광기는 계속되었다.

"으하하! 사부! 아직 죽지 않은 것이오? 그럼 다시 한 번 죽여주지! 이젠 독을 타지 않아도, 외부의 도움을 받지 않아도 내 힘으로 당신을 죽일 수 있어! 자, 덤벼라!"

노위군은 어지럽게 손과 발을 움직이면서 연신 허공을 향해 장력을 날렸다.

"흐흐흐, 천상신개라는 별호가 아깝구나. 도망만 다니지 말고 정정당당하게 덤벼보란 말이다!"

장력을 뻗었지만 환상으로 보이는 엽지혼은 스슥 뒤로 피하면서 여전히 그의 눈앞에 어른거리자 노위군은 기세가 등등해졌다. 하지만 그의 말은 그 자리에 있는 모두의 입에서 탄성이 터져 나오게 했다.

"아니, 어떻게……!"

"그럼 엽 방주는 실종된 것이 아니라 사실은 살해된 것이란 말인가?"

"미, 믿을 수가 없구나."

그때 오비원이 한 마리 학처럼 날아 노위군의 전면에 내려앉으며 맑은 기운을 담아 소리쳤다.

"노위군! 그대는 정녕 사부를 해쳤는가?"

오비원이 금환신공 중 청(淸)자결을 따라 음성을 발한 고로 그 목소리는 듣는 이로 하여금 또렷하게 들릴 뿐 아니라 머리가 맑아지게 했다. 하지만 우사신공의 역류로 혼돈에 빠진 노위군의 정신을 돌아오게 할 순 없었다.

"흐흐, 사부로군. 그래, 그렇게 나와야지. 오늘은 확실히 목을 끊어주마."

말이 끝남과 동시에 노위군이 쌍장을 쭉 뻗어 오비원을 공격했다. 정신은 온전치 못했지만 위력만큼은 엄청난 것이었다. 오비원은 방심하지 않고 그대로 밀려오는 힘에 맞서 쌍장을 뻗었다. 오비원은 금환신공을 발휘했기에 그의 손목 부근에서는 금빛 고리 두 개가 신비스럽게 떠올랐다.

퍼펑!

엄청난 굉음이 울려 퍼지며 두 사람의 신형이 뒤로 물러났다. 노위군은 다섯 걸음을 물러난 후 다시 여진에 못 이겨 두 걸음을 더 물러난 후 멈췄고, 오비원은 그 자리에서 한 걸음만을 물러섰을 뿐이었다. 만일 노위군이 정상적이었다면 솔직히 오비원이 이처럼 표시나게 승기를 잡기는 어려웠을 것이다. 그만큼 우사신공의 위력은 대단한 것이었다.

"다시 한 번 똑똑히 말해 보아라. 너는 그를 어떻게 한 것이냐?"

오비원은 노위군이 간신히 몸을 추스를 상태일 때 공중으로 솟아올라 금조수로 그의 오른쪽 어깨를 잡아갔다. 노위군이 오른쪽 다리를 살짝 뒤로 하여 힘을 받치고서 손을 빙글 돌리며 짓쳐들어오는 손목을 낚아채려 했다. 하지만 오비원의 금조수는 허초에 불과했다. 손을 거둬 반격하는 기세를 그대로 흘려보내고 몸을 꺾어 왼쪽 어깨에 일장을 먹였다.

파팍!

"으윽!"

노위군이 어깨를 부여잡고 비칠거렸다. 이번 충격은 꽤 컸는지 그의 눈은 겁먹은 어린아이처럼 변해 있었다.

"사부님! 잘못했습니다. 용서해 주십시오. 제발 용서해 주세요."

노위군은 오비원을 보면서 엽지혼으로 착각했다. 서서히 다가오는 오비원을 보며 주춤주춤 물러섰다.

"내가 죽이라고 시켰지만 사실 내가 직접 손을 쓴 것은 아니었잖습니까?"

그 말에 조바심을 내고 있던 혈곡의 곡주 단천우의 마음이 뜨끔했다.

'기어코 입을 열려고 하는구나. 그렇다면……'

그는 아까부터 불안불안했기에 쳐 죽이고 입을 봉해야겠다고 생각했는데 오비원이 나서는 바람에 가만히 있을 수밖에 없었다. 하지만 지금은 너무 급박했다.

노위군의 두려움에 가득한 소리는 계속 이어졌다.

"제발, 제발 다가오지 마세요. 사부, 용서를……."

"좋다. 너를 해치진 않겠다. 대신 나와 함께 내려가도록 하자."

오비원의 목소리에는 자애로움이 가득 담겨 있었다. 그는 노위군을 천선부로 데리고 가 자세한 내막을 알아볼 생각이었다.

"헤에."

노위군이 바보같이 웃었다. 그때 왼쪽에서 한 신형이 솟구치더니 그대로 노위군을 향해 짓쳐들었다.

"용서할 수 없다!"

오비원이 황급히 손을 들어 막으며 소리쳤다.

"누구냐!"

퍼펑!

오비원의 황금빛 장력과 상대의 핏빛 장력이 거세게 충돌했고 공중에 떠 있는 채 장력을 날리게 된 핏빛 장력의 주인공은 뒤로 세 바퀴를 돌며 바닥에 내려앉았다.

"단 곡주는 왜 갑자기 손을 쓰는 것이오?"

노위군을 죽이려고 한 이는 혈곡의 곡주 단천우였다. 그는 오비원이 미친 노위군을 데리고 가 모든 내막을 알게 될 것이 두려워 여기서 입을 봉해 버릴 생각으로 달려든 것이었다.

"감히 자신의 사부를 죽인 놈을 어찌 살게 한단 말이오? 건곤진인은 어찌 노위군을 비호하려는 것이오?"

오히려 오비원에게 뒤집어씌우려는 수작이었다. 오비원이나 그 자리에 있는 모든 사람들은 '이건 아닌데'라고 생각이 들었지만 옳은 말이긴 한지라 그저 어이없다는 표정만 지을 뿐이었다.

그때 다시 노위군의 발작이 시작되었다.

"으하하하… 으하하… 사부, 그대는 잘 죽었지. 아무렴. 으으으… 제발 날 용서해 주시구려, 사부. 제발……"

노위군은 한바탕 크게 웃다가도 다시 덜덜 떨며 고통스러워했다.

이윽고…

퍼억!

질퍽한 소리와 함께 노위군이 미소를 지은 채 바닥으로 허물어졌다. 이미 그의 오른쪽 머리는 부서진 채였다. 그는 스스로 목숨을 끊어버린 것이다. 결국 천하제일 방파의 우두머리를 꿈꾸고 천하제일의 고수를 꿈꾸던 노위군은 진모산 백일봉에서 생을 마감했다.

　그 광경을 지켜보며 그 자리에 있는 모든 이들은 알 수 없는 허무에 휩싸였다. 무엇을 위해 살아가는 것인지……. 노위군의 머리에서 아직도 흐르는 있는 피를 보며 얼어붙은 듯 잠시 동안 꿈쩍도 하지 않았다.

16장
집으로 돌아가다

집으로 돌아가다

표만석은 언제나처럼 점심 식사를 마친 후에 호젓하게 정원을 거닐었다. 그는 앞을 바라보면서도 가끔 부정기적으로 대문 쪽을 흘깃거렸는데 그런 그의 얼굴엔 그리움이 가득 묻어 있었다.

그 모습은 누가 보더라도 기이하게 보일 만한 것이었지만 표만석의 그런 행동과 표정은 전혀 어색하지 않았다. 그 까닭은 그가 그러한 행동에 많은 시간 익숙해져 있었기 때문이다.

표만석이 그리도 자연스럽게 굳게 닫힌 대문을 바라보는 습관을 들이게 된 것은 둘째 아들 표영 때문이었다.

그는 비록 무당파에 가 있는 첫째 아들 숙으로부터 둘째가 잘 지내고 있다는 말을 전해 들었지만 직접 본 것은 아닌지라 지금도 솔직히 마음을 놓을 순 없었던 것이다. 그런 마음은 어떤 부모라도 마찬가지일 것이다. 자녀가 곁에 있을 때는 되려 쑥스러워 표현하지 않지만 자녀가 없을 때는 얼마나 애타하는지 모른다.

'그 녀석은 지금 대체 어디서 무엇을 하고 있단 말인가.'

그의 입가에서 한숨이 가슴 밑바닥에서부터 솟아올라 힘겹게 새어 나왔다.

그때였다.

"으응?"

또다시 고개를 돌려 대문을 바라보던 표만석의 눈동자에 색다른 광경이 들어온 것이다.

"거지?"

추레하기 이를 데 없는 거지였다. 게다가 그 거지는 보통 거지가 아니었다. 아니, 절대로 그 거지는 보통 거지가 될 수 없었다. 시선에 가득 잡힌 거지는 바로 꿈속에서도 기다렸던 둘째 아들 표영이었기 때문이다. 자식이 아무리 거지 차림을 했다 할지라도, 그리고 얼굴 가득 땟구정물로 범벅이 돼 있다 할지라도 부모로서 못 알아볼 리 만무했다. 하지만 어찌 된 일인지 표만석은 곧바로 김빠진 웃음을 지으며 고개를 돌렸다.

"피식~"

그는 다시 시선을 정면으로 향하며 아무것도 보지 못한 사람처럼 뒷짐을 진 채로 거닐었다.

그는 왜 그토록 기다려 왔던 둘째 아들을 보고서도 쓴웃음만 짓고 있단 말인가. 그 이유는 간단했다. 그로선 솔직히 아들이 대문을 열고 들어서는 환각을 한두 번 봐온 것이 아니었던 것이다.

사람이란 무언가에 집착하게 되면 꿈에서나 길을 갈 때나 오로지 그것만 떠오르는 법이다. 바둑에 빠지면 꿈에서조차 바둑판이 떠올라

한 수 두 수 바둑을 놓게 된다. 또한 길을 걸을 때도 백발노인을 보면서는 바둑판의 흰알로 보이고 젊은 사람들의 머리는 검정알로 보이게 될 지경에 이른다.

그뿐인가. 낚시에 한번 미치게 되면 눈을 뜨고 앞을 바라보고 있다 해도 오직 그 앞에는 강과 바다가 놓여져 있을 뿐이다.

바로 표만석의 경우가 그러했다. 대문으로 들어서는 둘째 아들 표영의 모습을 한두 번 본 것이 아니었던지라 태연해질 수 있었다. 하지만 처음부터 이렇게 피식 웃을 수 있는 경지에 이른 것은 아니었다. 처음에 나타난 환상에 그는 거의 날다시피 달려가 얼싸안았는데 알고 보니 운가장의 첫째 아들 운천화였다. 그 후로도 표만석은 느닷없이 환상을 볼라치면 눈이 등잔만하게 변해 달려가곤 했는데 그때마다 얼마나 난처한 지경에 빠졌는지 모른다. 하지만 지금에 와선 그저 미소 짓는 것만으로 넘길 수 있는 여유가 생기게 된 터였다.

"아버지!"

표만석의 귓가로 맑은 음성이 울렸다. 표만석은 이젠 모습뿐만 아니라 소리까지 들리자 스스로에게 놀랐다.

'허허… 이젠 환청까지 들리는 것인가? 이런 것도 발전을 하는군.'

그로선 너무나 선명하게 들려 신기하기까지 했다.

'내가 너무 집착하는 것인가, 아니면 이젠 나이가 들어 몸과 정신이 쇠약해진 것인가.'

표만석이 그 소리를 무시하고 고개를 절레절레 흔들며 걸음을 옮길 때 또 다른 음성이 그의 귀로 파고들었다.

"아버지! 영이가 왔습니다."

표만석의 정신이 번뜩 뜨였다.

'이건… 숙이의 목소리가 아닌가.'

첫째 아들의 목소리까지 잘못 들을 리는 만무했다. 몸을 돌려보자 첫째 아들과 추잡한 몰골의 둘째 아들, 그리고 그 뒤로 여러 거지들의 모습이 보였다. 그 주위로는 어느새 가복들이 연신 머리를 조아리며 인사를 나누고 있었다.

'이게 꿈이냐 생시냐.'

그는 실로 믿기 힘들어 혼잣말로 중얼거렸다.

"요즘 꿈은 너무도 사실적이구나. 희한하기도 하지. 허허."

그는 꿈인지 아닌지 확인해 보기 위해 손을 허벅지에 대고 꼬집어 보려고 하다가 손을 거두었다.

'아니, 아니야, 혹시 만에 하나 이게 꿈이라면 너무 빨리 깨는 것이 되지 않겠는가. 조금만 더, 조금만 더 아들의 모습을 보고 싶다.'

하지만 이미 표만석은 이런 생각을 하면서 이것이 꿈이 아님을 알 수 있었다. 어느새 그를 바람처럼 지나쳐 가는 한 사람을 본 것이다. 신도 채 신지 않고 뛰어가는 이는 부인 화연실이었다. 그녀는 달려가 표영을 안아가고 있었다.

"얼마나 고생이 많았느냐. 밥은 잘 먹고 다닌 거냐?"

어머니의 마음은 다 이러할 것이다. 그들에게 있어서 자식의 더러움은 아무런 문제가 되지 않았다. 그저 이렇게 다시 품 안에 돌아온 것만으로도 감사요 기쁨인 것이다.

비록 지금 표영의 몸에서는 개방의 방주답게(?) 질식할 것만 같은 역겨운 냄새가 풍겨나고 있었지만 화연실은 전혀 개의치 않았다. 아니, 개의치 않을 정도가 아니라 세상 그 어떤 향수보다도 더욱 맡기 좋은 냄새로 여기고 있었다. 이 땅의 어머니들은 이렇듯 자녀가 보잘것없는 몰골을 하고 있어도 전혀 부끄러워하지 않는 것이다.

하지만 그와는 반대로 자식들은 부모님을 어떻게 생각하고 있을까. 혹여 허리가 굽고 주름이 가득한 모습, 가끔씩 깜박깜박하는 정신 상태를 보고 부끄러워하진 않을까. 아마도 많은 이들이 자신의 생명을 낳아준 부모님께 감사를 드리겠으나 부모가 자식을 생각하는 것과 비교한다면 그 깊이 면에서 실로 큰 차이를 보일 것은 분명하리라.

화연실은 달려와 표영을 안았지만 표영이 떠날 때와 지금은 많이 달라져 있었다. 그때는 품에 안을 수 있었지만 지금에 와서는 너무 커버린 표영이었다. 표영은 어머니의 말씀과 흰머리가 꽤나 많이 덮인 머리를 보며 자신도 모르는 사이에 눈물을 흘렸다.

"제가 조금 늦었죠?"

거의 십 년에 이르러 돌아온 것이었다. 그 기간에 비교해 볼 때 돌아와서 한 첫 마디치고는 기막힌 데가 있었다. 하지만 그 속에는 표영 나름대로의 깊은 배려가 담겨 있었다.

조금 늦었죠라는 말속에는 비록 집을 떠나 있었던 시간이 오래되었지만 실제로는 큰 고생 없이 지냈기에 아주 짧은 시간인 것처럼 느껴졌었음을 나타내 주는 말이었다.

원래 사람들은 큰 고난을 겪으면 비록 그 고난이 아주 짧은 시간일지라도 마치 억겁의 시간을 지낸 것처럼 길게 느끼게 된다. 그와 반대로 자신이 참으로 기뻐하는 일을 할 때나 혹은 사랑하는 사람과 함께 있다든지 할 경우엔 수일이 지나도 마치 하루나 이틀 정도밖에 되지 않은 것으로 여기게 되는 것이다. 그런 점에서 표영의 말은 단순했지만 어머니 화연실에게는 작은 위로로 다가왔다.

"많이 컸구나. 어디 우리 아들 얼굴 한번 자세히 볼까?"

그녀는 추레한 모습의 안쪽에 자리한 아들의 모습을 바라보았다. 눈이 맑게 빛나고 있었고 생기가 넘쳐 나는 것이 보였다.

'정말 많이 컸구나.'

죽은 아들이 다시 살아서 돌아온 것만 같은 기분이라고 느꼈었는데 지금 보니 그런 표현으로는 부족할 것만 같았다. 그녀는 지금 이 순간 세상에서 가장 행복한 사람이었다. 자신의 태에서 아이를 낳고 바로 그 순간 아이를 바라보듯 그녀는 그렇게 표영을 바라보았다. 어머니의 눈에는 입이 달린 모양이다. 잔잔하게 꿈벅임도 없이 눈은 부드럽게 말하고 있었다.

—얼굴이 너무 상했구나.
—어디 불편한 곳은 없는 거냐?
—밥은 굶지 않았니?
—이렇게 돌아와 줘서 고맙구나.
—내가 잘못 생각했다. 이제 다시는 널 멀리 보내지 않으마.

그 모습을 지켜보며 제갈호와 교청인은 눈물을 글썽였다. 그동안의 기다림과 애타는 마음이 전해져 온 것이다.

한편 그 옆에 서 있던 능파와 능혼은 이런 분위기에 익숙하지 않아 당황스럽기 그지없었다. 표영을 만나고 거지 생활을 하면서 나름대로 많이 부드러워지긴 했지만 이런 인간적인 정을 표현하고 또 바라보는 데는 아직 어색하기만 했다. 둘은 표정을 어찌 관리해야 할지 몰라 그저 먼 하늘만 빈둥빈둥 쳐다보며 딴청을 피웠다.

'하늘이 오늘따라 유난히 파랗네.'

'방주님의 집은 엄청 부자군. 근데 거지 왕초라니… 허허.'

둘은 어색함을 달래려고 최대한 딴청을 피우는 데 주력했다. 첫째 표숙은 아버지 곁으로 가 의젓하게 서 있었고 운학 노인을 비롯한 가복들도 눈물로 그 광경을 반겼다.

그렇게 우울함에 젖어 있던 표가장에는 표영이 십여 년 만에 돌아옴으로 기쁨이 넘실거렸다.

표영은 자신을 기다려 온 부모님을 위해 깨끗이 목욕을 했다. 그 덕분에 함께 온 능파와 능혼, 그리고 제갈호와 교청인까지 덩달아 목욕하게 되는 영광(?)을 안게 되었다.

특히 교청인의 기쁨은 다른 이들에 비할 바 없이 컸다. 근본 꽃다운 처녀인데다가 표영에게 남다른 마음을 품고 있었기에 당연지사 그녀로서는 표영의 부모에게도 잘 보이고 싶은 마음이 있었던 차였다. 비록 처음엔 말로 형용하기 힘든 추잡스런 모습으로 첫인상에 남았겠지만 반전의 극대화로 만회하고도 남음이 있으리라 생각했다. 목욕은 요란스럽기 그지없었다. 물을 갈아도 갈아도 새까맣게 변해 나온 까닭에 하인들의 고생은 말로 하기 힘들었다.

저녁 만찬과 다과를 나눈 후 늦은 시간 표영은 과거 자신이 머물렀던 방으로 들어갔다. 침상에 누우니 잊고 있었던 옛날 생각이 뭉게뭉게 피어났다.

"후후."

지금에 와서 생각해 보니 게으름도 그런 게으름이 없었단 생각이 들며 절로 웃음이 나왔다. 그리고 또 한편 다행스런 것도 있었다. 게으름 때문에 늘 곁에서 시중들어 주던 운학 노인이 아직 살아 있다는 것이다. 주름은 셀 수 없을 만큼 늘어났지만 옛 모습에서 크게 달라진 것 같진 않아 좋았다.

누운 채로 천장을 바라보고 있자니 집에서 떠나게 되어 다시 돌아오기까지의 과정이 주마등처럼 스쳤다.

생각해 보니 참으로 먼 여행을 다녀온 듯했다. 게으름으로 시작된 여정, 참으로 많은 일들이 있었고 그 속에 깨달은 것은 결코 적다 할 수 없었다.

'보고 싶군요.'

개사부를 비롯해 무공을 전수해 준 친구 같던 사부의 모습이 떠올랐다.

거지가 되어야만 만성지체를 깨뜨릴 수 있다는 청의인의 말.

녹분타주를 따라 아무 생각도 없이 길을 나섰던 때.

그러다 갑작스럽게 일이 생겼다며 홀로 찾아가라고 했다.

이리저리 뒹굴다 개방제자를 만났고 개방제자는 개를 자유자재로 다뤄야 한다 하여 2년여 동안 개사부 밑에서 혹독한 수련을 쌓았던 일.

다시 찾아갔을 때 개를 다루는 것으로는 개방제자가 될 수 없다는 말을 듣고 울화통이 터져 쫓아갔었다.

그리고 그때 도중에 만난 엽지혼 사부.

낮에는 형이라고 부르며 친근하게 달라붙어 웃음 짓던 모습은 아직도 기억에 생생하기만 하다.

하루 중 짧은 시간을 통해 전수받은 개방의 무공들.

사부의 마지막 당부와 그 모습도 떠올랐다.

우여곡절 끝에 개방제자가 되고 그 후 쫓겨나 불귀도로 갔던 일.
그때부터 시작된 기묘한 인연.
당가의 오대독관문과 살수들과의 만남.
그리고 마지막 결전의 순간에 본 노위군의 처절한 비명 소리.

이 모든 것이 하나둘 쌓이고 쌓이면서 표영의 만성지체를 깨뜨렸고 비천신공을 발전시켰다. 걸인의 삶은 마음을 움직이고 내기를 조정해 새로운 깨달음으로 나아가게 해주었고 더불어 강력한 힘을 안겨주었다. 하지만 지금에 있어서도 표영은 아직 비천신공을 완성치는 못했다. 마지막 그 무엇인가가 채워지지 않은 것이다.

가만히 눈을 감고 지난날을 돌아보던 표영의 마음에 오늘 낮에 본 어머니의 모습이 떠올랐다. 비단을 두르고 있다 해도 그 안에 초췌해진 모습은 감출 수 없었다. 얼마나 아끼고 사랑하시는지 그것은 그 어떤 것보다 더 크게 다가왔다. 이제까지 표영은 비천한 삶을 통해 애환과 고통을 바탕으로 깨닫고 성장했었다. 한번의 애환과 고통을 겪어 나가면서 비천신공은 발전해 갔고 만성지체의 틀도 깨어져 가지 않았던가. 그 가운데 마지막 빈자리가 무엇인지 몰랐으나 이제는 알 것만 같았다.

그것은 사랑이었다.

세상에서 가장 아름다운 것, 그리고 영원한 것.

아름다운 꽃은 그 향기와 고운 빛깔이 말로 형용키 힘들 정도로 놀랍지만 시간이 지나면 결국 시들어 버리고 만다. 또한 순수의 결정체인 아기의 미소는 어떠한가. 그 순결한 미소를 보고 있노라면 온세상 시름마저 다 잊을 것 같은 마음에 사로잡히지 않던가. 하지만 그런 아기의 미소도 시간이 지나면 세파에 찌들어 거친 피부와 주름으로 뒤덮이고야 만다.

하지만 어머니의 사랑은 가히 하늘의 높음과 같고 땅의 넓음과 같아 끝을 알 수가 없다. 자녀를 사랑하는 마음은 처음과 끝이 같아 장성했다 할지라도 언제나 어린아이로 보이는 것이다. 세월이 흘러도 영원히 변치 않을 그 사랑에 표영은 감당키 어려운 깨달음에 빠져들었다. 그리고 온몸이 그에 반응해 신공의 마지막을 향해 달려갔다.

표만석은 걱정이 이만저만이 아니었다. 아들이 돌아온 것만으로 따지자면 이보다 더 기쁜 일은 없었다. 하지만 문제는 지금 아들의 상태가 떠나기 전과 다를 바가 없다는 것이었다. 첫날 목욕을 마친 후 잠자리에 들어서는 삼 일째가 되어서도 여전히 잠만 자고 있는 것이다.

'도대체 이게 무슨 조화란 말인가. 원래 만성지체는 걸인의 길을 가게 됨으로 인해 그 틀을 벗어날 수 있다고 했었다. 그런데 아들 녀석은 목욕을 하고 난 뒤에 이렇게 되었으니 평생 거지처럼 살아야 한단 말인가.'

실제로는 표영이 비천신공의 마지막 단계를 향하고 있는 것인데 그런 사실을 모르고 있는 표만석으로서는 그저 당황스러울 뿐이었다.

'첫째의 말을 들어보면 저 녀석이 개방 방주가 되었다고 한 것 같은데 정말인지 의심스럽구나. 첫째가 거짓말을 할 리는 없고… 거참.'

그는 스스로도 근심되었지만 그보다 부인이 더 걱정스러웠다. 만에 하나 또다시 하늘에 기원을 올려야겠다고 할까 봐 여간 신경 쓰이는 것이 아니었다. 그렇기에 그는 얼굴에 근심을 드러내지 않으려고 애썼다.

밤이 되어 침상에 오른 표만석은 혼잣말인 듯 태연스럽게 입을 열었다.

"녀석이 고생을 심했는지 잠을 많이 자는구려. 며칠 지나 보면 강호에서처럼 부지런해지겠지."

약간 과장되이 껄껄거리기까지 하면서 말하고 그는 슬그머니 부인의 눈치를 살폈다. 다행히 크게 문제 삼지 않은 듯 보였다.

"얼마나 고생이 많았으면 저리 잠들까요."

"하하, 부인은 염려 마시오. 저래 봬도 강호에서 내로라하는 개방의 방주가 아니오. 늘 잠만 자서는 방주가 될 수 없는 법이라오. 음… 그래도 돌아온 것만도 얼마나 기쁘오. 이젠 게으르든 말든 그냥 내버려 둡시다그려."

"하긴 그렇겠죠?"

침상에 누워 부인 쪽으로 이불을 덮어주며 표만석은 화제를 바꿨다.

"그런데 함께 온 이들 중에 교청인이라는 아이를 어찌 보시오?"

그 말에 화연실은 아무 대답도 없었다. 표만석은 듣고 있으려니 생각하고 말을 이었다.

"처음에는 몰랐는데 목욕을 하고 난 후에 보니 미모가 빼어납디다. 당신을 보면서도 어머님 어머님 그러면서 잘 따르는 것이 영이와 천생배필 같던데 당신은 어떻게 생각하시오?"

표만석은 교청인이 마음에 들었는지 얼굴 가득 환한 미소를 띠고서 부인의 대답을 기다렸다. 하지만 예상과는 달리 화연실의 입에서는 아무런 말도 흘러나오지 않았다.

지금 그녀는 아무런 소리도 듣지 못하고 있는 것만 같았는데 설혹

집으로 돌아가다 267

벼락이 내리꽂혀 지붕이 날아간다고 해도 아마 멍한 눈만 끔뻑거리고 있을 듯한 표정이었다.

표만석은 왜 그런가 싶어 부인을 바라보았다. 한참 빤히 바라보는 탓에 그제야 눈길을 의식한 화연실이 살짝 미소 지었다.

"왜 그러세요?"

표만석으로서는 부인이 멍하니 깊은 생각에 잠긴 것을 보고 가슴이 철렁 내려앉았다. 또 예전과 같은 일이 일어날 것만 같았기 때문이다.

"험험… 부인, 내 말을 잘 들으시오. 아까도 이야기했지만 영아는 강호 활동에 지쳐 잠시 피곤한 것일 뿐이니 과거처럼 기원을 올린다든지 그런 일은 하지 말구려. 알겠소?"

"그럼요."

화연실은 크게 망설임없이 대답했다. 하지만 그녀는 뱉어낸 말과는 달리 속으로는 다른 결심을 하고 있었다.

'이번에는 아무도 모르게 하늘에 빌어야겠구나.'

옥색 광채에 휩싸인 채 천계의 대천신은 다급한 음성을 토해냈다.

"큰일이다! 큰일이야!"

대천신이 소리를 지를 때마다 옥색 광채 속에 백광이 사방으로 뻗었다가 움츠러들었다. 지금 대천신이 당황스러워함은 표가장의 안주인 화연실의 마음속 다짐을 들었기 때문이다.

과거 5천 번의 기원을 올렸던 전례가 있던 여인인지라 한다면 끝내 하고야 마는 것을 대천신은 잘 알고 있었다. 또다시 그 애타는 기원을 날마다 들을 순 없었다. 그랬다간 가슴이 저며옴을 나날이 느껴야 할 것이 분명하지 않은가.

"표영이라는 아이는 사실 지금 부모에 대한 사랑을 깨달아 신공의 마지막 단계를 지나고 있는 것이 아니더냐. 단지 시간이 조금 걸린다 뿐이건만 그것을 오해하고서 기원을 올리려고 하니 그냥 보고만 있을 수 없다."

대천신의 말에 모든 대신들이 머리를 조아렸다.

"지당하신 말씀이시옵니다."

대천신이 손을 쭉 뻗어 청운신을 가리켰다. 그러자 펼친 부분에서 옥색광선이 햇살처럼 뻗어 청운신에게 닿았다.

"청운신! 대천신님의 분부를 기다리고 있은 지 오래이옵나이다."

청운신이 허리를 숙이며 말하자 대천신이 옥색 광채를 출렁이며 말했다.

"네가 표가장에 가주어야겠다. 너는 곧바로 만년암으로 나아가 생옥과의 과실 하나를 따고 그것을 표영에게 먹이도록 하여라."

생옥과라 함은 천계에서는 그리 특이할 것도 없는 흔하디흔한 과실이었다. 하지만 그렇다고 보잘것없는 것이라 생각하면 큰 오산인 것이, 천계의 가장 보잘것없는 것도 지상계의 것들과는 비교도 할 수 없기 때문이다.

생옥과는 영생불사하는 효험이 있는 것도 아니고 그렇다고 복용할 시 내공이 수배 갑자 얻어지는 것도 아니었다. 가장 큰 특징은 인간의 정과 신과 기를 안정시켜 주는 것으로 현재 표영처럼 깨달음을 통해 신공을 완성하려는 입장에선 심력을 도와 시간을 짧게 단축시킬 수 있도록 도와주는 것이라 할 수 있었다. 그렇기에 보통 사람이 먹는다면 약간의 몸을 보하는 역할을 하겠으나 무림고수가 된다든지 하는 따위와는 상관이 없는 것이라 할 만했다.

"분부대로 따르겠사옵나이다."

"그리고 한 가지 더 이행해야 할 것이 있다. 이번에 지상계의 표가장으로 내려가면 능파와 능혼을 보게 될 것이다. 너는 그 둘을 잘 살펴보고 내가 때를 맞춰 지시함을 따라 그들에게 행하도록 하여라."

대천신의 음성과 기운에 자비가 들어 있음을 본 청운신이 푸른 빛을 발하며 답했다.

"자비로우신 대천신님의 보살핌에 그저 감사를 돌릴 따름이옵나이다."

그러자 다른 대신들도 모두 입을 모아 칭송했다.

"대천신님의 보살핌에 감사를 돌리옵나이다."

대천신이 천둥 소리를 발하며 명했다.

"이제 가라. 그리고 행하라."

그 말과 함께 청운신이 바닷물이 출렁이듯 푸른 빛깔을 물결치며 천계의 내전에서 사라졌다.

17장
뜻을 이루다

뜻을 이루다

일행이 표가장으로 온 지 나흘째가 되던 날 밤 능파와 능혼은 주위를 한 바퀴 돌아보고 근처에 앉았다.

고개를 들어 바라본 밤하늘에는 미녀의 속눈썹을 도려내어 붙여놓은 듯 아름다운 초생달이 걸려 있었다. 그 사이로 간간이 옅은 구름이 지나가는 것이 운치를 느끼기에 충분했다.

한동안 말없이 시선을 멀리 두고 있던 중 먼저 입을 연 것은 능파였다.

"마교천하를 이루는 것은 과연 가능할까?"

옆에 아무도 없는 것처럼 말하는 폼이 꼭 답을 듣고자 한 말은 아닌 듯싶었다. 그 말을 듣고 능혼이 살짝 한쪽 입꼬리를 올리고 웃었다.

"글쎄요."

예전의 능파였다면 이렇게 흐릿하게 마교천하에 대해 중얼거리진 않았을 것이다. 만에 하나 능혼이 이런 말을 꺼내기라도 했다면 주먹부터 날렸을 것은 불을 보듯 뻔한 일이었으리라. 하지만 능파는 많이 변해 있었다. 개방 방주 자리를 놓고 결전을 벌이던 때가 결정적이었다.

그때 지존의 모습은 결코 천마지체로서의 모습이 아니었다. 고도의 속임수라고 생각하면 되는 것이었지만 그가 보는 한도에서는 절대 그렇지 않았다. 하지만 중요한 것은 설사 방주가 진정 기다려 오던 지존이 아닐지라도 어느샌가 마음 가득 들어와 버렸다는 점이었다. 이상한 건 그렇더라도 그것이 싫지 않다는 것이었다.

정상대로라면 진정한 지존이 어디에 계시며 어떻게 하다가 지존의 상징인 건곤패를 목에 걸고 다니게 되었는지를 캐물어야 했지만 그렇게 하고 싶은 마음이 일어나질 않았다. 그로선 그냥 모른 척 시치미 뚝 떼고 이대로 함께 지냈으면 하는 마음이었다. 그렇게 되면 마교의 부활이며 마교천하는 그저 파도에 쓸려가는 모래성으로 변하게 될 것이었다. 그렇기에 이 일은 혼자서 결정할 문제가 아니었다.

그러한 마음은 실제로 능혼도 마찬가지였다. 단지 형 능파의 눈치만 살피면서 어떻게 대처해야 할지 생각하고 있던 차였다. 워낙에 능파가 지존에 대해 의구심을 제기하기만 하면 주먹부터 날리고 보는 터라 진지하게 말을 꺼내기가 여간 어렵지 않았던 것이다. 표가장에 온 뒤로 뭔가 말을 할 듯 할 듯하다가 입을 다무는 형의 모습을 보며 능혼은 대충 감은 잡고 있는 상태였다.

글쎄요라는 대답에 능파가 능혼을 바라보았다.

'웃고 있네.'

200년을 뚫고 마교의 재건을 위해 대법을 따라온 그들이었다. 이런 중얼거림에 그저 글쎄요라고 말하며 웃음을 지어서는 안 되는 것이다.
'녀석도 내 생각과 비슷한 건가.'
"너의 생각도…… 내 생각과 같은 것이냐?"
그 말에 능혼이 고개를 끄덕거렸다.
"형님이 선택한 길이 곧 저의 길이 아니겠습니까."
"하하하하……."
"하하하하……."
능파가 크게 웃자 능혼도 따라 웃었다.
이심전심(以心傳心)이라고 둘은 상세하게 이야기하지 않아도 서로의 마음을 읽었고 알 수 있었다. 오히려 이럴 때는 자세히 말을 하는 것이 분위기를 깨뜨리고 정서를 해친다는 것을 아는 두 사람이었다.
두 사람의 활기 찬 웃음소리 속에는 마교가 실려 떠나가고 있었다. 훨훨 두 사람의 어깨에 짊어져 있던 마교의 중압감은 하늘로 하늘로 올라가 사라지고 있는 것이다. 웃음이 더해지면서 기묘하게 밤하늘의 구름이 서서히 물러가고 별과 달이 찬연한 빛을 뿌려댔다. 그건 마치 두 사람의 선택이 지극히 현명한 것이었다고 칭찬하는 것만 같았다.
하지만 그들을 바라보고 있는 것은 별과 달뿐만이 아니었다. 두 사람의 등 뒤, 그것도 바로 뒤쪽에서 한 사람이 지켜보고 있었다. 그는 바로 사람의 모습으로 나타난 천계의 청운신이었다. 사실은 능파와 능혼이 자리에 앉으면서부터 뒤쪽에 다가왔지만 초절정고수인 두 사람도 청운신이 가까이 이른 것은 알아차릴 수 없었다.
청운신의 귓가로 대천신의 음성이 들려왔다.
—그들이 당할 세 번째 겁난을 제거해 준 후에 표영에게로 가거라.

청운신이 서쪽 하늘을 향해 가만히 머리를 조아렸다. 대천신이 말한 세 번째 겁난이란 능파와 능혼이 대법으로 인해 받아야 할 마지막 주화입마를 가리킴이었다. 이미 첫 번째 두 번째 주화입마를 당한 두 사람으로서는 언제 임할지 모르는 세 번째 주화입마가 다가오면 그땐 바로 죽음을 당하게 되는 것이다. 대천신은 지금 그 세 번째 화를 없이 하도록 명한 것이다.

대천신이 능파와 능혼에게 선처를 베푼 까닭은 두 사람이 새로운 선택을 했기 때문이었다.

사람은 살아가면서 매번 두 가지 혹은 세 가지 선택의 갈림길에 놓이게 된다. 어느 길로 가느냐에 따라 자신의 운명도 달라지게 되는 법이다. 갑작스레 오랜만에 만난 반가운 친구로 인해 원래 가려고 했던 길이 아닌 다른 길로 방향을 잡아 가다가 위에서 누가 우연히 던진 돌을 맞고 죽을 수도 있다. 그가 만일 그 친구를 만나지 않았더라면 혹은 그 친구가 원하는 길이 아닌 자신이 처음에 가고자 했던 길로 갔더라면 다른 결과가 나왔으리라. 오랜만에 나타난 친구의 경우엔 사실 본인이 죽었어야 할지 모르는 길에 친구를 만나 살아나게 되기도 하는 것이 아닐까.

그처럼 능파와 능혼이 마교에 대한 마음을 웃음과 함께 날려 버리자 그들의 인생도 바뀌게 되었다.

청운신은 뒤쪽에 서서 두 팔을 각기 능파와 능혼의 머리 위로 뻗어 가만히 내려놓았다. 능파와 능혼은 청운신의 손이 닿는 순간 눈을 스르르 감고 잠에 빠져들었다. 청운신의 손에서 푸른 광채가 안개처럼 피어나더니 삽시간에 능파와 능혼의 온몸을 휘감았다. 다시 청운신이 손을 떼자 푸른 광채가 흩어졌고 능파와 능혼은 앉은 채로 고개를 떨구었다.
　청운신은 둘을 그대로 둔 채 돌아섰다.
　"이제 그대들이 선택한 길을 가도록……."
　청운신의 걸음은 이번에는 표영의 거처로 옮겨졌다. 잠에 깊이 빠져 있는 표영에게 다가간 청운신은 소매에서 생옥과를 꺼내 입가에 올려놓았다. 그러자 생옥과는 순간 액체로 변하면서 스르르 표영의 입 안으로 빨려 들어갔다.
　"물론 고생도 많이 했다만 너는 참으로 복을 타고난 녀석이로구나. 천계에서나 땅에서나 널 위하는 이가 많으니 말이다."
　청운신은 흐뭇한 미소를 머금고 홀연히 한줄기 푸른 빛줄기로 변해 하늘로 날아갔다.

　화연실은 새벽에 조심스럽게 일어났다. 이제 다시금 오늘부터 하늘에 기원을 올리고자 함이었다. 참으로 이런 일은 누군가가 돈을 주고 하라고 시킨다 해도 하기 힘든 일이겠으나 그녀의 아들을 사랑하는 마음은 피곤함도 잊게 만들었다.
　'하지만 이번에는 진정 아무도 모르게 해야만 해.'
　남편이나 집안 사람들이 얼마나 걱정하는지를 그녀는 잘 알고 있었기에 나름대로 다짐을 하는 화연실이었다.
　그녀는 대문을 나서 산책한다는 핑계로 나가려는데 어슴프레한 새벽에 가복 봉운이 마당을 쓸고 있는 것을 보았다.
　'이 이른 새벽부터 나와 청소를 하다니…….'
　그녀가 가까이 다가가 위로의 말을 던지려 할 때 마당을 쓸던 봉운의 목소리가 들렸다. 아니, 그것은 봉운의 목소리가 아니었다.

"어머니, 웬일로 이렇게 일찍 일어나셨어요?"

"어? 영이냐?"

그녀는 믿을 수가 없었다. 이른 새벽 마당을 쓸고 있는 이는 봉운이 아니라 표영이었던 것이다. 화연실은 눈을 휘둥그레 뜨고 마냥 신기하게만 느꼈다. 그녀로선 과거에나 지금에나 아직 철없는 둘째 아들로 생각했는데 이 이른 시각에 집 안 청소를 하고 있다니……. 이런 모습을 살아생전에 보리라고 어찌 상상이나 했었던가.

"하하, 도통 잠이 오지 않아서 집 안 청소라도 할까 싶어 이렇게 나왔지 뭐예요. 어머닌 어디 가시는 거예요?"

표영이 환한 웃음으로 하는 말을 듣고 어머니 화연실은 더 이상 기원을 올려야 할 필요를 느끼지 못했다.

'이제 정말 훌륭한 아이가 되었음을 믿지 않을 수 없구나. 괜히 내가 염려했던 게야…….'

"응… 왠지 내 아들이 밖에 나와 있을 것 같아 나와봤단다. 역시 내 예감이 맞아떨어졌구나."

"하하, 어머니도 참… 바람이 차니 어서 들어가서 더 쉬세요."

화연실은 따스한 미소와 함께 고개를 끄덕이며 뒤돌아 처소로 걸어갔다. 그리고 그녀의 눈에서는 기쁨의 눈물이 흘러내렸다.

오직 어머니의 소원은 자식이 잘되길 바라는 마음뿐인 것이다.

작가 후기

만선문의 후예 2부를 끝낸 후 어느덧 다시 걸인각성 1부 6권을 끝내게 되었습니다. 손으로 꼽아보니 벌써 1년이 되어갑니다. 그새 1년이라니 약간 당황스럽기도 합니다. 마천루스토리 1을 쓸 때가 바로 엊그제 같은 기분인데 말이죠. 세월의 빠름을 다시 한 번 실감해 봅니다. 세월의 빠름에 대해 말하자면 올해 31번째 생일을 맞이했으니 제 개인적으로도 믿어지지 않는 현실이기도 합니다. 언제나 아직 어리다고 생각했었는데 나도 모르는 사이에 중년이라는 단어가 빠르게 접근하고 있군요.

이번 생일을 지내면서—해마다 생일 근저에 생각해 보는 것이지만—잠시 삶에 대해 생각해 보았습니다. 나는 과연 무엇을 위해 살아가고 있는가. 그리고 왜 살고 있는가. 마땅히 본연의 가야 할 길이 있지만 잠시 밖을 나돌고 있는 것은 아닌가. 아니면 이 길을 통해 본연의 길을 측면에서라도 조명할 수 있는 것일까. 물론 이런 문제는 하루에도 스스로에게 여러 번 묻는 질문이지만 아직도 마음 한구석엔 자아를 온전히 성취하지 못하고 있는 모습을 발견하기에 때는 아니라 생각합니다.

음… 궁상 모드는 여기에서 접고 일단 『걸인각성』 1부를 끝낸 시점에서 그동안의 이야기를 정리해 볼까 합니다. 지난번에도 조금 언급한 내용이었습니다만 요즘 각광받고 있는 매체로 DVD가 있습니다. 많은 저장 공간으로 인해 영상과 음향뿐 아니라 다양한 내용의 부가적 영상을 담을 수 있어 비디오테이프에서는 느낄 수 없었던 것들을 충분히 느끼도록 해줍니다. 거기엔 영화 속에서 직접 감독이나 주연배우가 음성으로 그 장면장면에 의도된 바를 설명해 주고 그 설명을 듣는 시청자는 단순하게 지나쳤던 장면도 올바로 이해할 수 있게 한 커멘터리가 있습니다. 그와 같이 작가 후기에서도 걸인각성 1부를 마치는 시점이기에 이 책의 저변에 깔려 있는 이야기를 해볼까 합니다(걸인각성은 2부까지 예정되어 있지만 2부는 좀 더 다른 사건으로 들어가는지라 1부에서 약간의 후기성 마무리를 하고자 합니다).

　걸인각성을 쓰면서 가장 많이 들었던 이야기는 왜 거지에 대한 소재로 글을 자꾸 내느냐 하는 것이었습니다. 이미 만선문의 후예에서도 만 가지 선을 행하는 과정 중에 혹독한 거지 생활이 등장했기에 더욱더 본 작가가 거지 이야기에 몰두하는 것처럼 보여지는 것이 아닌가 생각해 봅니다.
　처음 걸인각성 서문에 밝힌 바와 같이 이 글은 만선문의 후예에서 표현되지 않았던 개방과 걸인의 삶을 좀 더 그려보아야겠다는 생각에서 출발했습니다. 다른 이야기를 중심에 둘 수도 있을 텐데 왜 거지 이야기가 마음에 와 닿은 것일까요. 어떤 독자 분들은 작가가 혹시 이 시대의 개방 방주가 아니냐? 혹은 걸인의 삶을 흠모하고 있으며 앞으로의 꿈이 그것이냐? 또 말하길 거지의 삶을 미화시켜—과연 미화인지는 모르겠지만—전 국민에게 욕심을 가지지 않고 자기 삶에 만족하며 편하게 살게 하려는 것이 아니냐라는 의문을 던지기도 합니다. 심지어 너무 추잡스럽게 웃기려고 하는 것은 아니냐라는 말을 듣기도 합니다(이런 말 들을 땐 울고 싶어집니다).
　사실 거지 이야기를 쏨은 결국 인생의 빈손으로 왔다가 다시 빈손으로 돌아가는 기본 이치와 어우러져 있습니다. 벌거벗고 나와 다시 벌거벗은 채 돌아가는 것이 인생이기에 가장 자연스럽고 완벽한 모습은 그 어떤 것도 소유하지 않고 의식과 욕망에서 자유로워지는 것이 아닐까 생각해 봅니다. 가지지 않았기에 지키려 마음 졸일 필요 없고 가진 것이 없기에 누군가와 비교해서 불행하다고 느끼거나 혹은 자부하지 않게 되니 헛되이 정신을 소모

할 필요도 없는 것입니다.

  하지만 이것은 매우 어려운 일이고 현실에서는 그런 걸인의 자유로운 삶과 시선으로 살기 힘들기 때문에 무협을 통해 표출해 보고자 했습니다. 확실한 것 한 가지는 이 글을 통해 전하고자 했던 메시지는 단순히 웃음을 주기 위함만은 아니라는 점입니다(물론 각박한 세상에 웃음을 주는 것도 기쁜 일이라 생각합니다). 작가로서 한 발자국 더 나아가 바라는 것은 껄껄거리고 웃다가 어느 순간에 자신도 모르게 문득 걸인각성을 떠올릴 때면 그 속에 내재된 무엇인가를 생각해 볼 수 있었으면 하는 것입니다.

  그런 관점에서 걸인각성에서는 이야기 속에 본인의 삶과 느낌, 그리고 살면서 느낀 교훈들을 적절히 배합하고자 노력했습니다. 독자 분들 중에서는 1권에 등장하는 주인공의 게으름을 보고서 '이건 나의 이야기다', '허걱! 내 자서전이…', '나는 전생에 무림에서 활약했었던 말인가' 라며 자신의 삶으로 착각하는 분들이 많았던 것 같습니다. 하지만 분명히 말해 두지만 이건 본인의 이야기입니다(이런 말을 얼굴 하나 붉히지 않고 할 수 있다니…).

  주인공의 게으름을 묘사할 때 벤치마킹을 할 대상이 필요했습니다. 하지만 걱정할 필요는 전혀 없었습니다. 주위엔 거의 태반이 만성지체를 타고난 사람들뿐이었고 마천루에는 일뇨님이란 초절정 만성지체가 계셨기에 그저 눈만 옆으로 돌려도 참고 사항은 넘쳐 나기만 했던 것입니다. 하지만 실제로는 상당 부분이 본 작가 삶에서 힌트를 얻었다는 것을 밝히는 바입니다. 그 일례를 들어보자면 본문에 주인공 표영이 수박같이 수분이 많은 음식을 기피하는 이유가 나옵니다. 그 까닭인즉 화장실(?)에 자주 가게 될까 봐 먹지 않으려 했다는 글이 있습니다. 이건 순전히 작가의 체험담으로 가끔 한여름날 귀찮음을 면하기 위해 놀라운 인내심을 발휘하기도 합니다(아예 누워서 침을 뱉고 있다니… 흑흑…). 하지만 올 여름에는 주인공 표영이 만성지체를 깨뜨리고 바로 섰기에 본 작가 또한 새로운 마음가짐으로 열심히 수박을 먹어보도록 노력할 것을 다짐해 봅니다(참고로 오해가 깊어지게 될까 염려되어 드리는 말씀입니다만 걸인각성에 나오는 모든 게으른 행위가 본인과 일치하는 것은 아니라는 것을 명시하시길 바랍니다).

게으름이라는 특징 외에 또 하나의 큰 맥을 책에서 찾아보자면 그것은 바로 어머니의 존재입니다. 만성지체를 타고나 평생을 게으름 속에서 지내야 하는 아들, 그 아들의 병을 치유하기 위해 하늘을 향해 기원을 올리는 어머니, 그리고 끝내 온전한 모습으로 돌아와 아들을 바라보는 어머니의 미소. 결국 어머니로부터 시작하여 어머니로 끝이 나는 이야기라 할 수 있겠습니다.

부모님의 사랑에 대해 말하고 싶었고 그중 1부는 어머니, 그리고 2부(외전)는 아버지에 대한 내용이 큰 맥을 이루게 됩니다. 먼저 1권에 등장한 표영의 모친 화연실의 5천 번의 기원에 대해 이야기를 해보도록 하겠습니다. 그 정성의 모티브는 이스라엘 왕 솔로몬의 3천 번의 기도입니다. 솔로몬은 3천 번에 걸쳐 기도를 올림으로 인해 하늘로부터 그가 바라던 '백성을 잘 다스릴 수 있는 지혜(智慧)'를 얻었을 뿐만 아니라 부(富)와 장수(長壽)까지 얻게 되었습니다. 그 외에도 우리 나라의 고전이나 설화 속에서도 그와 같은 어머니의 정성 어린 기원에 대해 기록되어진 것을 염두에 두고 기록하였음을 밝힙니다.

또한 걸인각성에서 과거부터 꼭 쓰고 싶었던 것이 있었는데 그것은 바로 3권 중반에 등장하는 부자 우종만의 가족에 대한 이야기입니다.

이 이야기는 과거 4년 전쯤엔가 신문지상에서 보았던 내용이었습니다.

신문 오른쪽 한 귀퉁이에 실린 한 가정의 사연이 있었는데 읽은 후 삶에 대해, 그리고 돈에 대해 다시 한 번 생각하게 되었습니다. 그 내용은 이렇습니다.

A씨는 한 집안의 가장이 되어 주식 투자 회사를 다니는 사람이었습니다. 그는 나름대로 능력이 있어 열심히 주식에 대해 배우고 또 관리하며 미래의 부푼 꿈을 꾸며 하루하루 살아갔습니다. 하지만 인생은 미래를 알 수 없고 단 하루 앞조차도 내다볼 수 없는 것입니다. A씨는 고객의 돈으로 무리하게 투자하게 되고 그 주식이 폭락하는 바람에 그만 회사에서 쫓겨나고 또한 개인적으로도 파산 지경에 이르게 되고 말았습니다.

이런 지경에 이르자 가정 살림은 극도로 어려워졌고 하루하루 살기조차 힘든 나날이 이어졌습니다. 하지만 그런 삶 속에서 꿋꿋이 A씨가 희망을 굽히기 않게 된 것은 가족 때문이었다고 합니다. 가산을 탕진한 남편이며 생활비도 제대로 가져다 주지 못하는 못난 남편이지만 그의 아내는 그런 남편을 보면서도 항상 밝게 웃어주며 힘이 되는 말을 해주었던 것입니다.

―우리의 인생이 언제까지나 계속 내려가기만 하란 법 없잖아요? 반드시 언젠가는 또 올라갈 때가 있을 거예요.

아내의 말 한마디 한마디가 그에겐 큰 힘이 되었고 좌절하려고 할 때마다 몸을 일으켜 세우고 심호흡을 크게 할 수 있는 원동력이 되었습니다. 거기에 건강하게 자라며 앵두 같은 입술을 옴지락거리며 아빠아빠 외치는 어린 아들은 그에겐 또 다른 희망이 되었습니다.

A씨는 그러한 가족의 힘으로 인해 뜻밖의 기회를 잡게 되고 다시 재기에

성공하게 됩니다. 지인이 믿고 의탁해 온 돈으로 투자를 하게 된 것이 수십 배로 돌아오게 되고 그때부터 거짓말처럼 그가 투자한 곳마다 황금주로 변해 얼마 지나지 않아 큰 부를 거머쥐게 된 것입니다. 그때부터 그는 가히 황금의 손처럼 부동산이나 주식이나 모든 투자에서 성공하게 되어 믿기지 않는 갑부가 되었습니다.

하지만 이런 그의 성공은 오히려 기쁨이라기보다는 슬픔의 전주곡에 불과했습니다. 돈을 주체할 수 없을 만큼 벌게 되자 돈이 있으면 행복할 것이라 생각한 건 잘못된 것이었습니다. 모든 것에 부족함이 없어지자 남아도는 돈으로 쾌락을 쫓아 유흥을 즐기기에 바쁘게 되었던 것입니다. 그렇게 집에 들어오는 날보다 향락에 젖어 보낸 날이 많다 보니 처음에는 걱정하며 만류하고 화도 내던 아내도 점점 지치고 말았습니다. 아내는 외로움과 허전함을 달래기 위해 쇼핑을 하며 고가의 물건을 사들이는 호화 쇼핑으로 날을 보내고 나중에는 심심풀이로 도박을 하거나 A씨가 추정하기로는 애인까지 만들어 바람을 피우는 것 같았습니다.

그런 환경에서 하나밖에 없는 아들이 바르게 자라날 리 만무한 일이었습니다. 아들은 아직 초등학생임에도 불구하고 그 또래 아이들이 딱지치기네 구슬치기네 할 때 비싼 게임기에 빠져 지내게 되었고 심지어 수백만 원짜리 컴퓨터에 수백만 원짜리 장난감만 가지고 놀 정도였습니다. 이렇게 가정이 급격히 허물어지고 있음에도 A씨는 시간이 꽤 지날 때까지 전혀 감지하지 못했습니다. 빠르게 흐르는 물살에 몸이 휩쓸리듯 그저 향락에 젖어 쓸려 내려가고 있을 뿐이었기 때문입니다. 그러다 그가 다시금 가정의 상황을 돌아보게 되었을 때는 너무도 멀리 와버린 상태였습니다. 그는 생각했습니다.

―내가 이제껏 무슨 짓을 한 거지.

그가 정신을 차리고 가정을 수습하려 할 때는 이미 돌이킬 수 없는 상태에까지 이르고야 만 것입니다.

여기까지가 당시 신문에 기재된 내용입니다. 이 글을 보고 나서 행복에 대해 생각해 보았습니다. 진정한 행복은 과연 무엇일까. 오히려 A씨가 행복했던 시절은 가난할 때가 아니었을까. 부자가 되지 않았다면, 혹은 부자가 되었더라도 돈을 쓸 줄 아는 지혜를 가지고 있었더라면 그의 가정은 여전히 행복했을 것이라는 생각이 듭니다(요즘 신용카드를 무분별하게 사용하여 사회 문제가 되는 것 또한 제도의 잘못이라기보다는 돈을 제대로 사용할 만한 가르침을 주지 못했고 그런 지혜를 얻지 못했기 때문이 아닐까 생각해 봅니다).

A씨는 자신이 생각할 땐 돈을 얻었다 믿었지만 실제에 있어서 그는 돈의 주인이 아닌 노예에 불과했던 것입니다. 이리저리 끌려 다니고 자신의 정신은 온데간데없이 피폐해졌으며 아무런 생각 없이 나날들을 보냈으니까 말입니다. 그는 결국 돈으로 행복한 인생을 살아보려 했지만 결국 자신이 사랑하던 것들을 잃고 만 것입니다.

걸인각성을 통해 이 이야기는 부자 우종만의 가정으로 설명되어 있습니다. 굳이 그런 내용을 담아보고자 했던 이유는 삶의 경계로 삼았으면 하는 작은 바램 때문입니다. 본인이 신문에서 A씨 가정의 뒷이야기를 알지 못했던 까닭에 주인공 표영을 통해 A씨의 분신이랄 수 있는 우종만과 그 가정을 되돌려놓게 되었습니다. 그리고 지금도 A씨의 가정이 바로 섰기를 바라는 마음입니다.

잠시 이야기가 무거워진 것 같아 이번에는 시선을 돌려 개에 관한 내용을 적어볼까 합니다. 개들은 만선문의 후예에서도 상당한 곤욕을 치뤘고 걸인각성에 이르러선 거의 절정에 이른 험난한 길을 걷게 됩니다. 이로 인해 개들을 사랑하는 뭇 독자 분들은 개들을 사랑해 주지 못할망정 이거 너무 하는 것이 아니냐며 원성이 드높기만 했습니다.

물론 개들이 무슨 잘못이 있겠습니까? 개가 죽어간 원인에 대해서 이 자리를 빌어 설명하자면 첫째 본 작가가 그리 개들을 좋아하지 않는다는 점입니다. 아니, 솔직히 말하자면 개나 고양이 종류들을 매우 무서워합니다. 어릴 적에 개에게 물릴 뻔한 적이 있었던 피해 망상에 사로잡힌 영향이 무엇보다 큰 것이 아닌가 생각합니다. 길을 가다 큰 개를 멀리 보이기라도 하면 비록 멀더라도 빙 돌아 돌아가곤 합니다.

하지만 단지 본인이 싫어한다는 이유만으로 개들을 작살(?) 낸 것은 결코 아님을 알아주셨으면 합니다. 마천루스토리 2에서도 이야기했던 바 무협이라 하여 사람들을 무작위로 죽이는 것을 싫어하기에 대신(?) 개들이라도 죽어 나가야 하지 않느냐라는 말도 안 되는 강박 관념이 작용했다고 말하지 않을 수 없군요. 허나 독자 분들의 쇄도하는 반발과 걸인각성을 쓰면서 길에서 혹은 골목에서 만나게 되는 개들마다 바라보는 눈치가 예사롭지 않아 적절한 타협을 보지 않을 수 없었습니다. 그리하여 걸인각성 3권에서는 주인공 표영이 개들과 뜨거운 의리를 나누는 장면이 나오게 되었고 그 후로는 독을 풀더라도 개들을 샘플로 삼는 일을 삼가게 되었습니다. 앞으로도 계속해서 되도록 개들을 희생시키지 않고 동반자로서의 역할을 줄까 생각하고 있으니 일만이천 개 애호가님들은 마음을 놓아도 될 듯싶습니다.

사람이 죽어가는 것을 원치 않는다고 해도 마땅히 죽어야 할 사람은 있게 마련인가 봅니다. 걸인각성의 첫 희생자는 어린 여자 아이를 인질로 삼아 자신의 목숨을 부지해 보려 했던 혈곡의 고수 송도악이었습니다. 그의 행위는 일고의 가치가 없는 존재라 할 만하기에 바로 응징하는 데 주저함이 없었습니다. 그것은 무림인으로서나 그 어느 누구라도 해서는 안 되는 일이기 때문입니다(그렇다고 현실 세계에서 직접 단죄하는 일은 없어야겠죠?). 다음으로 죽은 사람은 노위군입니다. 그는 사부를 죽이고자 독을 풀었고 사주하였으며 앞으로 많은 사람을 죽이게 될 인물이므로 그 또한 죽어야 할 캐릭터로 선정되었습니다. 하지만 그 외의 경우에 있어서는 되도록이면 삶을 돌이킬 수 있도록 기회를 주고 돌이키게 도울 수 있도록 노력하고자 했습니다.

그 외에 특이한 것들 중에는 천계의 등장이나 이진구의 동굴 사건, 그리고 동영에서 온 제일고수의 어이없는 죽음 등이 있겠습니다.

천계에 대한 부분은 세상은 우리가 보고 있는 육안의 세계만 존재하는 것이 아니라 또 다른 세계가 있음을 말하고 싶었으며 예로부터 하늘을 두려워할 줄 아는 삶을 살아가라는 말을 교훈 삼아 기록해 보았습니다.

이진구에 대한 부분은 오래전부터 엉뚱한 상상을 하던 것이 확대 재생산되어 글로 표출된 것으로 AB형의 황당무계함을 그대로 드러낸 전형이 아닌가 생각해 봅니다. 그중 모기 눈알에 대한 부분은 워낙 특이하게 마음에 남았던 것이기에 걸인각성에서 써보고 싶었던 내용이었습니다.

그리고 동영제일의 고수 소시타 고로스케에 대해서는 사적인 감정이 전혀 배제되지 않았음을(?) 말씀드립니다.

여기까지 대략 1부에 대한 설명을 마칠까 합니다. 조금 후에 걸인각성 2부(외전)에서 찾아뵙도록 하고 이만 후기를 마칩니다.

그동안 함께 힘이 되어준 마천루 멤버들과 그리고 부족한 글을 읽어주신 독자님들께 감사의 말씀을 전합니다.

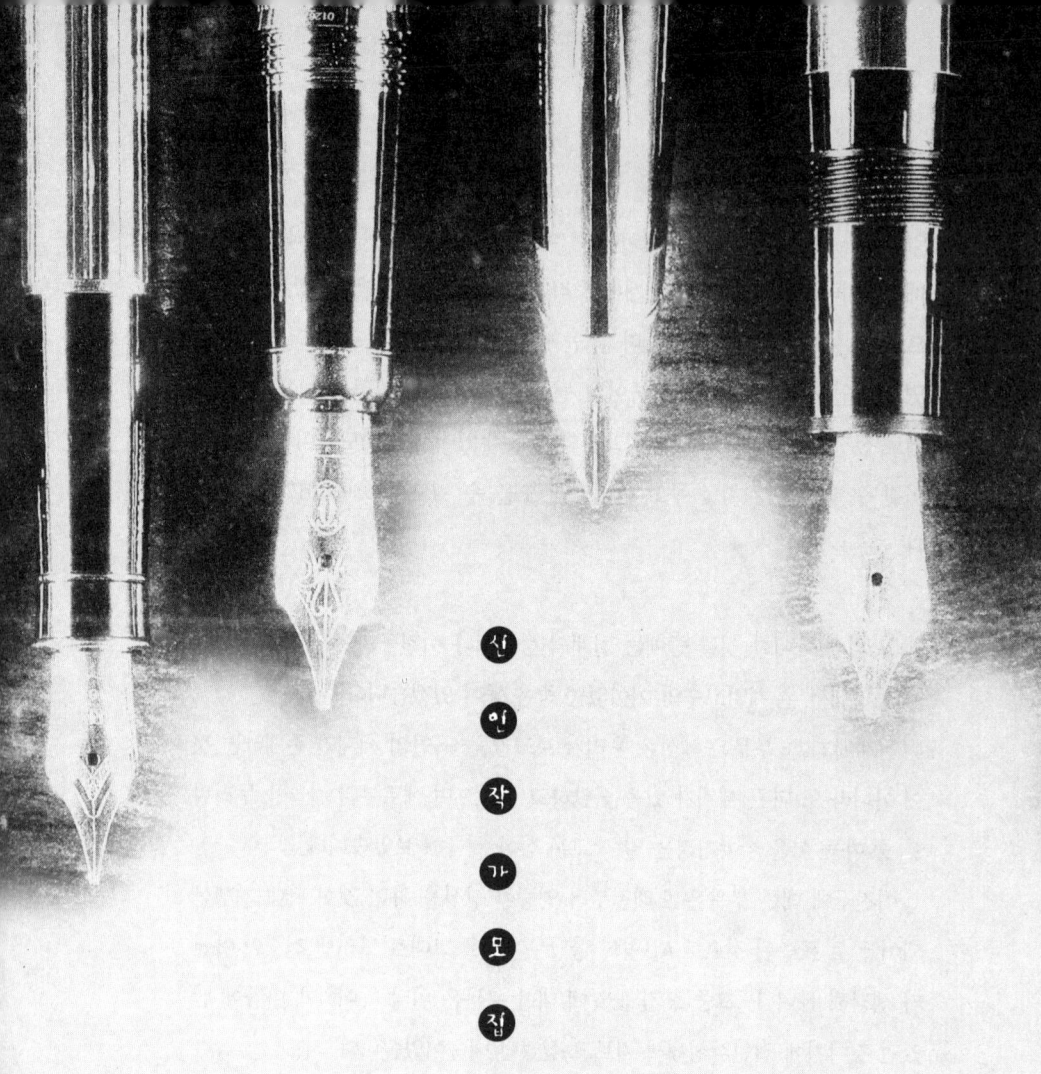

신
인
작
가
모
집

시작이 반이라고 했습니다.
작가의 길에 대한 보이지 않는 벽을 과감히 깨뜨리십시오!
청어람은 작가 지망생 여러분들의
멋진 방향타가 되어드리겠습니다.

저희 도서출판 청어람에서는
소설 신인 작가분들을 모집합니다.
판타지와 무협을 사랑하시는 분들의 많은 참여를 바랍니다.
소정의 원고(A4용지 150매)를 메일이나 우편으로 보내주시면
검토 후 출판 여부를 알려드리겠습니다.

주소:경기도 부천시 원미구 심곡1동 350-1 남성B/D 3F 우편번호420-011
TEL:032-656-4452 · FAX:032-656-4453
http://www.chungeoram.com
e-mail:chungeoram@chungeoram.com